所以坚持

中国渐冻人的自我书写

执行主编◎李青

主编◎葛敏

光明日报出版社

图书在版编目（CIP）数据

　　因为爱，所以坚持：中国渐冻人的自我书写／葛敏主编.--北京：光明日报出版社，2019.3

　　ISBN 978-7-5194-4940-7

　　Ⅰ.①因… Ⅱ.①葛… ②李… Ⅲ.①散文集—中国—当代 Ⅳ.①I267

　　中国版本图书馆CIP数据核字（2019）第033897号

因为爱，所以坚持——中国渐冻人的自我书写
YINWEI AI SUOYI JIANCHI——ZHONGGUO JIANDONGREN DE ZIWO SHUXIE

顾　　问：卢新华	策　　划：潘剑凯
主　　编：葛　敏	执行主编：李　青

责任编辑：谢　香　王　娟	责任校对：傅泉泽
封面设计：李尘工作室	责任印制：曹　净

出版发行：光明日报出版社

地　　址：北京市西城区永安路106号，100050

电　　话：010-67078248（咨询），010-63131930（邮购）

传　　真：010-67078227，67078255

网　　址：http://book.gmw.cn

E－mail：wj_gm2013@163.com

法律顾问：北京德恒律师事务所龚柳方律师

印　　刷：北京汇瑞嘉合文化发展有限公司

装　　订：北京汇瑞嘉合文化发展有限公司

本书如有破损、缺页、装订错误，请与本社联系调换，电话：010-67019571

开　　本：170mm×240mm	
字　　数：288千字	印　　张：23
版　　次：2019年4月第1版	印　　次：2019年4月第2次印刷
书　　号：ISBN 978-7-5194-4940-7	

定　　价：38.00元

版权所有　翻印必究

目 录

推荐语　/　1

写在《因为爱,所以坚持》出版之际　/　李青　1

序辑

序一　暖禾　　　　　　　　　　　　　/　卢新华　002

序二　渐冻的舞者　　　　　　　　　　/　杜卫东　010

序三　坚持,真的了不起　　　　　　　/　杜卫东　015

序四　为爱坚守　　　　　　　　　　　/　邓跃茂　018

序五　用爱解冻人生　　　　　　　　　/　崔丽英　021

序六　天涯碧草向春而生　　　　　　　/　樊东升　023

序七　在黑暗中等待希望　　　　　　　/　黄旭升　025

序八　葛敏,加油　　　　　　　　　　/　赵宏丽　027

序九　爱!生命绵长的源泉　　　　　　/　吕艺生　029

序十　坚持舞蹈的舞者　　　　　　　　/　潘志涛　031

序十一　因为爱,所以超越　　　　　　/　李永宁　033

冰语阁经典语录　　　　　　　　　　　/　001

辑一　命运重锤下的艰难悲伤

上帝咬过的苹果　　　　　　　　　　　/　在水一方　2

那年花开　　　　　　　　　　　　　　/　墨香　6

如果事与愿违,一定是命运另有安排　　/　墨香　8

痛苦的轮回 / 榕 12

静待春暖花开 / 郑小小 15

渐冻人的经历 / 全心全意 18

渐冻人的心声 / 郑小小 21

抗 冻 / 站起来 24

在重症监护室的日子 / 阿拉伯人 25

非我亦是我 / 张静 27

问 答 / 陌尘 29

我人生朝三暮四那点事儿 / 东来顺＆俊采星驰 31

起 夜 / 张静 35

凄凉犯 / 郭金林 38

夜之殇 / 陌尘 39

激情已经死亡 / 路玉 41

渐冻之旅，愿所有的遗憾都是成全 / 可可 42

辑二 因为爱 所以坚持

患难见真情 / 莲子 48

最美的遇见 / 绿茶 51

都是你给的光 / 超能豆爸 54

绝症病人的真情告白 / 墨香 56

因你珍稀 所以珍惜 / 墨香 59

因为爱情 / 墨香 62

愿我离开，你有良人相伴 / 墨香 65

我的老妈 / 可可 68

我与儿子 / 可可 70

老 爸 / 暖禾 74

老 婆 / 郭金林 78

丢不下的爱 / 燃起烟火 82

人生困境中的两次关怀 / 果园主人 84

道别 / 絮絮 86

穿过冰冻的时光和灵魂 / 贾军 87

辑三　追忆往昔　直面当下

夏日寄情 / 在水一方 90

活　着 / 张静 93

中秋忆——梦想在月亮之上 / 在水一方 96

我的告白 / 果园主人 99

一个渐冻人的自述 / 郭金林 101

渐冻心声 / 在水一方 106

我有扛过一切悲伤的力量 / 暖禾 109

多想回到从前 / 墨香 111

江湖梦 / 光 114

您陪我一程　我念你一生 / 暖禾 116

亲,我想你们了 / 可可 121

来自ALS病人的美好愿望语录 / 梅花 125

假如给我三天自由 / 墨香 129

我的2016 / 陌尘 133

一个渐冻人患者的坎坷人生 / 佩佩 138

渐冻＋人生 / 徐亚洲 142

致ALS克星逆袭先生 / 俊采星驰 144

辑四　与疾病共处　品生命美好

渐冻人的必备武器 / 暖禾 148

病友原创诗词 / 超能豆爸 155

西藏林芝萨玉沟游记 / 果园主人 159

潮人潮语 / 潮潮 162

乘车记 / 暖禾 165

行到水穷处，坐看云起时	/ 陌尘	167
起床有感	/ 在水一方	171
请给我一个留在人间的理由	/ 东来顺	173
人在囧途	/ 暖禾	175
诗词歌赋	/ 郭金林	177
打开夜的天窗	/ 贾军	180
随笔两篇	/ 絮絮	182
抗冻诗集	/ 徐亚洲	183
秋意浓	/ 全心全意	185
念隔壁老王的ALS年华	/ 王念凯	186
残　花	/ 陌尘	187
自嘲自讽　苦中作乐	/ 梦回大唐	189

辑五　冰躯化微光　点亮彼此的希望

春风十里不如你	/ 墨香	194
高山流水遇知音	/ 墨香	197
我和病友陌尘	/ 暖禾	199
绚烂的生命旅程	/ 暖禾	205
勇敢面对　用爱解冻	/ 阿拉伯人	207
遇见更好的自己	/ 暖禾	210
我心自有光明月	/ 暖禾	215
诗歌两篇	/ 全心全意	219
冰语情　人间爱	/ 雄	220
亲爱的你　牵我的手	/ 骆云星	223
渐冻·呐喊	/ 徐亚洲	227
满江红	/ 郭金林	229

辑六　亲爱的宝贝　好想对你说

独立行走的宝贝	/ 墨香	232
妈妈的礼物	/ 墨香	234
亲亲我的宝贝	/ 墨香	236
致我未来的儿媳妇	/ 墨香	238
写给可爱甜心	/ 张静	240
特殊妈妈不再特殊	/ 暖禾	243
只想看看你	/ 暖禾	245
残缺的母爱	/ 郑小小	250
有一种爱叫作学会自我成就	/ 暖禾	253

辑七　说好不放弃　我陪你一起努力

愿时光能缓　亲人不散	/ 奋发图强	260
下辈子还是一家人	/ 李淑军	262
拿什么"拯救"你，我的爱人	/ 廊桥	264
我的靠山　你不能倒下	/ 彩虹	266
确诊的日子里	/ 廊桥	269
诗词三篇	/ 阿幽	271
我们的故事	/ 阿幽	276
写在520	/ 阿幽	278
最真的梦	/ 阿幽	282
家有渐冻人	/ 奇奇	284
妈妈，我们一起加油	/ 东方慕蓉	300
沉浸在生命之中	/ 李青	303
冰冻的舞者	/ 葛静丽	306
致敬暖禾	/ 李懋	308

推荐语

因为爱,所以坚持

感谢你们让我们了解、走近渐冻人群体

因为你们,所以温暖

——青年演员　苗苗

因为爱,所以坚持。我能感受到作者的这份爱是种大爱情怀。每字每句中都能感受到作者的细腻情怀和她的信心与勇气。希望大家能够通过她的书籍,走近她的世界,同时也感受这份不一样的"爱"。

——舞图文化舞蹈摄影工作室创始人;舞蹈中国联合创始人、
首席摄影师;中国歌剧舞剧院特聘首席摄影师　刘海栋

她用自己的方式点亮生命

让我们一起创造生命的奇迹,点亮生命,发出那最后最美的光热。这是我的天行弟弟为我创作的一首歌。同时他也是这本书发起人葛敏的校友,他们来自人大附中,那是一片神奇的沃土,滋养出全球各行各业的翘楚精英,能在这么优秀的学校担任老师,可见她是多么优秀。

我们相识于夏末,通过弟弟合唱团老师认识的。当我们见到的第一面时,我的感觉和别人见到我的感觉是一样的,这么漂亮的人为什么会这样呢? 她是一位出色的舞者,她给我看了她没生病时的舞蹈视频,都是独舞的视频。在黑色的背景里翩翩舞蹈,动作十分潇洒流畅,轻盈而富有张力,怎么会想到是坐在我面前的这个瘦弱的女子所为。说话的时候含含糊糊,走路的时候踉踉跄跄,吃饭的时候非常非常慢。让我想到了我刚刚生病的时候差不多一年的时候我就是这个样子。可以说我有资格说感同身受这个词语,因为都是我经历过的,可以说我现在比她幸福,因为我现在哪哪都动不了了,反而觉得幸福。半动不动时最痛苦,因为我曾经经历过,当时非常痛苦。如今她和我当年照了照镜子,她比我还要坚强,因为她是女人,男人和女人生理结构不同,她有家庭有儿子,当时的我一无所有,她要面对更多的压力,然而她并没有被这些有形的无形的压力压垮。

相反地,她不但没悲观,面对命运的不公,她组织病友成立"冰语阁",激励病友乐观地生活,互相学习护理经验,发动病友写作。可想而知她付出了别人难以想象的精力和体力才有此书问世,而我写这篇东西费了多大的劲,只有天知,因为我只有眼睛可以活动,过度疲劳,导致结膜炎,无法睁开眼。非常非常痛苦,难以名状,别人写几百字需要几分钟,对于我来说可能需要很多很多天。

不忘初心,让我们一起创造奇迹!

——ALS 患者、设计师　王甲

以前最欣赏葛敏对舞蹈艺术的严谨追求;
现在更赞赏她在人生舞台上的淡定勇敢。
我相信,这一切都源自于她内心深处的那份真实的爱。
——《因为爱,所以坚持》! 我们期待! 我们祝福!

——中国舞蹈家协会副主席　黄豆豆

因为爱　所以坚持

写在《因为爱，所以坚持》出版之际

执行主编 李青

　　这不是一本为销量而写的书，这是来自公众号"冰语阁"的肌萎缩性脊髓侧索硬化症（俗称"渐冻症"，ALS）病友及亲属的真实生活与心声，这里有他们对疾病的不屈抗争、对亲人和孩子的感恩与深爱、对生命和健康的向往与珍惜、对人生意义和幸福的探索与领悟。

　　说到本书的由来，就要提到"冰语阁"的阁主葛敏——一个以舞蹈为生命的专业舞者。2016年的夏天，我和她在一次舞动心理治疗课上相识。那时的她，言语内容尚依稀可辨，四肢还如舞者一般灵活，甚至在做一些动作探索时，由于她力气过大竟失手将我推倒在地。当时我并没有将她的症状和神经科学课上曾学过的运动神经元疾病联系起来，她看起来真的只像是嗓子出了点问题。所以在得知医生还没有给出最终诊断的时候，我还安慰她不要想得太过悲观。

　　可一个月后，我再次见到她时，已经无法听清她费劲吐出的每一个字，只能凭当时的情境、她的表情、动作和语调来揣测其中的意思。之后的见面，我发现她的情况一次比一次糟：先是吃饭时，咀嚼、吞咽的速度越来越慢，手无法拿住筷子而只能用勺子或手抓；再到走路的时候腿脚发软、一不小心就跌倒；如今，她只能坐在轮椅上，时刻需要家人的照顾，生活完全无法自理。两年的时间，我看着ALS一点点吞噬了这个原本年轻健康的身躯。如今回想起第一次相识时那个活蹦乱跳、舞姿娉婷的她，仿佛还是昨日。

　　ALS是世界卫生组织公认五大绝症之一，迄今为止没有有效的治疗手段，患者逐步丧失身体各部分的运动功能（包括言语功能），直至呼吸障碍,生存期平均只有3-5年。比病痛折磨更残忍的是,患者的意识和感觉不会受到影响,换句话说,他们是在意识清醒、感知觉完好的情况下,眼睁睁感受着自己身体被"冻住",看着生命终点的逼近,却毫无还手之力、更无法说出心中的痛苦。

然而在这煎熬的两年里,葛敏依然坚持在舞蹈培训的岗位上,在幕后尽心竭虑为孩子们实现着艺术的梦想。她还和几位病友共同创立了"冰语阁"公众号和"一米阳光"微信群,让全国ALS病友们可以在这里共同取暖、一起前行。公众平台里收到的打赏和资助,都分配给了那些最需要帮助的病友。

听过葛敏故事的人,都会欣赏她面对病魔时坚持的勇气、都会赞叹她笑对生活苦难的乐观精神、都会钦佩她身处绝境却依然能活出人生的价值。但也许只有亲近的人才会知道,在发病初期,她每天都活在恐惧和担忧之中,害怕病情恶化、担心死神突然将自己带走;她总在四处奔走,求医寻药,尝试各种偏方;她常想如果当初自己不是因为要强而拼命工作,是不是就不会生病;她不停地问我怎么才能让自己恢复平静的生活和安稳的心。

这并不是懦弱,这是真实。所有人在遭遇到重大打击的时候,都会经历大体相同的心理发展阶段,只不过每个人在这些阶段里徘徊的时间长短不同:从不愿相信到愤怒命运不公,从自责到悲伤,从接纳现实到寻求意义。葛敏也是一个普通人,是ALS病友中普通的一员——和我们所有人一样,面对病痛和死亡都会沮丧、会害怕。是亲人不离不弃的悉心照顾、是对孩子割舍不下的深爱、是朋友们暖心的陪伴、是好心人的鼓励与祝福,支持他们走过了一段又一段灰暗的时光,支撑他们坚定着生活下去的希望。

随着越来越多的病友来稿汇集到了"冰语阁",葛敏和她的团队开始计划采选这些原创文章为病友们集体出一本书,以让更多人听到他们的故事和心声。他们是普通的,也是非凡的。他们热爱生命、留恋温情,期待在自己的手指还能动的时候,能把这些想说的、要说的都记录下来;他们希望自己面对病痛的坚韧与信念可以给更多生活在困境中的人们以力量与鼓舞;他们希望自己用生命换来的体悟与思考可以警醒人们要全然而鲜活地活在当下;他们希望自己与亲朋及好心人士之间的真心与大爱可以给这世界注入一股暖流。我有幸受到"冰语阁"的嘱托和信任,能为此事尽一点力。

这本书收录了几十位ALS病人及其亲友在与疾病抗争的过程中的治疗经历、心情故事、人生领悟和对生命的反思。全书分为七辑:辑一真实展现了病友们发病时的情境、求医救治的坎坷、病后的生活状况及疾病给个人和家庭带来的重重危机;辑二是病友与亲人之间一个个患难见真情的感人故事,正是这些人间的真情厚爱帮助他们重燃生的希望;辑三是病友对过去的美好生活的追忆,他们怀念曾经的快乐、唏嘘当下的苦难,但终从中找到了直面当下病痛与困苦的勇气;辑四收集了病友们从日常生活中体会到的小确幸、小感悟,他们在"抗冻"路上磨砺出了与疾病共处的人生智慧;辑五讲述了病友们在自己坚持"抗冻"的同时给予他人的帮助,在力所能及的领域继续实现自己的价值和意义;辑六是病友们想留给自己亲爱的儿女们的心里话,那是他们最放不下的惦念;辑七是来自亲友团的文稿,饱含了对他们永不放弃的深情与鼓励。

最后说一下本书的书名,它来自病友陈君平日里对自己和其他病友的一句朴实而真切的鼓励——"因为爱,所以坚持"。

人生总有灾难和痛苦

珍贵的是

始终有人爱着我们

亦有人需要我们去爱

这世界 这生活 这生命

因为爱 所以坚持

序辑

　　顽强的意志，源于对内心信念的忠诚度。击败我们的往往不是困境本身，而是自己。因为我们不知道再坚持下去还有没有意义。这时候，执着的信念才是坚持下去的保证。

序一

暖　禾

——序《因为爱，所以坚持》

卢新华

去岁金秋十月，我与一批来自世界各地的文友聚集菲律宾首都马尼拉，参加一个有关菲律宾华文文学的论坛。一次在大巴车上，坐在后排的来自光明日报出版社的编辑忽然对我说："卢老师，我最近认识了一位渐冻人，她们编了一本有关渐冻症患者的书，知道您一直关心慈善公益事业，可否请您帮着写一篇序？"

"什么是渐冻症？"我有些不明就里。

"渐冻症是世界三大绝症之一。"她说，又告诉我："英国著名物理学家霍金就是得的这种病。患者发病初期通常喉咙不舒服，身上肉跳，渐渐地就不能说话，四肢则一点点僵硬，最后只能用目光和人交流。身体尽管不能动了，思维却一点不受影响，甚至比生病前还要敏锐。多数人的存活期只有三到五年。"接着，她又说到她所认识的这位渐冻人还很年轻，才38岁，原是一名很优秀的舞蹈演员和舞蹈教师，患病后有过怀疑、痛苦和绝望，甚至几度想自杀。最后凭借病友之间的相互支持和鼓励，凭借亲人们的爱，才一点点走出来，还创办了一个叫作"冰语阁"的的公众号，来帮助病友们互相交流信息，抱团取暖。说完，她还发了一篇这位名叫葛敏的"冰语阁"发起人的文章给我看。文章是写她老爸的，题目也就叫《老爸》。

那文字一下子就吸引了我。

"曾经的老爸胸无大志，好逸恶劳，除了老实善良，一无是处，还经常扮演着成事不足败事有余的角色。他和我妈仿佛是两个世界的人。一个精明能干，好胜心强；一个得过且过，安于现状。就这样两个不同性格和追求的人在一个屋檐下吵闹了一辈子……然而这位既当妈又当爸还经常保护老爸免遭别人欺负的女汉子，却在2008年突然倒下了……老天有意让他们互换了角色，老爸开始义无反顾、任劳任怨地撑起了这个家。购物、做饭、洒扫，伺候妈妈起居、服药等等，不惮繁杂，不辞劳苦。我病倒后，更加重了老爸的负担。我比妈妈还难伺候，除了举手投足更加困难外，脾气也更加暴躁。如今的老爸不仅是我和妈妈的精神支柱，还在我的生活中扮演着三种角色：出气筒、保镖和保姆……朱自清对父爱深沉的感受凝聚在父亲攀爬站台的背影上，我则对老爸不拘时间和环境、得空便能熟睡的身影格外动情……"

大约怕我虽然点头首肯，多半事后又会忘却和推脱，出版社编辑后来又给我发了一段长长的微信，是赵宏丽导演写的："认识葛敏，源于美花同学，了解渐冻人，源于葛敏创办的公众号——'冰语阁'。看着眼前这位端庄美丽却只能用两个手指打字的美女，心总是被残忍地撕扯着。曾经是用舞蹈诠释生命的舞者，现在只能用眼神，用打字和人交流，这是怎样的困窘，怎样的无奈？！……看葛敏写关于老爸和儿子的文章，我的心是闷钝的，我的泪水流不出来，心却已是泪流成河！在葛敏的身上我常常想，上帝究竟是怎么啦？让一个舞动的精灵失去了肌肉的力量，除了让人心疼，让人扼腕叹息，它究竟想表达什么？人常说，上帝经常为你关闭一扇门，却打开一扇窗，可葛敏的窗在哪里？……我很多时候会回避与葛敏的接触，因为每一次，心都似被钝刀割肉般闷痛，越是看到她的乐观、平静、祥和，这种感觉就越是明显……"

我得承认，那一刻，我不仅被葛敏的文章，同时也被赵宏丽的文字深深打动了。尤其在我后来得知葛敏还是我的南通同乡后，更决定在写这篇序言前一定要去拜访一下她，同时也给她和她的团队一些力所能及的帮助。

我是在一个细雨蒙蒙的天气里，由上海驾车前往南通与葛敏相见的。虽然她已经口不能言，和我面对面沟通也必须借助微信，走路也只能在老父亲或保姆的细心搀扶下一点点往前挪动，但她看上去依然很干练:衣服很整洁,头发纹丝不乱,目光中不仅透露出病人少有的坚韧、热情、洒脱、睿智,甚至还有一种视死如归的淡定。她可以听我讲话,但她回应我时,除了间或地点点头或以眼神作答外,便须低下头去,用两只尚可活动的手指去艰难地敲击手机键盘……

此情此景忽然让我想起十几年前有一次在张海迪家中做客时的情景。当时,我握住她的手,竟然发现她两手手背的关节处都长着厚厚的老茧,忍不住问她:"这是怎么回事?"海迪却轻描淡写地告诉我:"写作时坐久了,就要撑着轮椅的扶手直一直身子,久而久之,手背就成这样了。"

我至今还能清晰地记得她当时说这些话时那一脸气定神闲的灿烂的微笑。而这同样的微笑,此刻却也正从葛敏的脸上,身上,目光中,甚至每一个毛孔里散发出来……那得一种怎样的毅力和心态才能发出这样的微笑啊!再想到在常人眼中已是自顾不暇的她,现在还一心扑在"冰语阁"上,忘我地点亮自己,照耀别人,为他人取暖……我顿时既感佩,又有一种难言的心痛。

从南通回到上海后,我一有空便在电脑上埋头阅读出版社编辑给我发来的由葛敏和她的"冰语阁"朋友们共同完成的书稿——《因为爱,所以坚持》,并通过这些饱蘸着泪水和汗水的文字,认识了它们中的一个个作者:暖禾、可可、梦回大唐、吉波、韩忠、李永宁、陌尘、墨香、新能源李、在水一方、梅花、逆袭、郭金林、郑小小、榕、栀子……

疾病的突然来袭,总是让人猝不及防。同时,怀疑、恐惧、焦虑、希望和绝望也纷至沓来。榕在她的短文中曾这样说:"因为年轻,所以不甘心,总希望哪天解药能降临,幸运能关顾自己,可是每次都是期盼到绝望,望眼欲穿啊!所以常常手机不离手穿梭各个病友群,希望病友们能有最新的消息。一次次的等待,一次次的失望,与身体功能的每况愈下,我们都是和时间赛跑。但是我们不放弃,相信世界这么大,研究人士和关心我们的爱心人士这么努力,我坚信我们的解冻日不会只在梦里,一定会在现实中实现的。因为爱,所以坚持。"

因为爱,所以坚持,渐渐成了"冰语阁"人的一个信念。父母的爱,恋人的爱,兄弟的爱,朋友的爱,不仅使病友们得以抱团取暖,也成了他们与疾病做斗争,努力活下去的唯一理由。一如墨香所说:"目前有口难言,有手难握，有腿难行。纵然疾病禁锢了我的身体，却冰封不了我火热的心和丰盈的灵魂，抗冻路上，我们携手同行！"

郑小小则说："人生有顺境，也会有逆境！在我始料不及时，搭上了一列随时都有可能到达终点的列车。我学着承受痛苦，学着把眼泪像珍珠一样珍藏，学着把生活的苦酒当饮料一样慢慢品尝，它让我学会坚强，懂得珍惜活着的每一天。"

求医的路上，大家结识了许许多多来自全国各地的病友，他们一路哭泣着、失望着、挣扎着、扶持着、安慰着、鼓励着、温暖着、期盼着……最终相聚到"冰语阁"，在这里风雨同舟，抱团取暖，一路同行，并郑重宣布：兄弟们，姐妹们，时光不老，我们不散！

来自内蒙古乌兰察布的病友栀子，45岁，发病五年，无父无母，无丈夫无子女，无收入，无房了！发病后人生进入了最悲惨的境地，在她准备了结自己生命时，姐姐义无反顾用温暖的怀抱接纳了妹妹，辞职在家专职护理妹妹。姐姐有事时姐夫顶上，一切毫无怨言！再苦再累也笑颜如花！

渐冻症患者所受的精神和肉体的双重痛苦和煎熬，是常人难以想象的。以下这段描写足以窥一斑以观全豹："现在的夏天在我心里变得有些恐惧而且漫长，挪步上一趟卫生间，大汗淋漓心跳加速，几米远的距离犹如二万五千里长征。身体如同被蛛网网住的小虫，虽拼命挣扎，却始终逃不出被粘住双翅的那张丝网。夜晚如不幸被蚊子咬到更是奇痒难当而无法抓挠，神经末梢传来一阵细微的刺痛，任由着它吸饱喝足后逃之夭夭，只在我身上留下又痒又红的一坨凸起。每每坚持不下去，几乎崩溃绝望的时候，朋友们都会第一时间用这些语句来唤醒我，刺激到我的每一根神经。人活一口气，没有这口气就会瞬间坍塌。这句话来形容此时此刻的我再恰当不过了。如果还想用一个网络流行语来形容，非中国游泳名将傅园慧的'洪荒之力'莫属。用洪荒之力穿衣脱裤，用洪荒之力洗头洗澡，用洪荒之力端茶端菜，用洪荒之力做一切曾经都不费力的动作。一根眉毛画了15分钟，依然横七竖八，于是下决心再也不化妆了；一件衣服拉链拉到浑身出汗，于是一气之下把所有拉链衣服裤子都改成粘扣；一条路别人十步走到了，我却拖着僵硬的双腿挪了一百步……"总之，世间的语言已很难准确地描写出他们每天在承受的痛苦：张开嘴呜呜啦啦说不出话的人有,吃不了饭的人有,喝不了水的人有,走不了路的人有,手伸不直胳膊抬不起来了的人有,头耷拉着抬不起来了的人有,抽筋疼得满床打滚的人有,翻不了身的只能眼睛动的人有……

然而尽管如此,他们中的一些人始终还保持着一种积极乐观的姿态与病魔周旋和搏斗,有时甚至还拿它自嘲自讽,苦中作乐,并希望能给病友们带来快乐。例如作者梦回大唐的打油诗:

自从鸡萎缩厕所(肌萎缩侧索)硬化后,
走起路来就像喝醉了酒,
吃饭喝水呛得扶着墙呕。
还真不如喝它个二两酒,
喝醉了马路中间也能走,
见到大领导也敢吼一吼。

而书中我们看到的更多的还是作者们的感恩之心和坚持不懈的决心:"要回报社会,回报帮助过我们的人! 感谢有你们! ""以前以为,坚持就是永不动摇,现在才明白,坚持是犹豫着,退缩着,纠结着,心猿意马着……但还是要继续往前走。含着委屈的眼泪,怀着绝望的心情,一次次地重新起航……"有了这种感恩之心和坚持不懈的决心,病友们对待疾病和人生的态度也就变得更达观,更从容和超脱。于是他们这样说:"与其说人生是一种煎熬,不如说人生是一场修行,修行途中,你或许满怀期待,或许万念俱灰,或许重新起航,或许静观其变,只要坚定,你会拈花微笑,只要坚定,成败不是结果而是经历。"

为了帮助病友们与病魔抗争和周旋,葛敏还将自己的心得和体会写成文章《渐冻人的必备武器》,用来帮助大家。她满怀深情地告诉病友:首要武器第一是"移情",将情感转移比抑郁药和安眠药效果更快更好。武器之二则是"淡定和忘却"。渐冻人所遭的罪堪比古代的酷刑,废了你的手脚,断了你的进食和呼吸之外,还把你唯一可以宣泄和沟通的话语权给剥夺了,让你哑巴吃黄连有苦说不出,为此凡事不能心急,不能暴躁,一旦急火攻心,就会加速病情的发展。同时还要学会放下,遇事沉着冷静。武器之三则是面对绝症必须选择直面自己接受自己。而不能选择活在对现实的自怨自艾中。武器之四是要关注好身体。解冻药固然要关注，但把不可逆转的日子尽量在精神上过得快乐和充实些却更重要。为此，不仅要保障睡眠，更要坚持锻炼。根据自己的身体情况和家庭条件制定一套适合自己的锻炼项目并常年坚持。早期病人可以每天适度活动全身各个关节和肌肉。中晚期病人可以依靠家人辅助在床上做一些撑拉和活动关节的运动……

所以，在读着这本书稿时，我越来越被渗透在全书字里行间的理性和大爱的气氛所笼罩，以至于恍惚间他们已然不是病人，而是人类在面对死亡的行进途中，一队坦荡、睿智、义无反顾的先驱和智者。

人总是要死的。尽管有人长命百岁，有人幼年早夭，在微观的时间刻度上似乎有所不同。但相对于浩瀚的宇宙长河而言，都不过是倏忽的一瞬。我曾经目睹过自己的父亲在罹患肺癌后，一年的积极治疗过程中，怎样迅速地走向形销骨立，嘴歪鼻斜，身不能动，喉不能咽，口不能言的。而即便健康的人类，在最终拥抱死亡之前，通常也都会肌肉一点点萎缩，骨头一点点僵硬的。从这个角度想，我忽然觉得 ALS 这种病其实并非绝症，而只不过是将人类死亡的进程凝缩了给我们看而已。故而，葛敏和她的病友们在这本《因为爱，所以坚持》的书中所展现的彷徨、沮丧、希望和绝望、爱和抱团取暖，也正向我们展示出一幅人类在死亡的漫漫长夜中所经历的种种困惑和上下求索的画卷。

佛教的开山鼻祖释迦牟尼传说中是在走过都城东西南北四个城门，分别看到人的生老病死后才决意出家寻求解脱之道的。故古今的佛教徒们通常都是把"了生脱死"作为学佛的第一要务。因此，恍惚间，我倒觉得本书的作者们多少都带有了一种先知的意涵，弘法和布道的意蕴。他们的所作所为，所思所想，从某种意义上，不啻是对当下沉湎于虚荣和奢华的人类一记当头棒喝。我也依稀看到，在一个"大道流失，术数猖獗，权谋盛行，物欲横流"的时代，街头，商场，学界，宦途正行走着越来越多的精神上的"渐冻症患者"。这些人的四肢是健全的，精神却在快速萎缩，道德却在快速下滑，他们贪财、贪色、贪名、贪食、贪睡，眼睛里只有个人的利益，小家庭的利益，小集团的利益，只有膨胀的物欲和无止境的享受。所以，他们虽然活着，其实早已死去。或者，他们虽然看上去气宇轩昂，打扮得花枝招展，其实只不过是些行尸走肉而已。

这样，我再看面前的这部书稿，展现在我眼前的已不再是一群简单的医学意义上的渐冻症患者，而是上天赐给人类的一个包含了造物主的良苦用心的隐喻或象征。甚至可以说，这本书也是一本天书，只要有人认真去读过了，虽然不能帮你"出埃及"，却一定可以帮助你在一定程度或一定时间段内"出物欲"。因为在迫在眉睫无可回避的死亡的狰狞的面目的注视下，人类一切的贪着和执念都显得特别的荒诞和可笑。

相传爱因斯坦曾经在写给他的女儿的信中说过："有一种无穷无尽的能量源，迄今为止科学都没有对它找到一个合理的解释。这是一种生命力，包含并统领所有其他的一切。而且在任何宇宙的运行现象之后，甚至还没有被我们定义。这种生命力叫'爱'。当科学家们苦苦寻找一个未定义的宇宙统一理论的时候，他们已经忘了大部分充满力量的无形之力。爱是光，爱能够启示那些给予并得到它的人。爱是地心引力，因为爱能够让人们互相吸引。爱是能量，因为爱产生我们最好的东西而且爱允许人类不用去消除看不见的自私。爱能掩盖，爱能揭露。因为爱我们才活着，因为爱，我们死去……

如果我们想要自己的物种得以存活，如果我们发现了生命的意义，如果我们想拯救这个世界和每一个居住在世界上的生灵，爱是唯一的答案。"

"冰语阁"的渐冻症患者们也发现了爱的强大的力量。所以他们说：

因为爱，所以坚持！

行文至此，心中又想起我的南通老乡葛敏。在这本书中，她其实还有一个网名或笔名叫"暖禾"。我没有问过她为什么要起这样一个名字，但我猜想她的意思大概是：虽然身体一点点僵冻住了，但只要还有一口气，就还要向病魔抗争，并在抗争的过程中，让自己变成一根，一捆，或一堆燃烧的干柴，去照亮病友们与病魔抗争的道路，去烧毁过去曾有过的一切痴心和妄念，同时化作一股大爱的暖流去温暖病友以及世人的心……

那不正是亘古以来人类社会最伟大的慈悲和博爱的力量，同时也是人类在没有被污染之前最清净的如同莲花一样的本性吗？

感谢葛敏，感谢你和你的朋友们在日复一日的死亡的拷问和逼视下用心写出的这部如此奇特的书！

此文刊登在 2019 年 3 月 11 日《人民日报》《大地》副刊（有删节）

卢新华，1982 年 2 月毕业于复旦大学中文系。大学一年级时，曾在上海《文汇报》发表短篇小说《伤痕》，后获 1978 年全国优秀短篇小说奖，是新时期"伤痕文学"的开山之作，并被翻译成英、法、德、俄、日、西等十几国文字。1979 年加入中国作家协会，曾为全国第四次文代会代表，上海市青年联合会常委，上海作协理事，《文汇报》记者。1986 年自费赴美国加州大学洛杉矶分校东亚语言文化系就读，获文学硕士学位。现以自由撰稿人身份往返于中美两地，其主要作品有短篇小说《伤痕》《典型》《表叔》《爱之咎》《梦中人》等，中篇小说《魔》，长篇小说《森林之梦》《细节》《紫禁女》《伤魂》，长篇思想随笔《财富如水》《三本书主义》等。

序二

渐冻的舞者

杜卫东

葛敏在朋友圈说，她的北京之行很快结束，将返回老家南通。我留言：走之前请你吃饭。我知道，吃饭对于她无异一场战争，每次吞咽都要靠求生的意志支撑。可是，我依然希望以此来表达对她的敬意。在我心中，她已经是令人震撼的人生传奇。

知道葛敏始于朋友介绍。37 岁的她曾被幸运女神格外眷顾：小学四年级考上上海市舞蹈学校，毕业后成了上海市歌舞团主要演员，而后又到上海戏剧学院舞蹈系读大专。2003 年考入北京舞蹈学院，完成了本科和硕士连读，开始从事专业舞蹈教学。我看过她的教学和演出视频，芭蕾舞、民族舞、现代舞，她在聚光灯下矫若游龙，鸾回凤翥，举手投足间疑为天人——这哪里是跳舞，分明是一团生命的精灵在舞台上燃烧、绽放。

葛敏永远也忘不了那天。两年多前的一个冬日，雾霾弥漫，如雾如烟。

北医三院的专家认真为她检查身体，又仔细翻看了此前各个医院的病历，抬头望着葛敏，目光中竟闪过一缕令人揪心的同情：姑娘，如果我的判断没错，你得的是 ALS。葛敏对这个名字颇为陌生，她掏出手机迅速搜索：ALS，又称渐冻症。患者先是脚，后是手臂、手指，最后全身肌肉都像被冰雪冻住一样，丧失行动能力，最终吞咽和呼吸功能丧失。目前病因不明，尚无有效的治疗手段，患者大多在发病三到五年死于呼吸衰竭。

怎么可能？我只是语音不清，吃鱼容易卡刺，医生怎么可以开这样的玩笑？她不想承认，更不敢面对。可是，语言功能的完全丧失和双臂渐渐麻木印证了专家的诊断。她绝望了。她想到了死。衣袂飘飘的轻盈舞者与全身僵硬的绝症病人,这中间的落差实在太大,葛敏柔弱的内心根本无法承受。伤心枕上三更雨,点滴霖霪。她终日以泪洗面、痛不欲生。她觉得人生已被死神之翼完全覆盖,漆黑一团,伸手不见五指。

怨妇!自私鬼!可怜虫!葛敏没有想到,最终引领她走出黑暗的不仅是亲人、朋友的爱与劝慰,更是远在大洋彼岸一位朋友毫不留情的各种责骂。

——你难道不是怨妇吗?一天到晚哭天抹泪、自哀自怨,你以为世界上只有你最惨?告诉你,忧伤无人认领,如果泪水可以摆脱霉运,世界上就不会有一条干枯的河流了。

——你难道不是自私鬼吗?死很容易,一把刀、一根绳、一瓶安眠药就可以如愿以偿。你摆脱了、轻松了,可是你想到过满头白发的双亲吗?想到过天真无邪的儿子吗?想到过那么多爱你、关心你的同事、朋友和学生吗?

——可怜虫,你无路可走!如果你不想被家人嫌弃,不愿被朋友轻蔑,只能在生活中突围。你可以不够坚强,但是不能怯懦;你可以不够勇敢,但是不能退缩;你可以被生活打败,但是不应该被生活缴械!

葛敏在微信中告诉我,真的很感谢这位朋友,整整八个月,她每天24小时守候手机,关注着葛敏情绪上的每一点细微变化,秒回她的各种抱怨和胡思乱想。她还给葛敏在网上订购了一本书:保罗的《当呼吸化为空气》。在人生道路上十分成功的保罗,忽然被诊断出患有第四期肺癌。作为医生和作家,他在这本书中直面死亡过程:告诉我们如何生存,死亡才是最好的老师。葛敏觉得自己和保罗有很多相似之处:同样三十多岁年纪,同样在事业的高峰突然被命运抛入人生谷底,但是保罗对生活意义的坚守却令葛敏自惭形秽。她告诉我,怕年老的父母承受不住压力,确诊后半年她一直封锁消息,如果不是朋友日夜守护,为她点燃了一盏心灯,也许自己早在另一个世界了。

安置好悲伤,葛敏重新出发了。

患病后最撕心裂肺的不仅是病痛,更是和儿子渐行渐远。四岁的儿子和小朋友玩累了,向妈妈撒娇求抱。因为手臂力量不足,葛敏放下孩子的瞬间竟把他的脑袋重重摔在了运动器械上。渐渐的，葛敏吃饭都要人喂，生活已经不能自理。她注定要远离儿子的世界了，所有的努力都无法摆脱被红牌判罚出场的宿命。她不得不把儿子送到了北京的阿姨家。一个月后她来到北京，因为她无法剪断对儿子的思念。等儿子睡着了，她由人搀扶着躺到儿子身旁。灯熄了，夜幕渐渐降临。月亮挂在树梢上，将一片惨淡的微光撒在床头。她想靠近儿子，她想把儿子蹬开的被子重新搭在他肚子上，她怕秋夜的寒风让儿子着凉。可是，她的身体和手臂一动也不能动，只能用牙咬着被角，一点点搭在儿子身上。夜深了，她眼睛一眨不眨地注视着儿子，默默倾听儿子的呼吸，那呼吸均匀而流畅，在万籁俱寂的子夜有如天籁。她的思绪随着儿子的呼吸一下子飘得很远很远。想到儿子将来上学、高考、参加工作、谈婚论嫁，作为母亲的她都将缺席，不由悲从心来，听凭泪水一滴滴顺着脸颊流进嘴里。儿子已经和她越来越陌生了，除了眼神，她无法用语言和行动表达对儿子的爱。对于一个不谙世事的幼童，又怎么能读懂母亲满怀深情的目光呢？早晨，儿子醒了，揉揉眼睛，看到躺在身旁的她，一骨碌爬起来，连鞋也没顾得上穿就跑到楼下找阿姨了。葛敏眼睛模糊了，也许，真的应该放手了。失去比得到痛苦，而痛苦是一道苦涩的咖啡，在生活的特定情景必须含泪啜饮。

葛敏把更多的精力投入公益事业。她和陌尘办了一个公众号，起名"冰语阁"。陌尘是她就诊时结识的病友，年届不惑、英俊潇洒，曾是一名警官。他的病情比葛敏发展迅速，但是他坚强、乐观，永不言败。他们要把"冰语阁"变成一个温暖的大家庭，让病友们感受彼此的呼吸、心跳和温暖。在这里，病友和家属们关注着ALS的最新科研信息，解答着各种患病后遇到的问题，交流着各自的护理经验。如果有谁表现出了悲观和绝望，各种鼓励就会像春天的花瓣一样飘洒。葛敏把自己文章打赏得到的五万元钱，全部用在了"冰语阁"运营上，定时给生活困难的病友发放补贴。她还发出倡议，希望病友和家属拿起笔来写一本书。她为这本书确定的主题是：因为爱，所以坚持。

空下的时间葛敏还要做两件很重要的事：一件是办好舞蹈培训班。她不能跳舞了，她的生活中却不能没有舞蹈。月色和星光缺失，高远的夜空还会迷人吗？她坐着轮椅来到课堂，认真观察学生的一招一式，把发现的问题和解决方案一一告诉现场的助理。舞蹈是脚步的诗歌,她想让学生理解,激情比技巧更能让心中的美绽放。我曾在她的文章后面读到过这样的留言:老师,今天吃晚饭时,妈妈听我说了您的情况,哭了,她让我以后下了课去抱抱您。再有一件事就是写作,写自己与病魔抗争的经历和感悟,更多的文字是写给儿子的。每一个重要的人生节点,她都给儿子留下了一封信。她的身体可以缺席,她的爱却会像洁白的栀子花,永远盛开在儿子长大的路上。

在北京东北部的酒厂艺术区,我第一次见到了葛敏。这里原是一片废弃的厂房,如今有几十家艺术类公司安营扎寨,门面装修各异、风格前卫,很有一些现代气息。博纳影视传媒的会客室宽敞明亮,精明干练的女总裁赵宏丽招呼几位先来的朋友喝茶。大家从不同的渠道走近了葛敏,走近了渐冻人群体;今天,又为了一件共同的社会公益聚集到一起:落实、解决《因为爱,所以坚持》一书的编辑、出版和新书发布会各项事宜。这本由渐冻人患者和家属撰写的书,是葛敏要展现给世界的一幅画卷。他们以情感着色,用心血描绘,画卷中有压在石板下的小草,也有掠过长空的苍鹰和傲立雪中的红梅。

葛敏来了。我扭头望去,只见落地窗外,一位梳着丸子头的青年女子正从轮椅上艰难站起,鸡心领练功服,黑色灯笼裤,看上去亭亭玉立。呀!快人快语的赵总脱口而出:葛敏坐轮椅了,上次不是还能慢慢走吗?心理咨询师李青回答:她的病情发展很快,医生说,过不了多久就要插管了。李青近来一直帮助葛敏整理书稿,熟悉情况。已经失去语言功能的葛敏发出的呜呜声,只有她能听懂;葛敏的眼神也只有她能领悟。在之后的交流中,她几乎成了葛敏的半个翻译。我印象中的渐冻人大都形如枯槁、骨瘦如柴,坐在那里的葛敏如果不说话,分明就是一位随时准备起舞的舞者。她的同学、歌舞编导朴美花告诉我,葛敏因为注重锻炼使病情得以延缓,但身体还是一天不如一天。不过她的精神却越来越强大。你看,这是她不久前写给舞蹈圈的告别词。我接过朴导的手机:各位亲,算命大师说我能活 80 岁,所以大家不用担心,等过几年解冻了,我依然会东山再起。现在我只是临时被上帝抽调去干些公益哈。后边是玫瑰、咖啡和调皮的笑脸。

我向葛敏招手示意,发去一条微信:葛敏,你是最棒的。

最黑的那一段路总要一个人走完。活着的每一天,我都会不哀怨,不气馁,不妥协!

看着葛敏的回复,我一时百感交集:世间还有什么比注视着死亡一步步逼近更为残酷呢?全身肌肉萎缩,甚至连眼部几块微小的肌肉最终也会完全丧失功能,只有大脑始终清醒,眼睛始终明澈——感受死神的阴影一寸寸吞噬生命的天空,这需要多么坚强的内心和多么豁达的胸怀啊!坐在对面的葛敏目光是那么明澈,心中分明洒满了阳光;而且从始至终她一直绽放着灿烂的笑容,即便低头打字时,脸上的表情也祥和、恬静,在午后的阳光映照下像是圣洁的雕像。是的,噩运将她的生活击成齑粉,她却用坚韧、真诚与爱,将其重新塑造成了一尊冰冻的女神,晶莹剔透、美丽而高贵。我知道,最终它会融化为水,但是它脚下的那片土地会因为水的润泽而丰茂,生长出一束束美丽的花来。

本文刊于 2018 年 10 月 10 日《人民日报》《大地》副刊

杜卫东,现任中国纪实文学研究会副会长。

1986 年经吴祖光、吴泰昌两位先生介绍,加入中国作协。曾任《炎黄春秋》杂志社副总编辑、《人民文学》杂志社副社长、《小说选刊》杂志社主编、中国作协全委会委员。

上世纪八十年代初开始发表作品,已在各种报刊发表散文、杂文、诗歌、报告文学、小说、文艺评论和剧作 500 余万字,结集 30 余部。近年有《杜卫东自选集》4 卷及为第一作者的长篇小说《江河水》分别由作家出版社和东方出版社出版。

有多篇作品和词条被收入《中国新文学大系·杂文卷》《中国新文学大系·微型小说卷》和《中国杂文鉴赏辞典》等各种权威选本。曾获"中国潮"报告文学奖、"青春宝"全国杂文奖、《人民文学》报告文学奖、《北京文学》散文奖等奖项。散文集《岁月深处》被译成英文在全球发行。

序三

坚持，真的了不起

杜卫东

世界文学史上，最令人惋惜的人也许非美国作家约翰·肯尼迪·图尔莫属了。他耗尽心血完成的长篇小说《笨蛋联盟》被屡屡退稿，以致失望至极，在32岁那一年自杀身亡。他走后的第11年，这部由母亲送到出版社案头的著作终于出版，并一路过关斩将，获得了美国文学界最权威的普利策小说奖。只是，图尔没有能够站上领奖台。

这个故事实在令人扼腕！生命既顽强又脆弱，它是像红梅一样迎风绽放，还是如夏花一样随雨凋零，原来常常取决于两个字：坚持。

坚持，实在是值得脱帽致敬的一个词汇。人事代谢、古往今来，高岸成谷、时易世变，大到一个国家、一个民族，小到一个群体、一个人，有哪一次兴衰不与坚持相关，有哪一次成功不与坚持为伴？楚虽三户、亡秦必楚，这是一个族群对于坚持的宣示；锲而不舍、金石可镂，这是一位智者对于坚持的认知。苏格拉底曾让他的弟子们做同一件事，每天甩手100次，一年后只有一个人坚持下来。这位叫柏拉图的学生后来所以成了可以和老师比肩的伟大哲学家，当然不是因为他每天甩了100次手，可是谁又能够否认，在甩手这件小事上所体现出来的坚持精神，正是柏拉图取得成功的秘诀呢？

坚持，需要百折不挠的意志。柏拉图说，小鸟飞不过沧海，是因为小鸟没有飞过沧海的勇气。渐冻症患者葛敏曾经告诉我，最绝望的时候她也多次想到放弃，是友人讲述的一则故事使她领悟了坚持的含义：记者问一位历经挫折的成功者,在最苦难的日子你凭什么一次又一次砥砺前行? 成功者伸出手,说如果我松手,手中的水杯会怎样? 答案不言而喻。可是他手一松,杯子掉在地上却完好无损,原来这是一只用玻璃钢制作的特殊杯子。葛敏明白了,这样的人即使只剩一口气,也会努力去拉住成功的手,不哀怨、不放弃、不妥协,除非上苍剥夺了他的生命。《因为爱,所以坚持》一文接到采用通知后,我微信告诉葛敏,才知道病情仍在发展的姑娘又在筹划一个新项目:拍摄一部ALS病人的专题护理片。是的,如果把坚持比作一辆列车,它从来也不会超员,有太多的人会在行进的途中下车。坚持的过程中痛苦如影相随,没有坚强的意志,绝望就会像巨大的阴影吞噬生命的天空。

顽强的意志,源于对内心信念的忠诚度。击败我们的往往不是困境本身,而是自己。因为我们不知道再坚持下去还有没有意义。这时候,执着的信念才是坚持下去的保证。苏武执节出域,面对威逼凛然不屈;身处绝境坦然面对,青丝熬成白发,十九年后终归故国,是因为他回家的信念始终未曾动摇。司马迁直言获罪,忍辱接受宫刑,"每念斯耻,汗未尝不发背沾衣也",却承受着难于承受的屈辱,历时13载,朝乾夕惕、笔耕不辍,是为了集平生之所学,完成一部理想中的史学巨著。《笨蛋联盟》最终得以出版,同样归功于作家母亲的坚定信念。看到独生子的遗书,老人当即昏倒。当这位母亲重新站起来的时候,她确信儿子在写作方面是个天才。之后十年,一次又一次试图说服出版商,小说不能出版不止是她和儿子的损失,而是整个世界的损失。总有一天,《笨蛋联盟》会成为人们交口称赞的伟大作品。如果这位坚强的母亲没有这一信念支撑,人类的精神宝库就少了一颗璀璨的珍珠。生活中的情况往往是,我们不是看到希望再坚持,而是坚持了才能看到希望。山穷水尽、柳暗花明,两种景色的迥然转换是因为你多走了几步。而这几步或许是你人生中最黑暗的路程,只有内心的信念才能引领你去穿越。

一般而言,成功有物质和精神层面两种。物质层面自不必说了,因为坚持,取得了一项科研成果、获得了一个重大发现,从而产生了巨大的社会财富,这样的成功显而易见。精神层面的成功则很难用物质的转换来衡量。葛敏问病友陌尘——真名叫陈君的中年警官,解冻在很远的路上,和它的相遇或许渺茫,成功对于我们意味着什么?陈君回答说,在等待解冻的过程中,让我们的生活变得有意义,即便最终我们和解冻失之交臂,离开时也要留给世界一个美丽的背影,这样的人生难道不同样成功吗?现在陈君很难进食了,他已经看见了死神张开的羽翼,但是他依然乐观、坚强。他还和葛敏开玩笑,说我不能吃了,你要替我多吃,我要看着你把ALS打败。这使我想起了罗曼·罗兰的话:世界上只有一种英雄主义,就是在认清生活的真相后,依然热爱生活。这些人或许身处困苦,却不曾低下他们高贵的头颅,这才是生活的真谛。

由此,我还想到了登山。在珠穆朗玛峰脚下,每年都会有几十个国家的登山队扎起营盘。在冲顶的山路两旁,平均每隔几十米就留有一具登山者遗体。他们或者陷落在冰缝中,再也看不到明天升起的太阳;或者长眠在雪山上,再也听不到亲人的呼唤。少数登顶成功者,无非是迎着呼啸的山风,在8844米的地球之巅展示一下迎风招展的国旗。有意义吗?当然有。登山的意义就在于——登山过程中与风雪的搏斗,超越身体极限的努力,以及长眠于此的登山者不屈的身姿和壮丽的风光给你的内心震撼和心灵升华。作家张健是中国体育报资深记者,曾随中国登山队冲顶珠穆朗玛峰。他认为登山的过程就是坚持的过程,昭示着一种充塞天地之间的生命豪气,展示的是人类虽九死而不悔的不屈精神,登山者在风雪中迈出的步子,其实是对生命的真情拥抱。它的意义正在于对艰难、未知和极限的挑战。

陈君在回答葛敏为什么要坚持的问题时,说过三个字:因为爱;张健在向我阐释登山的意义时也有一句话令我难忘:登山者在生命极地的互助精神,映照出的是人类大爱。没有一个登山者不被这种爱所震撼、所净化。是的,爱能为我们提供不竭的精神动能,支撑"人"字巍然屹立于天地之间。正如十八世纪法国画家夏尔丹所说:人类在探索太空、征服自然后,将会发现自己还有一股更大的能力,那就是爱的力量,当这天来临时,人类文明将迈向一个新的纪元。

——有爱就能坚持;只要坚持,梦能抵达的地方,脚步也一定可以走到!

发表于2018年12月29日《人民日报》《大地》副刊

序四

为爱坚守

邓跃茂

　　葛敏是我们学校2011年建校时唯一的舞蹈老师。我2014年来到学校做党委书记时，我们的舞蹈队已经获得了很多奖励很多荣誉。就算谦虚一点，也得说，在整个朝阳区是最好的舞蹈队之一，这当然都是她的功劳。在开学典礼和一些展示活动中，她带领的舞蹈队总是带来惊艳的表演。从《小背篓》水乡风情中的娴静优雅到《我本茉莉》诉诸于肢体的内心探索，她带领学生创编演绎的舞蹈，总带给人非同寻常的艺术享受。她的专业水准，她的勤奋、坚持与专注，通过学生的表演，绽放出迷人的光彩。

　　从2012年元旦开始，葛敏本人的舞蹈成为每年教工新年联欢会上大家最期待的节目。欣赏自己的同事带来的专业水准的舞蹈，的确是非同寻常的体验。我本人也有幸在2015年元旦欣赏到葛老师的表演。舞台上，她成为一只美丽的孔雀，在林间自由地飞翔，在水边梳理美丽的羽毛，在草地上昂首闲步……孔雀的高贵、自爱被她演绎得淋漓尽致。

　　我每每为她取得的成绩感叹，也每每打心眼儿里感谢她为学校开创事业，为学校赢得声誉。葛老师从没有向学校提出过什么要求，说老实话，我也没给予过葛老师什么特别的帮助——今天想来，这是多么地令人遗憾。

　　当我得知葛老师得这个病的时候，我首先感到的是震惊。虽然这之前她已因无法正常说话而请假看病了，虽然伟大的霍金早以他的知名度让渐冻症这个病尽人皆知，但我仍然无法接受甚至是无法理解我身边的人也会得这样的病。很快我的身心为心痛和悲伤的情绪所笼罩。我让学校工会尽快制定方案，为葛老师提供尽可能的帮助，但葛老师拒绝了任何帮助。我们去看望她，她依然那么美丽，她的眉宇之间没有一丝哀戚，相反，她的笑容更加灿烂。我忽然想起了那只孔雀，那只高贵而自爱的孔雀……

她不让学校把她得病的事儿告诉同事们，怕同事们难过，怕抵挡不住同事们想要帮她的心意。我难以接受这一点，老师爱校如家，学校亦当有家的温暖。但她坚持，我们还是尊重了她的选择。

直到创建"冰语阁"的时候，她才提出了一个小小的要求，希望学校能找老师帮她润色一下文章——就只是这么一个小小的要求，而且，其实是为了别人。

"冰语阁"是她为帮助其他渐冻症患者创建的。《遇到更好的自己——寄语2018》发表之后的那天晚上，经过她同意，我们在学校的几个主要的群里转发了，在朋友圈里也转发了。好像是在一瞬间，整个学校都大吃一惊。大家纷纷打电话发微信询问，甚至一些家长知道了也来询问。之后，大家又沉寂了，默默地流泪，默默地转发。那一次，她的文章募到了5万多块钱，她全部用来帮助经济困难的病友。从那以后，"冰语阁"就是她的事业，病友的病随时牵动着她的心。

还不到一年的时间，"冰语阁"受到社会各界的关注。当我们感叹自己忙忙碌碌又一年的时候，"冰语阁"要出一本书了。她实践了她在《遇见更好的自己——寄语2018》中的一句话，"不要纠结在小我的痛苦之中，应该在对他人的爱与帮助中，获得力量，获得快乐"。

她的确用她那越来越强大的爱心行走了一年，她不是令人同情的葛敏，她是令人崇敬的葛敏。

我们学校一直强调爱的教育，我也坚信唯有爱能传播爱，爱的教育总是带给人最完满的人格。我的身边不乏爱的故事，我的同事我的学生，他们很多都可以称得上爱的典范，但我还是被这样的爱的故事所震撼。她的爱支持着别人，她的爱也让自己坚强。

当那只孔雀踮着脚在水边欣赏自己的倩影的时候，可曾想过，有一天她会如苍鹰般背负青天，在天地间翱翔……

邓跃茂，中国人民大学公共管理硕士，中学化学高级教师，现任中国人民大学附属中学朝阳学校党总支书记，兼任中央国家机关青联委员和中国教育学会中小学安全教育与安全管理专业委员会常务理事。曾任中国人民大学附属中学副校长，并在任职期间策划编辑出版了《创造适合每个学生发展的教育——人大附中超常儿童培养纪实》丛书、《人大附中创新之路》丛书、《人大附中60周年校庆系列》丛书。作为一个共产党员，邓跃茂同志热心慈善公益事业，长期资助地震灾区的学生，多次为重病学生捐款。作为学校的书记，邓跃茂同志特别关心教职工的工作学习生活，也常常不辞劳苦，尽自己最大的努力，为教职工排忧解难。

序五

用爱解冻人生

崔丽英

这确实不是一本为了销量而写的书,是一个特殊群体(肌萎缩性脊髓侧索硬化症,英文缩写是 ALS,俗称"渐冻症"或渐冻人)的真情和爱心的汇集,体现了他们对美好生活的珍惜、对家人和亲人的感恩和热爱、对子女的期待、对疾病抗争的心路历程以及求医路上的艰难和曲折……他们之所以坚持是因为有"爱"。

我怀着特别复杂的感情阅读了这本书,敬佩、感动、难过(含着和流着眼泪)。敬佩"冰语阁"的阁主葛敏,一个以舞蹈为生命的专业舞者,在和疾病的抗争中仍是婀娜多姿的领舞者。本书收录了几十位 ALS 患者及家人在共同与疾病抗争中的经历、感悟和温情故事,感人至深。他们当中有人是上有父母下有子女是家里的顶梁柱,责任让他坚持;有人初为人母,患病后的绝望是宝宝给了她勇敢地活下去的勇气;有人寒窗苦读十余载,无论如何我也要把这个大学读完,拿到毕业证和学位证的念头,感恩和回报家人的信念让他坚持;有人是教师人类灵魂的工程师,深受学生和家长的好评,对学生和事业的挚爱给他支撑……这是一个特殊的群体,他们身体如石卧在床上,爱心如火融化着他人。他们为人子、为人妻和为人父母,他们怀着对家人的爱、对子女的期待、对父母的牵挂而坚持。他们才是人生的强者,生命的勇士,他们用爱解冻人生观。

作为医生我们真心希望能给予患者更多的关爱和帮助。我深知 ALS

患者真的把医生当成上帝,希望从医生那里得到重生的"灵丹妙药",但是面对 ALS 患者总是感到自己语言和处方的苍白无力,也许用爱更能融合渐冻的心。而让我最高兴和最有成就感的事情是排除 ALS 的诊断,看到患者和家人高兴的样子,我也分享了极大的快乐。

一位病友说"人生有顺境,也会有逆境! 在我始料不及时,搭上了一列随时都有可能到达终点的列车"。不,不是的,这辆"列车"永远都不会到达终点,只是有人下车休息而已。我们一定树立坚持下去的信念,期待"渐冻人"解冻那一天的早日到来!

2018 年 10 月 2 日

崔丽英,教授,北京协和医院神经病学系主任,中华医学会神经病学分会主任委员,中国医师协会神经内科分会副会长,北京医师协会神经病学分会会长。世界神经病学联盟 ALS 研究组委员(WFN Research Group for ALS/MND)。

序六

天涯碧草向春而生

樊东升

大约在十年前，曾经去加拿大多伦多参加那年在那儿召开的第18届运动神经元病（现在一般又称为"渐冻症"）的年度国际学术交流会议。

北美的十二月，其时早已是雪盖冰封的日子。在结束了5天几乎毫无进展的压抑会期后，终于走出房间出门透口气。

冰雪覆盖的北美旷野，应该似《红楼梦》里那句"白茫茫大地真干净"吧？可是，那天极目所至之处，竟意外看到虽斑斑点点却碧连天际的绿草——白雪覆盖下一片片的青青小草。

"离离原上草，一岁一枯荣"，这是小孩子们都倒背如流的启蒙常识。可是，不知为什么，在摄氏零下的严寒中，这些小草却并没有哀怨地自暴自弃枯萎掉，而是从大雪的重压之下顽强地挣扎出自己单薄的身躯，迎着命中注定的暴虐寒风，虽然瑟瑟却更是欣欣地在风中飞扬！

原来，一些我们认为根本不可能发生的事情，在有的时候、有的地方，会那么自然、那么真切、那么从容不迫地发生着……

作为一个长期从事运动神经元病（渐冻症）专业的临床医生，日子在每天面对新、老患者的诊治中悄然滑过。两年前的某一天，一位举手投足间无不透着优雅气质的娉婷舞者，走进我的诊室。

于我，这是又一位不幸罹病的患者；而于患者，则是人生旅途上一个猝不及防的拐角。

当"冰语阁"阁主葛敏女士把印有彩色封面的书样和T恤寄给我时，

那画面上一抹明亮的翠绿，不由使我一下子就想到了北美旷野那些不畏严寒的天涯碧草！

感谢葛敏！您不仅美丽、善良，更加坚毅、执着。您所努力的一切，无不让人感动至深！

林徽因说：红尘陌上，独自行走。您却用您的爱和信念，让中国渐冻人群体在人生最黑暗的时候，仍然相信前路有彩虹相伴！您使这个群体的每一个人心心相印，不再孤独，让每一位患者及其家庭境遇的改变，不再是一个人的浮世烦恼、一个人的细水枯流。

阅读本书，作为一名专业医师，会真真切切地感到，在这个世界上作为一个运动神经元病（渐冻症）研究者，是一项多么奢侈而沉重的幸遇。当每天忙碌身陷于各种俗务琐事中时，因为有了守静如树的您，用触着微风和流云的敏感神经，告诉我，哪儿是心中不懈努力的方向！

将诊断尽可能精准到各种不同亚型，避免诊断不确带给患者的精神惶恐和治疗贻误；努力探寻针对这个世纪难病的治疗方法，如同走在一条漫长而泥泞的路上。这些年，通过大力推进早期营养支持和呼吸管理，已经在提高病患生活质量方面有所进步，5 年及 10 年生存率均有明显提高。然而，精神层面的交流、支持和鼓励，在现行的中国临床医疗体系中，几乎还无从谈起。因此，本书的出版发行，通过传达中国运动神经元病（渐冻症）患者在沉默表象下坚定的心声，必将唤起整个社会更多的关切和帮助，无疑是中国运动神经元病（渐冻症）事业的一个重要标志。

2018 年 11 月北京

樊东升，北京大学第三医院神经内科主任，北京大学医学部神经病学系主任。国家卫健委突出贡献专家。主要研究领域为运动神经元病。所主持北京大学《神经病学》获"国家精品课程"。现任国家干细胞临床研究专家委员会委员、中华医学会神经病学会副主任委员、中华医学会神经病学会北京分会候任主任委员、中华预防医学会自由基医学分会主任委员、中国心胸血管麻醉学会脑与血管分会主任委员。

序七

在黑暗中等待希望

黄旭升

时光荏苒，岁月如梭。倏忽之间，已从医近三十年，写过的病历、学术文章无法计数，却未曾想到，而今会接受一个特殊的邀请——为一本书作序。

从医以来，我一直致力于运动神经元病的研究。《因为爱，所以坚持》这本书，是我所见的一部由运动神经元病患者撰写的，记录患病后的生活经历和心路历程的，充满温度的书。

几年前，一名年轻女性因言语不清到我的门诊就诊，患者是一名优秀的舞蹈演员，且当时并未达到运动神经元病的诊断标准，然而，随着时间的推移，她最终被诊断为运动神经元病。运动神经元病，俗称"渐冻症"，随着病情的进展，患者逐渐丧失身体各部分的运动功能，并可累及呼吸肌，出现呼吸困难、呼吸衰竭等，多数患者最终病故于呼吸衰竭或其他并发症。罹患这一疾病，意味着她的舞蹈生涯即将进入尾声，意味着她的生命可能仅余短短几年，着实令人扼腕惋惜。

然而，她并没有低落消沉，并没有被病魔打败。几年来，她一直坚守在舞蹈培训的岗位上，并同时团结和帮助了多名运动神经元病患者。她就是公众号"冰语阁"的创始者和这本书的主要策划者——葛敏。疾病冻结了她灵活的舞步，却无法桎梏她舞动的灵魂。葛敏和她的团队，收集了病友们的原创文章，以期让更多的人听到他们的故事，感受到他们在平凡的生活中，面对病魔所爆发出来的力量。

在这本书中，有他们患病后求医问药的坎坷历程；更有他们对过往美好生活的深深眷念；有他们与爱人、亲人之间的情深意切；更有他们对未成年子女，对老迈父母的依依不舍和放心不下；有他们直面当下的勇气与力量，更有他们热衷公益、坚持帮助他人、温暖他人的钻石品质……

读过这部书，我不禁想到诗人顾城的一首诗：黑夜给了我黑色的眼睛，我却用它来寻找光明。这些运动神经元病患者，在病魔笼罩的漫漫黑夜中，始终不放弃对生活的希望，始终不放弃对美好生活的追求；并秉承着"落红不是无情物，化作春泥更护花"的精神，去感染和帮助身边的人。

作为一名运动神经元病领域的医生，这一疾病目前尚无有效的治疗方法，对此我深感遗憾。然而，目前国内外关于运动神经元病的研究如雨后春笋般涌现而出，有致病机制的相关研究，有新基因的发掘，有不同药物的临床试验……我相信，在不久的将来，在国内外致力于运动神经元病研究的科学家和医生的努力下，运动神经元病患者定将迎来属于他们的春天！

感谢葛敏和她的团队，感谢为这本书执笔的运动神经元病患者们，感谢为这本书的排版、校对、出版、发行付出努力的人们！他们有着善于发现生活中的美好的眼睛，他们有着面对人生中的苦难也能披荆斩棘铿锵前行的精神。参与编写这部书的运动神经元病患者将引领中国更多的运动神经元病患者走出阴霾，迎接曙光到来的那一天！

是为序。

黄旭升，解放军总医院第一医学中心神经内科主任医师、教授、博士研究生导师。担任中华医学会神经病学分会委员、肌电图与临床神经生理学组副组长、神经遗传学组委员、肌萎缩侧索硬化协作组副组长、周围神经病协作组副组长；中国医师协会神经内科医师分会肌电图与神经电生理专业委员会副主任委员；北京医学会神经病学分会常委等学术职务。主要研究方向为神经肌肉病、运动神经元疾病、神经系统遗传病及临床神经电生理。主持多项国家、北京市及军队科研课题。

序八

葛敏，加油

赵宏丽

认识葛敏，源于美花同学，了解渐冻人，源于葛敏创办的公众号"冰语阁"。看着眼前这位端庄美丽却只能用两个手指打字的美女，心总是被残忍地撕扯着。曾经是用舞蹈诠释生命的舞者，现在只能用眼神，用打字和人交流，这是怎样的困窘，怎样的无奈？看着从来没有做过纪录片的我单位的孩子们，用真诚与爱做出来的片子，任何人的心都会被反复踩躏并像被手刃了般的，飞溅出一抹抹令人窒息的绯红！看葛敏写关于儿子的文章，我的心是闷钝的，我的泪水流不出来，心却已是泪流成河！在葛敏的身上我常常想，上帝究竟是怎么啦？让一个舞动的精灵失去了肌肉的力量，除了让人心疼，让人扼腕叹息，它究竟想表达什么？人常说，上帝经常为你关闭一扇门，却打开一扇窗，可葛敏的窗在哪里？如果只是让她在患病了之后去做公益，用自己的经历告诉别人渐冻症的残忍，那上帝无疑是更加残忍的！我很多时候会回避与葛敏的接触，因为每一次，心都似被钝刀割肉般闷痛，越是看到她的乐观、平静、祥和，这种感觉就越是明显！尤其看到她已经年逾古稀的老父亲，笨手笨脚地照顾着唯一的女儿，我真的想象不出，她父亲平和的微笑之后是何等的绝望，与哀伤！这是一对乐观的父女，可是乐观的背后，付出的将是何等我们无法想象的痛。我很感谢有那么多人愿意走近葛敏并愿意在她公益的路上伸出援助之手，我也很感谢美花的公益心让我这么近距离触摸渐冻人的痛。活着，珍惜，安好，这是我最近常想到的词语,这看似普通的六个字,却包涵了人生的真谛!葛敏,加油!我愿尽我所能,为你的公益助力!

赵宏丽,中国文化产业促进会文化教育委员会会长,北京电影家协会青年电影工作委员会副会长,北京博纳时代影视传媒中心总裁,导演。

序九

爱！生命绵长的源泉

吕艺生

为了爱，给写个序吧！我欣然接受了。

然而，当我在电脑上敲出第一个"爱"字时，我突然觉得我的字多么苍白无力。

敲几个字难道就是爱吗？我所给予的，到头来，不会仍是句口号，或是一句空话吧！

于是我想：如果我的人生还能重新选择的话，我定要选择科学，去弄懂这些顽疾！

我也想：如果人的生命可以交换的话，我宁肯去做一个"渐冻人"，替代我可爱的同学。

但这已是不可能。即使我去扮演这个科学家，可能比现有的科学家更笨；如果我真成了"渐冻人"，可能是最脆弱的一个。

面对我可爱的同学，一个曾经享有舞蹈之美的同学，一个在舞蹈的感应下，已经找到自我，能够会心地绽放出笑意，能够用身体、用笔、用心去展现舞蹈魅力的同学，突然地"渐冻"了，要去用"坚持"面对"生命"了。

而我，在我的同学需要我的爱时，我那"相见时难别亦难，东风无力百花残"的心绪令我十分羞愧，也令我束手无策。

写出这段无奈的话，再看我的同学，已经与她的病友拥抱在一起，他们在相互取暖，他们是一个联盟，一个新群体，充满了自信，高唱着进行曲。

我的泪水喷涌，然而它反照出来的却是无限活力的五彩云霞。

多么令人鼓舞，多么令人感动！一本可以让健康人受到启发、获得人生大悟的书即将出现在你我的眼前，而其中大部分作者，竟然就是这些

"渐冻人"！

我看到了那些美好的往昔追忆；

我看了他们之间投递的希望；

我感受到那不放弃的信念，艰难的坚持与悲伤……

原来人们给予他们的爱的源泉，诚然来自他们自己。这才是伟大的生命之源！

于是，我感到我敲击出来的字所散发的些微的爱，是他们给予我而又返回给他们时，我也不羞愧了。原来我也进入了这个抱团取暖的群体中！

是的，我早就意识到自己已走在生命的尽头，经历了八十一年的日日夜夜后，我似乎也在渐冻。我的肢体逐渐变得迟钝，脚下也跳起"小步舞"；我的膝盖突然变软，不情愿地要在人前折腰……我的体力、智力、思维力均在渐冻……我逐渐发现，我人生留下的遗憾已无法弥补……

我以为我深谙老庄哲学，甘愿面对人生的"渐冻"。

然而，看到我的可爱的同学，从一个坚定的群体中，向我捧来一本买不到的人生哲学书时，我猛然醒悟，我岂不也在享受着老年社会这个群体抱团的温暖！

你们捧来的是一本闪耀着生命之光的书！

亲爱的同学，你们给了我以爱，我也给你们以爱，这就是生命得以绵长的源泉！

深深地爱你们！

紧紧地、长时间地拥抱你们！

八十一岁聋人

渐冻人的挚友

2018 年 9 月 19 日

因为爱 所以坚持

吕艺生，著名舞蹈艺术家、教育家、理论家、美学家，教授，北京舞蹈学院、北京大学博士生导师，国务院特殊贡献专家，教育部艺术教育委员会常务委员，曾任北京舞蹈学院院长、学术委员会主任，我国大型广场晚会开创者，首个国际标准舞专业、音乐剧专业创办者，"素质教育舞蹈课程"创建者，第九届中国舞蹈"荷花奖"终身成就奖获得者。著有《舞论》《舞蹈教育学》《舞蹈学导论》《舞蹈学基础》《舞蹈学研究》《舞蹈美学》等 10 余种专业著作。

序十

坚持舞蹈的舞者

潘志涛

葛敏，是我在北舞时的一位学生。她是上海舞蹈学校毕业之后，来北舞民间舞系上的本科。印象中的葛敏，是全面的优秀，各方面都无可挑剔。从小到大，天生的好学生，一位全面发展的好孩子。及至研究生毕业，就职人大附中朝阳学校任教舞蹈课程，也是水到渠成，理想之所至。葛敏有了自己的家庭，有了完整的既有的一切。谁承想在完美之中会有灾难降临！我是从葛敏患上渐冻症以后才知道的这个病。初时，如自己得了这病一样的难过和恐惧。年纪轻轻，又十分完美无缺的葛敏如何有此大难？真不知道命运怎么会这样反复无常！今年初夏，在北舞的舞蹈教室里见到葛敏，已经是由她的父亲推着，坐着轮椅来与系里的老师和同学相聚了！大家都忍着自己的眼泪，不敢相信这眼前是我们曾经完美的葛敏！系里的现任主任黄奕华教授和老师们跟她叙着，聊着，葛敏在读时的班主任王晓莉教授领着她去教室里看孩子们正在跳的藏族舞。我也在一旁陪伴着，虽然都如常一般地跳着，舞着，讲着，看着。但是大家的心里都有泪水，都在滴着血，好端端的一个葛敏，以前也跟所有的北舞的同学和老师一样，健康，活蹦乱跳，美丽向上。怎么就偏偏让葛敏摊上了呢！？会有逆转吗，会出现奇迹吗？！与葛敏相见的每一位都在祈祷着。希望有逆转，祈盼有奇迹！当然，这都只是一种美好的愿望而已。真正重要的还是葛敏她自己，病疼和灾难不能把葛敏击垮，葛敏是坚强的，她在精神上战胜了病魔,战胜了自己!她非但直面病痛,直面人生,她还能引领自己,引领与她一样的患者勇敢地面对每一天,每一时,不停歇地珍惜生命中的每一刻,完善自己的每一个方面,葛敏较之以前的她更全面,更完美!更令我们因葛敏的出众、优秀而替她骄傲!葛敏率其"冰语阁"的一众,集注了一本只属于他们的书,记录了他们生命闪烁的光彩,《因为爱,所以坚持》!葛敏和"冰语阁"的亲们!我爱你们,加油每一刻!

洛杉矶家中
2018 年 9 月

潘志涛,1944 年出生于上海,1956 年入学北京舞蹈学校,1963 年毕业并留校任教至今。教授,硕士生导师。国务院特殊津贴专家。1984 年创办艺术院校"桃李杯"舞蹈比赛,影响至今。

序十一

因为爱，所以超越

李永宁

葛敏老师是一个大美女。像我这样见了美女就紧张的人，见了葛敏老师，基本上就是躲着走。所以刚成为同事的时候，交往并不多。2012年年末，学校在报告厅举办新年联欢会，轮到我们的节目了，我到后台准备上场，看见葛敏老师也在那里。她的节目还在我们的节目之后，却早已经穿好演出服在那里压腿，做各种准备活动了。葛老师看了一眼我模仿鸟叔的拙劣的打扮，向我微微一笑，一半鼓励，一半欣赏。下场的时候和葛敏老师擦肩而过，她向我竖了竖拇指，说我的身体会说话。得到专业人员这样的评价，我还真有点美滋滋的。

后来是因为课程的事儿，我跟葛老师的交往多了起来。她在课程方面特别有想法。她自己本来是学古典舞的，但她却希望开设街舞课程，以一个非常开放的视角，呈现肢体各种表达的可能性。我们聘请了一个街舞老师开设选修课，葛老师每次课都陪着，做各种辅助工作。后来就有了葛老师指导的获得大奖的我校学生的舞蹈《我本茉莉》——一个融合了古典舞柔婉的诗意与街舞朴质的豪情的作品。

葛老师一直想做一件事儿，开设一个用肢体讲故事的具有心理治疗作用的课程。后来，她的嗓子不行了，说不知道什么原因，讲不出话来了。她课上不成了，但舞蹈队还继续带，还一边继续联系引进课程的事儿。

她的嗓子一直没好，有一次向我透露了一下，说不是什么好病。我想宽慰她一下,嗓子有病能有什么大事儿?说实话,我也确实这么想的。

后来她就请长假看病治病了。

再后来,她在微信上跟我说,她得的是渐冻症……

即使是现在,一年后的今天,我写下这几个字的时候,仍能感受到当时的震惊、难过,甚至无端地还有一点愤怒。

一个用身体来表达美展现美的舞者,却要面对自己全身肌肉逐渐萎缩不再能灵活自如的命运。我难以想象她的痛苦,而她却能从自己的痛苦中走出,创建"冰语阁"。为了那些和自己一样的病患,为了那一份爱的坚守,她拼尽全力。

于是我们看到了那么多爱的故事:

有妻子对丈夫的爱,有老爸老妈对儿女的爱,有来自医生、朋友、同事的友爱,也有同病相怜的病患之间相濡以沫的关爱。父母的坚忍、妻子的勇毅,同事朋友的温暖时时感动着我,使我不忍面对,也使我油然而生敬佩。而在这所有的爱中,最让我震撼的是 ALS 患者所付出的爱。他们的担当他们的坦然他们对生命意义的探索,时时撞击着我的心,带给我全新的对爱的感悟。

"每一个生命都有着彩云般的虚幻,每一段繁华都是乱眼的飞花。孤独并非一个人独处,万人相拥也可生出无边的寂寞。在外飘泊的游子,总是心系那一方乡土和那一抹化不开的乡愁。"(在水一方《梦想在月亮之上》)

从一个健康人的角度,我很难想象这样的文字竟出自渐冻人之手。一个渐冻人不应该是满心幽怨吗,就算是强者,不也应该是一门心思与病魔作斗争吗?怎么顾得上思乡怀人,怎么会绕开渐冻的痛苦抵达生命更深邃的感悟?

"一次用力,耗尽了一生的美丽。"(陌尘《陌上花开》),对生命的悲悯,对生命的赞叹,对生命价值的感悟,令人怦然心动。

"不知不觉间将自己对绝症的恐惧和痛苦移情为对公益事业的热情之中,在帮助别人的同时,自己也获得了众人的关爱和赞叹。我感到了我人生的价值,我不再觉得自己是废人一枚,也很快脱离了精神药物。"(葛敏《渐冻人的必备武器》)这是我第一次读到如此真实而真切的通过爱别人而促使自己得到新生的文字。"子曰:己欲立而立人,己欲达而达人",在这本书里,我看到如此多的如此生动的验证。

作为一名教育工作者,我能够体验到那种付出爱的幸福,也在爱的付出中成就、成长。但我也更多地把爱看成是一种付出,一种奉献,而这个过程中的成就似乎就是爱的收获。而今,葛敏们的故事让我认识到,能够爱能够付出爱本身就是幸福。

"老妈是一辈子的农村妇女,你来了,从此我的孤独寂寞有了陪伴有了温暖;你来了,我的担忧恐惧害怕变得少了;你来了,我们一起对抗ALS。你说,你要撸起袖子加油干,我默默泪流不止,娘啊,上天为什么要如此折磨你,抚养我长大成人,看着我结婚生子还帮我一起带孩子,现在又要照顾我的残疾余生,本该颐养天年的日子,却因我每天困在家里时时刻刻地照顾我,我于心不忍,但不得不坚持,坚持你心中的期盼,坚守我们的家园! 我也是妈妈,我深知,作为妈妈最看不得孩子的痛苦和离开,我知道你会用尽全力守护我,我也会坚强地度过每一天。"(可可《老妈》)即便是与 ALS 对抗,也源于内心对爱的坚守,对爱的信念,对爱的报偿。

我在想,到底是什么使渐冻的朋友们直抵爱的真谛,是病患让他们更为直接地面对生命的逼问吗?

我也问我自己,因为爱,我坚持了什么? 我该坚持什么? 该坚持的我都坚持了吗?

感慨万千,文不逮意,只以此表达我的敬意。

在我写这篇小文的时候,葛老师又有一篇作品发给我。是她结合各家之长编制的一套适用于渐冻症患者的健身动作的详细说明,还附有动作示范的照片和视频,都是她自己来示范的。视频中,她的一板一眼,还可见一个舞蹈家的风范。在一个教渐冻患者倒地自救独自站起的视频中,我见她最后扶着桌子慢慢站起,双眼瞬间又模糊了……

2018 年 12 月 9 日

李永宁,中国人民大学附属中学朝阳学校语文高级教师。

冰语阁经典语录

　　一个健康人很难给一个病人所需的真正的安慰。一则因为不能有真正的感同身受的体验，一则也因为一个病人很难从健康人那里获得信心。同病相怜抱团取暖，对于 ALS 患者来说就更为重要。

　　"冰语阁"之"一米阳光群"，建群一年以来先后吸引了全国近 150 名患者的加入，当病友寂寞时有人陪聊，病友伤心时有人疗伤，病友遇到困境时有人慰问惦记，病友疑惑时有人出谋划策。病友之间，没有障碍，也没有那么多顾忌，大家因同病而同心。虽然群里聊的也不过是小老百姓的日常，然而也正是这看起来平庸的日常，常能带给人最真实的深入人心的触动。我是病友，我从群里获得精神的成长与生存技能的提升；我同时也是旁观者，我被病友们感动，也为病友们打气。我希望"一米阳光群"里的妙语，能够给更多的人带来信心和安慰。于是我便把这一年里给我留下深刻印象的语录收集整理到一起，与同病相怜的你们共同分享。语录中有励志的、有抒情的、更有搞笑自嘲的，无论是阳春白雪还是下里巴人，都是 ALS 病人真实的心语。人们常说真情的就是最美的，这些语录虽没有华丽的遣词造句，更没有名人名言的分量，但对于我来说，对所有的 ALS 患者来说，却是最走心的体贴和关怀，最接地气的活生生的经验分享。

——暖　禾

（一）

　　早中期绝对不能有自杀念头，特别年轻有孩子的，以后人家问起爸妈，生病了自杀，那显得多怂多懦弱，怎么也得显得坚强和勇敢，和病魔抗争受尽种种折磨，活生生的案例让孩子感受到，既是教育又顺便培养点孩子的责任担当，让孩子以后注意健康，说白了我怕死，后期实在受不了折磨可以选择自杀，反正也动不了了。哈哈哈！

2018过去一大半时间，转眼到夏天，又迎来五一小长假，再也不能到处瞎逛了，团聚的日子好好地团聚，对于我们来说，还能过几个五一？十个手指数数，超过你赚啦，没超过的也无需气馁，革命尚未成功同志还需努力，加油朋友们！

——可　可

（二）

咱们这些人，来自天南海北、五湖四海，本来素不相识，却因病相识，同病相怜，年龄相仿，志趣相投，互联网连着你我千万家，大家相聚在小小的手机上，或寻医问药、探讨病情，或没心没肺，抢红包，开玩笑，寻开心，打发着无聊寂寞恐惧的时光。

生病是不幸的，生ALS病又是不幸中的大不幸，但是，在抗冻路上，有病友相助，有红尘相伴，有支柱相随，却又是万幸的。好好活着，人世间还有亲情、爱情，至少还有手机嘛！

——梦回大唐

（三）

20岁、30岁、40岁……总是不知不觉地过去，反倒是一个星期、一天，你看这条祝福的一分一秒，充满现实感。

这个世界上，所有的财富、权力、荣耀都是空的，甚至所谓的时间和空间也是人为虚设的，只有情感是真实的。2018，愿真爱永恒，愿浓情长久。

——吉　波

（四）

人有自己的意愿，人也没有自己的意愿；人对人有意愿，人对人无意愿。就如日起日落，人也有生有死，生即死，死即生；看不清以往、现在、未来，自然看不透要做、不要做、还要做、要做！人啊，最擅长折腾自己啊。我的愿望，能够明白自己，实现自我。

——韩　忠

（五）

从普通的视角来看，我们每个人出生开始就走向死亡，但其实很少有人真正在乎什么时候死，所以我们看到的绝大多数人，你会觉得他们的生活状态是好像他们永远不会死。如果真的迫切地感到自己面临死亡，还会这么浪费时间吗？或者，如果知道自己会死，还会快乐吗？到底什么时候死，一年之后还是百年之后，其实没有本质的区别。如果一年的人生没希望，那百年的人生希望又在哪里呢？佛教有一种法门叫"念死无常"，就是每天都要去想自己很快就要死了，甚至就是今天睡下，明天醒不过来了。从而激发自己利用有限的生命，好好用功。最重要的是，我们要明白生的意义。明白了，一天有一天的价值，不明白，百年也是空过。

——李永宁

（六）

得这个病的人都很痛苦，但痛苦得自己扛着，别给照顾你的亲人太大的压力，爱你的人也压力山大，不爱你的会更远离你，所以我从不要求别人，她愿意照顾就照顾，不愿意我自己能努力到啥程度就啥程度。勇锅说得对，最黑的那段路，还得自己走完。

坚持是为了不在告别时留下遗憾，坚持是为爱你的人可以有理由期待希望，加油！

以前以为，坚持就是永不动摇；现在才明白，坚持是犹豫着、退缩着、纠结着、心猿意马着，但还是继续往前走……

——陌　尘

（七）

失败的人习惯了放弃，成功的人习惯了坚定不移，成功的人永远选择学习！不是井里没水，是挖得不够深；不是成功来得慢，是放弃得快！成功不是靠奇迹，而是靠轨迹！

——新能源李

（八）

与其在那里讨好、忍受、等待别人对你的安排，不如自己闯出一条光明大道，自我成就，在外独自混了二十多年，我相信即使手脚都废了也有魅力。我喜欢范冰冰那句话，我不想嫁豪门，因为我自己就是豪门。我不喜欢别人怜悯我，因为我有自己的价值。

疾病面前人人平等，唯一不同的是你想用什么姿态告别世界，这是所有人都可以把握的，如果等到满身插管靠机器维持生命再谈奉献为时已晚。珍惜当下不是坐等解药而是总该为自己做点有意义的事，哪怕只是看太阳看孩子也有意义。

渐冻者在我看来最缺自信和安全感。自信是指坚信自己所有的苦难终将有回报，自信是即使苟延残喘也敢在众人面前秀秀自己的财富！安全感是指你不相信别人能接受现在的你，不相信生命会有意外收获，不相信自己还能重拾以往的自信，你都不坚信自己谁还能做到呢？奇迹不是念想或口号而是靠脚踏实地的自律！

——暖 禾

（九）

人的生命非常脆弱，搭乘的是一趟单程列车。人生的剧本，不是外力所能修改的，总会有谢幕。所以，死亡并不可怕，可怕的是不会珍惜、不敢担当、不愿面对、不负责任；可怕的是自暴自弃，遇到点挫折就主动放弃生命；可怕的是自欺欺人，直到生命最后一刻才醒悟后悔。死亡真的不可怕，因为死亡是人生的自然规律，谁也阻挡不了。既然阻挡不了，我们能做到的就是调整心情、保重身体，有价值有意义地充满激情好好活着。

我突然开始畏惧死亡，是因为我知道了活着的意义。由此，我应更加敬重生命，我应更有担当作为，我应更加珍惜身边的人和事，我应更加尽情地享受生命中的每时每刻……我终于明白，我之所以突然畏惧死亡，是因为我知道，只有活着才有希望。

——墨 香

（十）

我们的人生要像烧开的水壶一样乐观，屁股都烧红了嘴里还能吹口哨……大家早安。

——在水一方

（十一）

站在人生的十字路口，我们也许会徘徊不定。影响我们下决心的因素，往往既不是事情过于复杂，也不是我们的判断力不够，而是对于自己即将放弃的选择心有不甘，既想要鱼，又想要熊掌。这时候我们就要明白，没有舍就没有得。学会在舍中求得，得中有舍，使舍与得和谐交融。舍得，是一种精神，是一种领悟，是一种成熟，更是一种智慧，一种人生的境界。

年，就这样过了，心，却依旧，像平静的湖面，无波无澜，从什么时候开始，过年，不再是一种憧憬，而成为了一种形式。以往过年，缺的是年货，不缺年味，现在过年，不缺年货，缺的是年味！过去的年味再也找不回来了！难忘今宵，唱了一年又一年，再也找不回以前的那种激情，不变的是日出日落一年四季，变了的是我们在病榻的容颜！难以找到原来的模样。岁月，更是无情的雕刻在我们每个人的心上，岁月如烟，且行且珍惜……生活还要继续。加油吧！朋友们！

——梅 花

（十二）

因为欣赏，我们变得简单而宽容，因为懂得，我们变得淡然和快乐。

——逆 袭

（十三）

小小说《解冻》

玉皇大帝闻知天下有二十多万人得了怪病"渐冻症"，马上派太阳神下凡解冻。太阳神来到人间没有找到一个"渐冻人"，通过互联网查询发现所有"渐冻人"都参加了N多个不同名堂的"群"便分身变成了N多个太阳神去了解。进"群"后发现群里打麻将的、喝酒的、打情骂俏的、男女到小树林的、吃喝玩乐、无奇不有。虽然也有一批有才之士写了很多对ALS感受的好文章，但阅读理解的却不多，土豪们一发红包手快得像土匪一样立刻抢完，根本没有一个"渐冻人"，感叹道："要知天下如此健康快乐，何多此下凡发解药！走喽！"

——郭金林

辑一
命运重锤下的艰难悲伤

原以为岁月很长　很多事可以慢慢做

可病魔倏然而至　没容半点回旋

如一记闷棍

生生击断了似锦的未来　击散了和美的家庭　击碎了安详的生活

任我一再乞怜　也不见星点怜悯

曾经的笑靥　都成过往

心中的希望　都成迷茫

一花一草　都勾起落寞神伤

谁能告诉我　要如何面对那无尽的痛苦和那煎熬的时光

上帝咬过的苹果

作者：在水一方

命运以痛吻我

我愿报之以歌

以后的每一个日子，愿被世界温柔相待

病起潇潇两鬓华

卧看残月上窗纱

豆蔻连翘煎熟水

莫分茶

2014年冬天，有一天突然发现我的右手臂提物绵软无力，一点儿也使不上劲。初时也没有在意，心想或许是睡觉侧睡压的或是不经意间扭的。反正不痛也不痒，过几天就好了。可随后一段时间，不仅没有得到改善，反而伴随着颈椎出现胀痛，于是去附近（三甲）医院进行诊治，初步诊断为颈椎病。拍CT、做核磁共振、针灸、推拿按摩、理疗牵引、内服中药等一系列折腾，罪受了不少，病却越治越逐渐加重。右手虎口鱼际肌明显萎缩，束肌震颤，肉跳如雨水打在湖面，不仅能感觉到而且还能清晰看到。经过一段时间治疗后，主治医生见没有得到缓解，建议去权威医院进行诊治。

2015年初，我预约了某知名医院的教授，住院治疗。经过各项检查及肌电图，腰部穿刺，肌肉活检等等一系列筛查，初步诊断为运动神经元病。上网一查病种，我的天顿时崩塌，伤心，绝望，恐惧，侵袭着我每一根神经，这可是一份死亡判决书啊！我犹如惊弓之鸟，随时等候着来自死神的狰狞宣判；我无时无刻磨砺着自己的心智，独自品尝着生与死，恩与怨；我生活在苟延残喘的痛苦里；我承受着来自躯体与心理的双重折磨与摧残。

运动神经元病(ALS)又叫肌萎缩侧索硬化，发病率约为十万分之一二，是一种罕见的未知病因的神经退行性疾病，病患者身体中动用肌肉所必需的运动神经元被损坏，导致了像舌头、脖子和四肢之类的所有肌肉的瘫痪，以上、下肢力量严重进行性丢失、构音障碍、吞咽困难、呼吸衰竭为特征，患者生存期一般为三至五年。

我不相信自己会得这种残酷的疾病，我不相信这种罕见的十万分之一会降临到我头上，我相信我这么棒的身体不会被绝症缠身。一定是误诊了。我不甘心，我要抗争。在治疗一段时间后不见好转，病魔的脚步却还在缓缓向前迈进，于是我办理了出院手续。绝望、惶恐会致使患者产生古怪的想法，比如到处寻医问药各地去寻求神药和神医。只要能治好病，就算活吃蟋蟀，也会照做。

于是乎，2015年9月底，我又踏上了北上的求医征途，怀着希望，揣着信心，这次一定能凯旋，一定能还我一个健康的身体！来到北京后，预约了天坛医院神经内科的一名教授，可是需要十二天后才能就诊。等就等吧，只要能治好，于是租了个私人小旅馆住了下来。好不容易挨到天坛医院预约的当天，一早就去等候叫号，心里暗暗祈祷：希望教授能给我一个惊喜，告诉我不是那种可怕的疾病。终于轮到我了，我惶恐地把所有病历资料递上去，心里惴惴不安。教授看了我的病历、肌电图等，问我有无家族遗传史，有没有接触过化学物品，我都一一告诉他，最后他在一张纸上写下了几种药：力如太，甲钴铵等，让我买回去服用，告诉我不用到处折腾了，这是全世界医学难题，尚无有效药物治愈，但可以延缓，呼吸不好用呼吸机，吞咽不好就胃造瘘，保持好心态。此时，我不知道是应该感谢他还是该诅咒他。

从医院买了些药回到旅馆，整个人好像散了架一样。悲观绝望的情绪笼罩着我，我想人生最大的痛苦莫过于希望的破灭。就这样回去坐以待毙？难道神州大地就没人能治得了这病？中医是老祖宗留下的文化遗产,古代就有华陀、扁鹊、张仲景等神医能起死回生。还是看看中医怎么说。网上搜索一下,中医院挺多的,选了一个名头大点的,北京某中医研究所。第二天收拾行囊,赶早到了那里,六环外,很偏僻。我怀疑是不是找错了地方,一看门外招牌,没错啊。怎么是个小诊所呢? 我犹豫着要不要进去,想着既然大老远赶来了,还是进去看看吧。给我诊治的确实是一位老中医,慈眉善目头发全白。照例询问病情症状,他说这种病古时叫痿症,中药慢慢调理可以治愈。一月一疗程,三天后开始见效(发热),先试一个疗程。

我仿佛又看到了一丝希望,按照他的要求买了一个疗程,外加一些中成药(每剂二百多),然后带着几大袋药物踏上了回家的路途。很快一个疗程快要结束,因为不肯给我药方,我将药的样品请一位药剂师将每一种药仔细分拣出来,包括重量。他说这些药非常普通,每剂就二十来块。我感觉我又上当受骗了,每天吃药苦不说,更重要的是身心受到了摧残!

既然没有神医神药,我也就不再折腾,调整好自己心态,不怨天尤人,不怨命运不公,不怨自己不幸,乐观坦然面对既已发生的,也不必在意旁人异样的目光,因为那些人是有道德缺陷的!

曾经看到过一则故事,有一个人从小双目失明,懂事后,他为此深深烦恼,认定是老天惩罚他,感到这辈子都完了。后来,一位大师对他说:"世界上每个人都是被上帝咬过一口的苹果,都是有缺陷的,有的人缺陷比较大,是因为上帝特别喜欢他的芬芳。"他很受鼓舞,从此把失明看作是上帝的特殊钟爱,开始振作起来。若干年后,当地传诵着一位德艺双馨的盲人推拿师的故事。上帝知道这件事后,笑道:"我很喜欢这个美丽而睿智的比喻,但要声明一点:所谓缺陷是指生理上的。那些有道德缺陷的人是烂苹果,不是我咬的,是虫蛀的。"

这个故事告诉人们,你的艰难困苦不是因你前世有过错而受到惩罚,相反,你曾经是上帝最钟爱的人,不要因为你的某种缺憾而懊恼!

涅槃重生,打不倒你的必使你强大! 我知道,从此以后,再大的挫折也不能将我打倒。如果一个人曾失去一切,那么任何事情都永不会再破坏内心的平和。现实世界中,各种不幸与灾难总是不断在发生,生活的本质就是一场接一场的暴击。不论昨天今天,还是未知的明天,我深深懂得,过好一天就是赚一天。有多少人哭泣没有美丽的鞋子穿,却看不到有人没有脚。

有多少人穿上了漂亮美丽的鞋子,却连脚带人,被推进冰冷的殡仪馆。所谓的世界,不属于你,也不属于我。我们无权抛弃这个世界,能抛弃的,只是自己心态的不平与执拗!

在水一方,真名刘文杰,男,湖南长沙人。2015年初确诊为运动神经元病,患病快四年的时间慢慢失去了行动能力。吃饭靠喂近一年,身体虽禁锢斗室无法行走,但依然向往诗和远方。

格言:不管多痛、多难、多苦,一定要告诉自己坚持住。生活给你压力,你就还它奇迹;人生给你考验,你就还它经验;勇往直前,才能收获幸运。

那年花开

作者：墨香

"最终塑造我们的，是我们所经历的那些艰难时光，而非浮名虚利。我们所经历的每一次挫折，都会在灵魂深处种下坚韧的种子。我们记忆深处的每一次苦难，都会在日后成为支撑我们走下去的力量。"

——桑德伯格

"去年今日此门中，人面桃花相映红。人面不知何处去，桃花依旧笑春风。"春天来了，我来到北京天坛医院也已经十几天了，十几天来我从不下楼，每天都有做不完的检查，瘫软在病床上，面对着天花板，就好像被困在了冰冷又无法挣脱的牢笼里，焦虑和绝望让我坐卧不安，茶饭不思，夜不能寐！

午饭后，二姐再一次小心翼翼试探地说："今天的天气格外的晴朗，楼下花园里的花都开了，我们下楼走走吧。"我没有说话。我怎么能告诉二姐，我害怕，我害怕看到这美好的春天和绚丽的花朵呢。这一切都会给我"物是人非事事休"的悲哀和绝望，我只想躲起来，深深地躲起来！但是当我抬头看到二姐期待的眼神，忽然很心疼，我不能再拒绝一个姐姐的良苦用心，于是我点了点头，二姐的眼中就马上都是欣喜，她以最快的速度抓起外套为我穿上！

当我迈出病房的一刹那，刺眼的阳光让我睁不开眼，差点一下子跌倒在地，果然如二姐所说，花园里的迎春花和白玉兰正在怒放，一朵朵仿佛都在炫耀着自己曼妙的身姿和生命力！抬头仰望深邃的天空，一缕忧伤的情愫悄无声息地从心底蔓延开来,那些美好的记忆,化作忧伤的思绪,背过身,我再次流下了眼泪,"年年岁岁花相似,岁岁年年人不同"啊!

想起去年的春天,我还是那么热爱生活,热爱美好的事物,每一朵花,每一根草都会被我捕获,记录在手机镜头里,再用诗一般的文字去歌颂,而此时此刻我却没有了赏花的心情,阳光温热,岁月静好,花儿又来,我却黯然神伤!在这个春天里,我有的只有无奈和伤心,那些美丽的花儿只能激发我更多痛苦的回忆!我甚至嫉妒它们的灼灼其华,因为它们让我想起就在去年的春天我还约着三五好友满心欢喜地在春天里尽情地飞舞,而仅仅就一年的时间,却天差地别了,这怎么能不让我伤感和无奈呢!

为什么?为什么一瞬间一切都变了个样子?那些花开,那些日落,那些单纯清澈的时光,那些明亮的青春,以及幸福的时光,究竟是怎么穿过我的身体,流淌得如此干净?不幸来得如此急、如此猛,如此不敢想象,除了痛感命运弄人,悲叹时过境迁,我还能怎么样呢?哎!这人世间,为什么总不能让善良的人好好地活着?我那年迈的双亲,我那嗷嗷待哺的孩儿,我那么多的理想,那么多没有实现的愿望,难道真的注定成为遗憾吗?

墨香,真名何艳丽,女,河南周口人,经典型ALS,2017年3月确诊,目前有口难言,有手难握,有腿难行。纵然疾病禁锢了我的身体,却冰封不了我火热的心和丰盈的灵魂,抗冻路上,我们携手同行!

如果事与愿违，一定是命运另有安排

作者：墨香

我是一个渐冻人患者，女，36岁，中学一级教师，病前担任一所初中的九年级语文课兼班主任工作。从教十五年以来工作恪尽职守、兢兢业业；虽谈不上成绩斐然，但也小有成就！教法灵活多变，擅长推陈出新，并多次下乡送教，深受好评！深爱学生，挚爱事业！但就在我事业的上升期，老天却给我开了个无法改变的玩笑！

我自2016年2月开始频繁肉跳，因当时我担任两个班的语文课兼班主任，无暇去检查，也没有放在心上。于2016年4月怀第二胎，依然坚持工作。直到2016年10月开始，左手无力，以为是劳累过度所致，依然没有在意。孕五个月依然去省城参加优质课大赛，并荣获全省一等奖的荣誉！孕八个半月时，手越来越力不从心，这才开始休产假。2017年2月25日孩子满月，准备坚持去上班时，突然开始说话大舌头、手无法扎头发、腿无法快速行走，于是在老公的陪同下在县医院检查了一圈，结果都很正常，找不出任何毛病，老公还嘲笑我的矫情，但我自己清楚自己的身体。在我的一再坚持下，老公又陪我来到了郑州大学第一附属医院，2017年3月1号，是我此生永远也忘不了的日子，也是我命运的转折点，更是整个家庭噩梦的开始！我清楚地记得，那一天一个姓赵的老教授在对我一阵敲敲打打之后面色凝重地把我赶出屋外，要和我老公单独谈话！

我隐隐感觉到有些不祥，但因为自己年轻，又从来没有生过病，所以并没有多想。老公出来后，我问他什么病，他说没事，咱们给家里打个电话今天不回去了，我们先住院！我说："没事干吗不回去，孩子还要吃奶呢。"老公吞吞吐吐说:"反正来了,就检查检查吧。"我心里似乎感觉到事态有点严重,于是默默地跟着老公来到了住院部。当一切手续办妥当,天色也已经接近黄昏,我的奶水也涨得更加厉害,我开始挂念我才满月的孩子。当我刚想埋怨老公的小题大做时,护士过来送给我一个手环,上面写着"运动神经元病",后面还打着一个问号。我第一次听到这个病的名字,于是拿出手机就要百度,而老公竟然阻止我去百度。他越是阻止我越是好奇,突然感觉到,自己的病没有那么简单。最终他没有拗过我。当我打开链接,看到那段文字,顿时天崩地裂,头晕目眩:"运动神经病,世界五大绝症之首,是一种神经退化性疾病,病人逐渐丧失所有行动能力,包括语言、吞咽和呼吸,生存期二到五年。"那一刻,恐惧、绝望、焦虑、怀疑一起涌上心头。我六神无主,惶恐不安,泪流满面。老公也终于绷不住了,我俩抱头痛哭!整个医院的病人都看着我们!我不断地说着:"不可能、不可能,绝对不可能。"老公也说:"肯定不会的,咱们住院排查一下,一定是别的病,医生说了也可能是脑梗或者颈椎病呢。"那个晚上,我们谁都没吃饭、没睡觉,老公不顾及其他病人的眼神,紧紧把我抱在怀里,诉说着对我的愧疚。而我一想到我两个年幼的孩子即将失去妈妈,便心如刀绞,泪一刻也停不下来!

接下来的一周,我无心吃喝和梳洗,每天木然地奔波在各个检查室。我多么渴望有一项检查结果出现问题,但每一项都是那么正常,一个个病都被排除掉了,一个个医生看到我都无限心痛地摇头,都拼了命地想替我排除,最后甚至请内分泌和甲状腺的专家也来会诊。他们多么不愿意看到一个如此年轻的生命身患此病啊!直到最后一项最权威的肌电图结果下来,医生再也无法逃避,无奈地给我颁发了"死缓"判决书!

但是我和老公依然不相信这个结果,我拼命想逃避这个宣判。我才35岁啊,我的小儿子才刚刚满月,我还没有回报年迈的父母,我的事业刚刚起步,我才刚刚买了自己的小窝,我还没有把孩子抚养成人,还没有来得及带他们读万卷书行万里路……太多的遗憾和来不及让我心有不甘,我不愿意相信,不相信一心向善的我会得如此恶疾,于是我叫回了在外地打工的姐姐,让老公回家照顾我十岁的大儿子和嗷嗷待哺的小儿子,让姐姐陪我去北京再次检查。3月8号我和姐姐连夜坐上了去北京的高铁,那是我这一辈子第一次坐高铁,第一次去北京,第一次离开孩子!从不曾想我是以这样的方式去北京,看着车上别的乘客开心地聊天,我万念俱灰,心痛得撕心裂肺!

经过一番周折,我们在3月10号住进了北京天坛医院,接下来的十几天我们又开始了一轮各项检查。每天都有专家来查房,每来一个医生都要对我敲敲打打地查体,而我每次都会热切地盯着医生,像抓住救命稻草一般拼命问问医生我是不是此病。而他们通通都不敢正视我的眼睛,统统推脱说:"等肌电图结果下来再判断。"那十几天里我患上了严重的焦虑和抑郁,不吃、不喝、也不睡,坐也不是、躺也不是、走也不是、站也不是,虽说还是春寒料峭,但我汗如雨下,衣服都能拧出水来,内心充满了煎熬和对孩子将来的忧虑、心疼,那种内心的痛苦没有任何人可以感同身受!终于肌电图结果下来了,上面清晰地写着"肌萎缩侧索硬化"。我知道,这是运动神经元病的另外一个名字!医生说:"出院吧。有条件就把力如太吃上,没条件就多吃好的,好好养着。"我转身离开,泪如雨下,姐姐默默收拾行李,我们再次踏上回家的旅途,我与北京擦肩而过,我的人生也就此定格!

回到家,我买了国产的力如太,虽然比进口的便宜,但一个月也要两三千,另外老公也开始带我四处求医。虽然此病全球无解,但我们依然相信世界之大,总有奇迹!中医、西医、偏方,包括烧香拜佛求神仙,纵然我们用了所有方法,但是病情却越来越严重,从左手到右手,从走路到说话,无一处不在发展!终于我们弹尽粮绝,钱财散尽,不得不接受无处可医、无药可医的现实!我停了所有药,心如死灰,顺应命运的安排!

如今,我生活不能自理,有手难握,有腿难行,有口难言,有痰难吐,有痒难抓。面部表情僵硬!买了奢侈的活命器材:呼吸机、制氧机、吸痰器、轮椅,生生把自己变成了一个败家娘们!对于生死和病痛折磨,我早已处之坦然,但每每想到我的孩子便会痛不欲生,大儿子还在读小学,小儿子仅仅吃了一个月的母乳就从此离开了妈妈的怀抱,现在由75岁的姥姥带到乡下抚养。姥姥自己都很难照顾自己,带孩子的艰辛可想而知!老公也因为照顾我无法工作,每天除了照顾我的吃喝拉撒睡,还要接送大儿子,做饭做家务,36岁却已经两鬓斑白!看着老人直不起的腰和越来越瘦弱不堪的身体;看着两个因我而失去快乐童年的孩子,看着老公越来越焦虑崩溃的情绪,我活得也越来越愧疚,越来越不心安理得!死去,怕让孩子背负一个"妈妈自杀而死"的包袱,这对孩子不公平!活着,却要以别人的付出为代价!生与死于我而言都何其艰难!

家同学校一墙之隔,每当听到上下课的铃声,我总会默默流泪!得病后的无数个夜晚我都梦到自己重返讲台,而醒来依然口不能言,身不能动!现实的残酷让我悲恸万分而又无可奈何!每天只能躺在床上,回味所有的过往。

"富在深山有远亲,穷在闹市无人问。"得病以来,我们一家人品尝了所有人情冷暖,世态炎凉!身边人渐行渐远,包括最亲的亲人都把自己当作负担,唯恐避之不及!只留下我年迈的双亲和不离不弃的老公!但在这个薄情的世界里依然有人深情地活着:学生的时时探望;病友果园大哥虽同样罹患绝症,却每月给孩子买奶粉,给我买蛋白粉;猫妈妈,曲姐姐,胖哥一直鼓励我与病魔作斗争;郑州的陌生的网友给孩子买衣服;浙江好心大姐倾其所有接济我……这些都是我活着的理由和动力!他们的温暖和鼓励让我于困境中再次相信人间真情!正如曲姐姐所说:"因为在不远的地方还有一个人、甚至一群人正和你同病相怜,为此你依然可以在黑暗中看到一丝微光,因为对方的坚持看到了方向和希望,因为对方的坚持觉得疾病和死亡不再那么可怕!"

我始终相信:如果事与愿违,一定是命运另有安排!纵然老天不公,但我依然努力!不求老天眷顾,只愿此生无悔!

痛苦的轮回

作者:榕

渐冻症,这个恶魔一样的名字于我而言并不陌生,当它真真切切降临到我身上时,我没有丝毫的意外和怀疑!更没有太多的恐慌和害怕,它还是来了,无论我有多么难过,多么不愿意,它还是来了,它是我们家族的魔咒和梦魇,尽管我们极力避讳,尽管我们哭泣,我们挣扎,我们抗拒,它却并不会因为我们的眼泪而有丝毫的怜悯之心!

事情还要追溯到三十几年前。那时候我在城里打工,爸妈一个电话说奶奶不行了,让我们回家。对于奶奶我从小到大没什么印象,因为爷爷去世得早,奶奶改嫁到隔壁村的一个爷爷家了,几乎和我没什么情感的交集。但是我还是一接完电话就往家里赶。到家见到奶奶的那一刻,只见她瘦得皮包骨,不会说话、不会吞咽,两只眼睛盯着我,好像有好多的话要说却说不出来,眼泪瞬间涌出。后来家里来了好多亲戚都是来见奶奶最后一面的。他们问奶奶话,奶奶只是用眨眼来回应。我问爸妈奶奶这是什么病,爸爸回答我去城里大医院查过了,查不出来什么病,医生说或许是食道有问题吧!妈妈说不是食道也拍片了吗?三十年前医疗水平有限,查不出来的病很多,我们也没去深究。毕竟那时候奶奶也将近七十岁,就觉得或许是自然老的缘故吧!爸爸请来的乡村医生,也是无能为力。也不知我奶奶是啥病,最终我奶奶于两个小时后一口气喘不过来就这样走了。办完丧事,我也回城里打工去了。并且随着时间推移我也慢慢淡忘了!

就在我们平静地过着自己的小日子的时候,1997年,又一场意外彻底让我绝望,一天,我和爸爸通电话,发现电话那头的爸爸说话结结巴巴的，我说爸爸你说话怎么啦，他说也不知道怎么啦，最近总是说话打结。我以为爸爸脑梗，赶紧叫我老公带着我爸去省城大医院挂专家门诊，那次正好遇见神经内科的慕容教授，他帮我爸确诊说是运动神经元病。那时候还搞不懂啥叫运动神经元病，以为这不算什么大病吧。接下来听着教授的细心解释，听得我头皮发麻，万念俱灰，这世界咋还有这么恐怖的病呀。慕容教授问我爸的父母亲是否有类似的病，我爸回忆说奶奶也有这情况。慕容教授说此病估计是家族遗传，而且目前还无药可治。瞬间我们的精神防线崩塌了，恐惧涌上了心头！以后的日子我们再也没了欢笑，带着爸爸回家，看着爸爸一天不如一天，心疼却又无能为力，背负着遗传的压力一天天煎熬着、折磨着、痛苦着、前行着！

最终爸爸也在 2004 年的 8 月带着无限遗憾离开了。自从我爸离开后，这病就成了我们几个兄弟姐妹心中不敢触及的痛，生怕哪天灾难再次降临。就这样我提心吊胆地过了十几年，忽然有一天，听我嫂嫂说哥哥好像说话有的字转不过弯来，我心里想完了，我哥也难逃噩运了。我一边安慰我嫂我哥，说不可能的，或许最近太累了，或许心理作用，一边再安慰自己不要怕，没事的，家人不会再出现这不幸了，老天不会如此不公的！但一天一天，随着哥哥的症状越来越明显，我们都心知肚明了，强忍着泪水每天艰难着、煎熬着，期盼着解药快点出现，拯救我们这个多灾多难的家庭！

2014 年在我爸走了十个年头后，我也出现了浑身肉跳，我明白接下来我将要发生什么。我不敢告诉我的亲人，怕他们担心我。我平静地收拾行李，独身一人来到了省城医院，去默默接受医生们给我的判决书。果然不出所料，我被确诊肌萎缩侧索硬化，我没有哭，却对医生笑了笑，其实我已经预感到了。医生说："你不怕吗？"我说："我怕了十年了，现在反而平静了。我没得选择，这就是我的宿命。"如果我可以选择，这世界我宁愿从来没有来过！而此刻，我又是多么恐惧这个噩梦在无数年后在我们家里再次轮回！

榕,真名陈榕,女,47岁,ALS患者,因为年轻,所以不甘心,总希望哪天解药能降临,幸运能眷顾自己,可是每次都是期盼到绝望,望眼欲穿啊!所以常常手机不离手穿梭各个病友群,希望病友们能有最新的消息。一次次的等待,一次次的失望,与身体功能的每况愈下,我们都是和时间赛跑。但是我们不放弃,相信世界这么大,研究人士和关心我们的爱心人士这么努力,我坚信我们的解冻日不会只在梦里,一定会在现实中实现的。因为爱,所以坚持。

静待春暖花开

作者：郑小小

人生有顺境，也会有逆境！在我始料不及时，搭上了一列随时都有可能到达终点的列车。

2015年初，春节才刚刚过去，大家都还沉浸在节日的氛围。我感觉说话有些迟钝，这是我刚发病的征兆，也是彻底颠覆我人生的开始。

这段时间天气特别寒冷，说话不太利索，吐字发音不清，以为是天气寒冷的原因。开始没有出现别的症状，一点儿也没当回事。过了一段时间天气暖和了，说话有时还是绕不过来，并感觉有点吃力，所以决定去医院检查一下到底哪里出了问题。在我的记忆里，药和医院好像都与我无关，我对自己的身体很自信。

我生平第一次走进了附近的一家三甲医院，挂了耳鼻喉科。一位大夫仔细询问了发病症状，也不敢断定是什么病，让我去神经内科诊查，然后叫一个助手领我们去了神经内科门诊。负责给我诊治的医生安排了各种检查，我按序检查完。主治医生看完后说检查报告都正常，怀疑是不是患上了罕见的延髓麻痹，建议我去权威医院确诊，说我可能患的是罕见病。当时没弄懂罕见病的意思，以为罕见病就是很少见的病。医生把检查报告递给我，也没给开任何药物。我接过一叠厚厚的检查报告，喜忧参半，喜的是检查结果正常，应该不是大不了的毛病，忧的是说话感觉吃力，右手还伴有无力感。

随着时间一天天过去，出现了新的症状并持续加重——手臂肌肉出现萎缩无力、吞咽发生呛咳、走路不稳，于是决定去权威医院进行检查。

2016年初，女儿陪我来到了湘雅医科大学附属医院神经内科，接受住院检查治疗。刚住进去时心里感觉很踏实，心想这次一定能把我的病治好。接下来每天要做的是各项检查，肌电图、磁共振、吃药、打针、挂水。一个星期后，医生根据肌电图等检查结果，告诉我是疑似运动神经元病。这是我从没听说过的病，更不知道它的残酷性。

在医院住了十多天，不见一点好转，医生建议出院。这时感觉心里好惶恐。无奈之下，拖着沉重的身躯，揣着一叠厚厚的检查报告出院了。出院时医生嘱咐过三个月复查一次，不能劳累，保证营养……

回到家中，几乎每天都在思虑着自己的病情，在网上查到了运动神经元病，如晴天霹雳！特别是看到"生存期三至五年"这几个字时，我崩溃了，倒计时人生即将走到尽头！

在恐惧、焦虑、绝望中煎熬了三个月后，我决定再去医院复查。

老公陪我一起走进诊室，把上次所做的各种检查报告单交给了一位教授，教授看后结合我的各种症状说基本确诊了，没必要再做检查了。我坐下来没等医生说几句话，已泣不成声了。老公要求再重新检查，医生说没必要做，重新检查结果还是一样！我低着头，趴在桌上不敢再往下听，那一瞬间，那一种悲伤，眼眶再也承受不住眼泪的重量，泪水决堤，一发不可收拾。医生看我情绪不好，叫我出去平复下情绪。走出诊室我号啕大哭，不顾旁人异样的眼光，也听不进老公在一旁的安慰，哭得撕心裂肺！不知过了多久，情绪稍稍有些平复，办理好出院手续后，拎着几袋药踏上回家的路。

回到家中后，总抱着一丝希望，到处寻求各种药物、民间偏方。然而，尝遍各种治疗方法都无法阻止病魔前进的脚步。求生的欲望一次次把我推上求医路，又一次次失望而归。

经历了太多的折腾，我渐渐明白，折腾只会加快病程的进展。

我调整好心态，不再为难自己，给自己一份淡然心绪，人生并不是流水，总会出现许多意料之外。人生短短几十年，都是弹指一挥间。过好当下，珍惜每一天，不抱怨，给自己一份乐观，用平和的心态接受命运的安排。既然遇上了，也逃避不了，还是选择接受面对现实。

记得一位神经科专家说的一句话："癌症病人能带病生存，而我们也一样可以带着 ALS（肌萎缩侧索硬化症）生存。"我已经适应 ALS 带来的各种磨难，我学着承受痛苦，学着把眼泪像珍珠一样珍藏，学着把生活的苦酒当饮料一样慢慢品尝，它让我学会坚强，懂得珍惜活着的每一天。

病魔没有停止侵袭，渐冻的身躯已被禁锢家中。力量在逐渐减弱，洗脸、梳头、刷牙、吃饭用勺到两手握勺吃饭……每一件小事都得努力地使出洪荒之力，运动功能一天天消失。尽管如此，我依然选择坚强活下去，尽管活得如此艰难。这个世界我只来一回，生命只有一次。珍惜和家人在一起的时光，珍惜身边的幸福，生活再难再苦都得继续下去，我改变不了已经发生的现实，只能改变心态。保持平和的心态，笑对人生，静待春暖花开。

渐冻人的经历

作者：全心全意

我是内蒙的。说起内蒙，人们就会想到，蓝蓝的天空、茫茫草原、绿草如茵、牛羊成群，还有垂涎欲滴的手把肉、赛马、摔跤等。这就是我的家乡呼伦贝尔市，我所在的地方是呼伦贝尔下辖的莫力达瓦旗，是全国三少民族达斡尔族自治旗，是歌舞之乡、大豆之乡、曲棍球之乡，西部大开发标志性建筑——尼尔基水利枢纽就坐落在这里，与各种建筑相映成趣，如一颗璀璨的明珠，镶嵌在嫩江岸边。这里山美水美人美，空气清新，每到五月花开季节，四面八方的游客蜂拥而至，观赏杜鹃花，那真是花的世界，人的海洋，我还写了一首小诗点赞：

漫山杜鹃花正开，
游人如织赏花来，
鲜花簇簇映笑脸，
乐不思归尽开怀。

每每说起家乡，就兴奋不已，忘了自己还是个渐冻人！

平时很少提起渐冻人，今天进群遇到这么多朋友，也看了"冰语阁"里面的文章，被那些不屈不挠的抗冻斗士的无私和热忱，还有家人们的故事所感动。没有感觉冷，反而要被融化，所以我也把自己成为渐冻人的经历和体会记录下来，与大家一道，互相鼓励、互相学习！

我的诊断也是一波三折，2016年冬天，因为做承德老酒，经常在外面跑，有几次双腿僵直，失去知觉，并且摔倒，进屋暖和后又恢复过来了，也没在意。到了2017年春天，先是右腿后是左腿开始走路费劲，但是还可以骑自行车、步行，摔过多次，所幸没有摔坏，身上经常青一块紫一块的，随着时间推移，越来越加重。

2017年7月18日，在家人劝说下，到齐齐哈尔市第一医院骨科检查。医生说是骨质增生，说我坐办公室，锻炼少，让我经常走步。回来后，自行车入库了，干脆都是步行。到了冬天又开始僵直，走路更加困难，而且家人发现有肉跳。我才想起一件事：2003年，一位在派出所当所长的同学，查出运动神经元病，寻医走遍了全国各大医院，西医、中医、针灸、偏方无数，最终还是没有逃过噩运，于2006年去世。整个过程我都见证了，真的是非常残酷，很恐怖，我至今不愿意回忆那段日子。

因为有了那段经历，对渐冻症还是了解一些，我倒吸一口凉气，怀疑自己也是这种病，但毕竟是怀疑。2018年1月8日又到齐市中医院新二院神经科检查，我说了同学得运动神经元疾病的事，专家让做肌电图，肌电图出来后，专家说可以排除，还是看风湿科，我心里窃喜，回家继续卖酒，也开始观察自己。慢慢发现左手心凹陷，虎口有萎缩，2月1日到哈尔滨医大二院挂号神经科老专家，我拿出齐齐哈尔的肌电图，初步检查后说，我也不让你花冤枉钱了，这个病世界疑难无药可治，回家养吧！不用仪器检了，不用这看那看的，心态好就多活几年，别喝那些苦药水了，不等病死也药死了……直言不讳判死刑了。我毕竟有心理准备，当时就接受了这个结果，微笑与老专家告别，从医院出来，告诉儿子：这个病我了解，咱们哪也不去了，回家把剩下的日子过好吧！

到家以后，同学们来探望，说你啥也没检查，万一误诊呢，建议我去北京宣武医院检查。2月4日启程去北京，6日入院检查至14日，最后确诊肌萎缩侧索硬化症，医生还是束手无策，无能为力，买延缓药力如太彻底死心回家了。我们是除夕夜到家的，过了一个五味杂陈的年，开始服用力如太了，可是因为老胃病，吃药有反应，不能吃饭，三起三落，一盒药吃了一半，再也没有吃，期间朋友介绍名目繁多的专科医院，我都没有去，因为我母亲的一段治病经历给我很大触动。

母亲五十多岁患上类风湿，生活不能自理，大家知道这个病和渐冻症、白血病、癌症、艾滋病并称世界五大绝症，三十年前更谈不上治疗。

骨头变形,疼痛难忍,有人在外地买回来药,说治这个病,记得叫保泰松,吃了以后,立竿见影,不疼了,起来能做家务,还能吃,身体开始发胖,家人皆大欢喜。有一次在乡卫生院当院长的表哥,来家里看望母亲,知道情况后,告诉我们,母亲用的保泰松是激素药,对人体伤害特别大,长期服用,骨头就会酥,身体很快垮掉,建议停用,可是停下了又要卧床不起了,表哥说,这是世界疑难,根本治不了,把肺结核看住,别感冒,疼了就用去痛片,心情好、不操心就行了。我们只能照做了,母亲身上的病全了,唯一就是胃好,真是上帝给你关上一扇门,必然打开一扇窗。

在儿女们的照顾下,把其他能治的病治疗,能控制的控制,母亲每天八至十片止疼片,活到八十岁,2012年去世。我觉得我们这个病也是同样的道理,治不了的搁置,头痛医头,脚痛医脚,痒痒就挠挠,哪里不舒服就想办法解决,每天都舒服,当然需要家人的呵护、耐心、安慰,这是最重要的。病人也要坚强,不要把不舒服转嫁到家人身上,多了解学习,掌握基本知识。我没病的时候,家里的细活都是我的,爱人电话号码都不会存,现在家里里里外外都是她来做。她就是一句话,你瘫了也行,留一口气,让我有个家,我不想一个人孤单! 为了这个要求,我没别的选择,只有坚强! 懦弱了半辈子,终于有一个坚强的机会,一定努力加油!

等到解冻那一天,欢迎群里的朋友们来大草原做客!

全心全意,真名郭占全,男,56岁,2016年冬发病,2018春节确诊为肌萎缩侧索硬化症经典型,现生活不能自理,靠妻子护理,四肢无力萎缩,目前无吞咽能力,呼吸困难。

渐冻人的心声

作者：郑小小

以往的活蹦带跳，
以往的滔滔不绝，
已变成回忆，
以往所做的一切事情，
已成为往事，
以往的轻而易举，
已经是幻想，
以往的……

希望出现奇迹，
能让枯萎的身体得到逆转，
希望出现奇迹，
能还枯萎的身体一个健康，
希望出现奇迹，
能让枯萎的身体不再枯萎，
希望出现奇迹……

没有任何感觉，
没有任何知觉，
在不知不觉中，

身体被击垮，
肉体被蚕食，
力量被吞噬……

唯独不变的是，
情感依然丰富，
感觉依然清晰，
头脑依然清醒，
思维依然敏捷。

不知有多想照顾自己的日常生活，
不知怎么努力，
可就是做不到，
日常生活的照顾难于登天，
希望病情发展得慢一点，
再慢一点，
希望科学发展得快一点，
再快一点。

枯萎的身体在期待那道曙光，
期盼的眼神在等待那道曙光，

发生在别人身上是故事，
发生在自己身上是悲剧。

泪没挂在谁脸上，
谁不知有多冰凉，
伤没伤在谁身上，
谁不知有多疼痛，
伪装一下自己，

再疼再痛都忍着，
假装一下自己，
再愁再苦都藏着，

我曾经
绝望过，
伤心过，
气馁过，
哭泣过，
过后艰难的生活还得继续，
煎熬的日子还得继续，
痛过才懂坚强，
苦过才知甜蜜。

别人永远不明白自己的感受，
自己的悲伤别人永远体会不到，
难过时任眼泪尽情地洒落。

不是说春暖化冰吗？
已经是夏天了，
全身依旧被冰封，
冰封锁了我所有，
封锁了我的日常生活，
封锁了我的一切爱好，
封锁了我的亲朋好友，
封锁了……

这块冰何时才能融化掉啊！
何时才能从冰窟窿里获救！

抗　冻

作者：站起来

这是一场没有硝烟的战争，全国有将近20万人参加了这场长期的战役，他们分别来自祖国的四面八方、不同领域、不同层次。

有的战友直接赤手空拳与病魔搏斗，有的战友配备上各种先进的武器（雾化器、制氧机、呼吸机、眼控仪、咳痰机、吸痰机、口水机等等）与病魔周旋，有的战友配备上必要的给养（力如太、熊药、fy药、泡腾片、沐舒坦等等）展开了持久战，有的战友用新式武器（依达拉奉、青霉素、苗药……）偷袭病魔。

在这场战斗中有的战友不能走了，就用轮椅；不能说了，就用手指打字与外界联系；有的战友实在不能动了，就用双眼与外界传递信息，相互交流着战友们多年抗冻所积累的丰富护理经验；有的战友呼吸困难用呼吸机、咳痰机；有的战友伤痕累累，在没有办法的情况下进行了气切；有的战友在不能吃饭的情况下做了胃造瘘（用注射器往胃里打流食）；更有的战友战斗到直至最后英勇牺牲。

他们才是世界上最勇敢、顽强，坚毅的战士，是新时期人类最坚强性格的集中体现。面对种种困难和一次次的挑战他们没有退缩。面对死亡他们仍淡然自若，谈笑风生，每天都互相致以问候、调侃，用嬉闹、风趣、幽默的言语一起，在笑声中相互鼓励，相互安慰，你扶着点我，我拉着点你，昂首阔步勇敢前进，战友们，我们一定要保持良好的心态，誓与ALS抗争到底。

在重症监护室的日子

——ALS患者在重症监护室做气切手术的体会

作者:阿拉伯人

我是一名发病六年的ALS患者,胃造瘘两年半,呼吸机几乎无法脱机。自从2017年以来,一直饱受痰的折磨,购买了三万多的咳痰机,化痰药天天吃,换着样吃,每月费用一千多。痰是渐冻人的第一杀手,我就这样天天和痰做斗争,由于呼吸越来越不好,痰也越来越难处理,伴随着有痰出不来的剧烈咳嗽,引发呼吸困难,有了气切的打算。和家人商量后,决定主动气切。联系好当地三甲医院,11月28日住进了神经内科的重症监护室,准备做气切手术。这就是我进重症监护室的原因。

由于一直在这个三甲医院随诊,所以走了绿色通道,直接住进了重症监护室,并于一小时后做了气切(有贵人相助,你懂的)。我属于主动气切,带着自己的无创呼吸机,耳鼻喉科医生在病床前,局麻,十分钟左右完成了气切手术,然后换上了医院的有创大呼吸机。经过半个小时的适应,参数调整,适应了呼吸机后,就是输液,消炎,在监护室观察几天,等待自己的有创呼吸机,适应了后就可以出院回家了。

我所在的神内监护室,一共九个床位,我是五号床,属于那种大通铺,我住进去前,我的眼控仪电脑带进去了,但由于空间太小,护工和护士在抢救隔壁病床病人的时候怕碰到眼控仪电脑支架,碰掉电脑,就把眼控仪电脑拿走了。

在住院前,就听很多病友说重症监护室是渐冻人的人间地狱,因为监护室内大部分患者是昏迷不醒的病人，而渐冻人头脑清醒，身体不能动，无法和医护人员沟通，表达诉求，所以很遭罪。因此，在住进监护室后家人就把我的生活习惯告诉了护士和护工。不能平躺，左侧侧卧，因为平躺口水呛咳。就这样，经过五天，在监护室适应了自己的有创呼吸机后顺利出院回家了。如今，一切安好。

这次的经历，有几点体会，希望能帮助到广大病友。

一是主动应对。很多病友，因为痰堵，没有用好无创呼吸机，二氧化碳潴留昏迷后，送医院急救然后插管，住进了重症监护室，插管很遭罪，而且监护室每天费用很贵，我在监护室给第三方护理公司护工费用为每天三百元，纯自费，单独给护工现金。插管后至少七天后指标平稳后，医生才会尝试拔管，渐冻人由于疾病原因，拔管成功的几率很低，拔管失败，要么气切，要么放弃。所以，病友们要处理好痰，用好无创呼吸机，到疾病发展到一定程度，想活着，主动气切比被动气切对病人来说少遭罪。

二是做好沟通工作。把病人的日常生活习惯告诉监护室的护理人员，尤其是有口水的病人，护理人员不了解渐冻人病的特点，口水无法吞咽，平躺会呛咳，不沟通好，会让病人很遭罪。有条件，最好把眼控仪电脑带进去，这样，病人有啥诉求可以用电脑打出来告诉护理人员。

三是气切不可怕。有病就是受罪，可以说很多病友对气切很恐惧，谈切色变，一切结合自己实际，气切后护理难度大，有创呼吸机昂贵，需要五六万，是事实，考验一个家庭。这病就是遭罪的病，尤其对晚期病友来说，切不切，一直困扰大家，我切了后，感觉痰容易出来了，但不能坐轮椅了，只能卧床了，家人护理难度大了。

以上，是我住进重症监护室和做气切手术的感受和体会，希望能帮助到大家。如今，气切快一个月了，一切安好，也希望大家好好护理，等到解冻那一天。

非我亦是我

作者：张静

春天的时候，
在鲜花丛中追赶翩翩起舞的蝴蝶。
秋天的光景，
好想骑着骏马奔驰在辽阔的草原。

喜欢热闹，
这样才不会显得我那么的忧伤。
总是笑着拍照，
因为我想留下我最美的样子。

抬头仰望天空，
原来夜是这样的黑！
偌大的苍穹，却只有几颗星。
难怪会在黑夜中迷失了方向？

静静地等待黎明，
当那一束光划破夜空，
带来了明亮，
我清楚地看到了东方。

接一盆凉水，
把脸埋在里面，清洗我的面容。
看着镜子中的模样，
非我亦是我。

因为爱 所以坚持

问　答

作者：陌尘

清澈高远的灵魂，
禁锢于方寸之躯。
阳光干净的脸庞，
被尘埃阴霾蒙蔽。
健步如飞的脚步呀，
怎么就举步维艰？

还我一个踌躇满志，
我用它来成就事业。
还我一副坚实的臂膀，
我用它来撑起家的房梁。
要命的中年，
怎么可以要我如此不能担当？

不要这样羞辱我的外表
因为整洁爱美是我的优雅
不可以如此践踏我的尊严
不然我拿什么活在这个世上？

我已经如此不堪
你还要我怎样？
开得艳丽，
不代表你就可以让我早早离场。

所有的精彩
是来自于多年的寒窗。
拥有的成就
是锲而不舍的涉跋。
不是你的恩赐，
为何你要全部拿走？一言不发！

罢了
既然你让我无解，
我又何必要求回答。
走了
本来人生就是张单程车票，
路过的风景
已经足够用来作答。
散了
相遇的朋友
不能和你把酒话桑麻。
面对疾病，
我只能独立自强。

对不起了
我的爱人
这一切都是我的不好
愧对那年的花前月下。
如果太阳落了，
那闪闪的星星，
就是我遥远的守望，
朝着家的方向……
那里没有疾病，
只有幸福安康！

我人生朝三暮四那点事儿

作者：东来顺 & 俊采星驰

与 ALS 的一场风花雪月

如果 ALS 是一场逼婚
不管是佛祖、耶稣或者美帝意图
即是磨难也是磨炼
自理期是蜜月，犹甜
半自理的日子是七年之痒，微苦
完全不能自理是情断，心似黄连
游戏结束，证书到手，羽化登仙
从此 ALS 形同路人尘归尘土归土
再见，再也不见！

致我朝思暮想的解冻小姐

如果单相思是一种病
不管是食色性还是荷尔蒙的意图
即是监狱也是炼狱
她笑得花枝乱颤时
我开怀
她哭得梨花带雨时

我心塞

她难觅芳踪时

我茫然

她又宣布人生失败归隐江湖

与世无争

从此解冻小姐只在梦里

碎了漫天的思念

再见

想见不得见

共我的亲密爱人的南极之恋

如果婚姻是一道菜

不管是月老或者人的意图

既能相忘于江湖也能相濡以沫

花前月下的恋爱时节

惠灵顿牛排

油盐酱醋的围城岁月

爆香的蒜苗回锅肉

劈腿 ALS 遭逼婚

黑暗的咖啡放香菜

相忘于江湖是本分

所以要你好

不想再见

你说相濡以沫是情分

要我好要天天见

那我们

一定

爱到天昏地暗

与时间小姐的严肃对话

如果时间是一种药
不管是华佗、弗洛伊德或者霍金的意图
即是解药也是毒药
从哇哇大哭来到世界,家人笑意盎然
是兴奋剂感到美满
与如花美眷的南极之恋,令我逍遥翩然
如同肾上腺素微颤

遭遇 ALS 逼婚,全身乏力有口不能言
急需镇静剂休眠
私订终身的解冻小姐,讲的情比金坚,人不见。
止痛剂才能停止苦恋
只有你,时间小姐
始终坚守
从未言走
好比感冒冲剂苦中带甜,好梦幻
请原谅我的头脑发热对你的迷恋
不过请你先忘记我,要知道相见不如怀念
五百年后,
咱们再见
那时候能消药尽
我什么也带不走
所以现在
大家必须天天见
大家安好

东来顺，真名胡晓东，男，微博名为渐冻人阿东，四川人，求学于武汉，后回川工作，再到深圳逐梦，被 ALS 无情叫醒，目前退守成都，等待解冻小姐。天性乐观，喜好甚多。偶犯抑郁，家人负重前行，得以保持岁月静好。身体现状：无自理能力，呼吸机，眼控，流食。语言靠猜。心理现状：偶发神经，大部分时候能顺势而为。

起 夜

作者：张静

昨天夜里突然从睡梦中醒来。这就是常说的"好梦总被尿憋醒吧"！

梦里我是那么的健康，手能提腿能跑。女儿面对面坐在我的腿上和我在玩拍手游戏。"你拍一我拍一，一个小孩坐飞机……"，现实中，我只能是用含糊不清的语言附和着她一起说，然后她一个人在那拍，把她的小手掌拍到我的身上。

这该死的尿，憋着吧！睁开了眼，环顾四周，夜并没有那么安静，可以清晰地听到小区前后马路上车子奔驰而过与地面接触发出的摩擦声，偶尔还会传来很刺耳的"吱……"的声音，那应该是车子急刹车的声，这样的声响直接可以把夜刺破！对于我来说昼夜又能有多大的差别，都只是吃饭、睡觉、手机、电视，都只在这几十平米的房子里，一位全职病人的生活状态。

为了保持房间里空气流通，我睡觉时，家人一般都不会把窗帘全部拉上，会把通风的窗口留着。小区的路灯透过窗户射到房间的天花板上，房间里不是特别黑，就下意识地看看对面墙上的钟表。毕竟是夜晚，光线太暗看不清楚。伸手去摸放在枕头边上的手机，一下摸到了，但是手用不上力拿不过来。只好调整姿势，整个身体向上拱了一些，手臂离手机的位置近了一些，一下、两下终于把手机拽到了手里，慢慢移到胸前，拿手机的手，手肘顶到床上借力拿起手机。打开一看，凌晨一点三十二分。

每天和女儿睡觉都睡得很早，一般九点多就睡了，现在一旁的女儿睡得好香，贴近一点就感觉到她均匀的呼吸声。晚上母亲打点好我和女儿，才自己收拾收拾再休息。这个时候忙碌了一天的父母一定在酣然熟睡中吧！再一想到他们五点多就起来上班就更加不忍心打电话叫醒他们了。老公值班不在家，算了，还是忍忍吧，憋到母亲起床再解决。我又闭上双眼，准备重新进入睡眠状态。可是翻来覆去总也睡不着，就这样折腾许久，睡意全无，尿意却更甚。无奈，再次打开手机一看时间已是凌晨两点二十分，时间竟过去了近一小时。

其实生病后我真的是很少起夜。傍晚时就开始控制喝水量，不渴的话就不喝。今天大约是晚饭时喝了太大一碗汤，以至于这个时候想起夜。

不行，憋着看来是憋不住了。得要想办法自己来解决。我自己慢慢地走到卫生间应该是可以的，从床边到马桶也就五米不到的距离，慢慢地移动只要能保证不摔跤就行。但是我其实很怕摔跤，生病三年多来不知摔了多少次，每次都摔得鼻青脸肿，真是有点摔怕了。可就算是顺利地走到了马桶边，如何把裤子脱下来又成了一道难题。站着的时候手根本就用不上力，而且用力过猛的话我的身体会失衡会摔跤，现在的我被什么轻轻一碰就会摔倒。如果真的摔倒了，那样的话，可能会吵醒父母或者是我得在地板上躺一夜，这两种情况我都不希望发生。

我必须要保证自己安全顺利地上完厕所再回到床上，否则，还不如现在叫醒母亲。

裤子难脱主要是因为在髋骨处会卡住，这个地方要用力才拉得下来。后来一想，如果在床上就把裤子脱到髋骨以下，剩下来的就算站着也可以脱掉吧！对，就这样做！我先用两只手配合着扭动着身体，拉下了左边的裤腰，随即又用同样的方法拉下了右边的，所幸睡裤宽松，整个过程还算顺利。可是内裤紧就大费了一番周折，折腾了一身汗才拉了下来，总算大功告成。起床对我来说也不是件容易事，先把腿撂下床，用脚跟紧紧地勾住床边框，再从左侧慢慢起身，手臂帮助撑力再起来。接下来走路也得格外小心，慢慢地移动到马桶边，似乎是憋久了，正要尿又没尿出多少。然后慢慢走回床边，躺上去再用力把裤子拉扯到腰上。

再次拿起手机一看已是凌晨两点四十分了。这下总算可以安心地睡了！身体向女儿旁边挪了挪，听着女儿的呼吸睡去。

张静，女，于 2012 年 10 月确诊为 ALS，至今已患病六年。目前生活已完全不能自理，扶着还可以走，语言不清，容易呛咳，仅一根手指能打字。想说的话：尽量不让自己去想这个病，做些分散注意力的事情，平时该如何就如何，要有随遇而安的心境。疾病磨难面前，我们拼尽全力坚持做最勇敢的自己，生命则顺其自然！

凄凉犯

作者：郭金林

平生求索。

虽笨拙、努力习文弄墨。

多种爱好，琴棋书画，悠哉洒脱。

情怀广阔。

且幸迈七清淡泊。

料谁想、渐冻顽症，降体似妖祸。

无奈心中痛，自理，艰难，肌体萎缩。

囵途坎坷，至今日、锁身力落。

跪拜天地，救得患者斩病魔。

求愿是，健康人生重快乐。

郭金林，男，72岁，山西省长治市人，原来在市歌舞团工作，现已退休。2016年11月份在山西大学第一人民医院诊断为运动神经元病，也就是渐冻症。现不能自理，完全靠家人照料。虽身患重病，依然向往快乐生活。

夜之殇

作者:陌尘

当夏日的晚风不再清凉
月亮也暗淡了光
黑暗弥漫思绪的每个远方
如黑洞吸走所有的光亮
禁锢的灵魂开始游荡
这个夜注定漫长

极目四望
只有无边的苍凉
欲望的爪抓不住逝去的辉煌
握住的只有回望
夜本属于甜美的梦乡
却成了掩饰仓皇的网

一声呻吟
划破夜的迷惘
疼痛让思绪无法只身逃亡
刺激着早已投降的皮囊
夜助长了它的嚣张
却失去了应有的慈祥

急促的呼吸

让夜色笼着紧张

空气凝固了所有的幻象

思想怎可以无疆

没有了氧

生命只剩下枯黄

无处躲藏的夜

支离了黑

破碎了梦

留下一颗无处安放的心

长满荒草

无处播种希望

从此

被流放的夜

陪伴它的只有孤独和感伤

还有一些叮叮当当的过往

激情已经死亡

作者：路玉

遇见是美丽的开始，又是幸福的结束

一颗漂泊的心，四处游荡

灯火阑珊处的我想让天空更加漆黑

冷峻的行人望望我颠摇的刘海

其实他们难以发现，那藏着的盈盈点点

转眼已秋浓的凉意打碎曾经的绿色

好似光阴已经倏乎，冲动已经熄灭

一朵残枝随风摇曳着夜的凉

地下的土像无数朵花的残骨

已挖掘不出历经岁月蹉跎的艳

光阴的疲惫，你不解风情的瘦骨嶙峋……

哽咽的喉咙已唱不出流年的歌儿

枯草、短夏、花残

激情已经死亡……

渐冻之旅，愿所有的遗憾都是成全

作者：可可

这篇文章是我得病后这一年多来，与全国各地的渐冻人病友交流的肺腑之言，我们因病相识同病相怜病情相似，在网络和手机上彼此鼓励安慰，探讨发病原因，求医问药之路及后续家人照顾情况，更有一些深层次的涉及人性、隐私的话题及心中的所愿所想所盼……

关于渐冻症罕见病

"渐冻人"的发病开始阶段比较隐匿，一般在我们毫不知情时全身或局部神经系统开始受损、不明原因的丢失，起先四肢不疼、不痒、不麻，没有任何痛苦的感觉，当我们感觉到身体局部有不适症状时，身体中一半以上的运动神经元已经莫名其妙地死掉了，而且病情不可逆转，一旦发现就难以挽回，慢慢发展为肌无力、肌萎缩、肌束震颤等，身体各部位也逐渐萎缩至瘫痪，最终受困于呼吸衰竭，ALS发作迅速，大约三到五年的时间我们的神经元细胞只剩下不到20%，人就会被彻底"冻"住，大部分人在三至五年里死亡。由于我们的感觉神经不会受损，所以此病并不影响我们的智力、记忆和感觉，所以渐冻人症是冰封了一个又一个身躯的残酷疾病。

自确诊开始我们像被终审宣判了死缓的囚犯，确诊后的病人首先要承受早期疾病带来的内心恐惧，去接受一个无法相信的不久之后就会死亡的事实，现在网络发达，一查便知还有多少屈指可数的日子，工作生活也由此来个急转弯，全家人笼罩在渐冻绝症的阴影中。随着病情无情发展到中期,身体各个部位行动受限制,生活自理能力慢慢下降,渐冻人的内心也会越来越不自信,各种不适症状百出,各种延缓设备用起来:轮椅、呼吸机、制氧机、咳痰机、眼控仪等,能坚持到后期的渐冻人,基本是靠以上设备维持生命。喝水咳呛、吞咽受阻吃不下食物需要胃造瘘保命,经常痰堵、呼吸困难的需要气切保命,最后艰难熬到死亡的终点。像《西游记》里经历九九八十一难,我们历经劫难却最终取不到"真经"。我的病程一路过来,早期走到了中期左右,也就一年多的时间。早期还好,身体局部受限制,工作无法继续,常常感到疲惫,老老实实回家待着,做点力所能及的家务,陪陪家人上上网。有一天无意间看到蒲公英渐冻人的宣传,便加了渐冻人群后,了解到很多病友早期情况和我差不多的状态,但此病表现形态又是千人千样,有的从手开始发展,有的从走路开始,有的从说话开始……病程快慢程度各人又不尽相同,有的病友确诊后早期四处求医问药,不断尝试各种各样的民间的神医治疗,尝试各样中药材,最后效果不明显也挡不住病情的发展,被骗钱财的不少。我是属于比较理性的渐冻人,由于家庭条件有限也只能安于在家修身养性的方式养病,其实这个病,医学上到目前为止没特效药可以阻止病情发展、也无有效治疗方法,目前有世界公认的力如太延缓药,价格四千多元一盒一个月的量,其效果也是因人而异,说不清楚的延缓发展作用,且很多病友是没有这个经济条件长期服用的,只能任其肆意发展,心中的遗憾也难免存在……

70后 & 80后的病友

在众多病友中,我特别留意交流70后80后的病友,因我也是这个群体里的一位。70后现在的年龄阶段是40-49岁,在家庭中的责任重要,上有年迈的父母需要照顾,下有尚未成人的孩子需要教育,70后生育的孩子大部分在初中高中阶段正是需要培养的阶段,可我们却成了无能的父母,最遗憾的是以后可能看不到孩子初中毕业、高中毕业、大学毕业成家立业……有些70后病友事业有成,遇到此病,人生从此跌入谷底。生活平平的70后病友,自得病后生活上犹如雪上加霜,不仅连累年迈的父母,不能自理后还得事事麻烦家人照顾我们,有的父母经济条件有限,一个负责照顾生病的我们，另外一个不得不出去打工贴补家庭开支，更痛心的是家人有病也不敢吱声，默默忍受，不到万不得已绝对不去医院。悲哀啊！因为爱不得不长年坚持照顾我们，而我们最终结果却要成为家人此生的遗憾。

再说比我们更年轻的80后的病友，现在的年纪是30-39岁的区间。这个年龄段是人生中的最好阶段，成家立业不久，生儿育女不久，男病友普遍年轻帅气，女病友大多美丽大方。他们精彩的人生才刚刚开始不久，原来都是健康的体魄，可有一天被ALS悄悄入侵，未来却要终日面对死亡之路。他们中大部分的孩子在幼儿园小学阶段，正是需要父母的陪伴和关爱。更有年轻生完孩子的女病友确诊此病的，她们的孩子尚在襁褓中，嗷嗷待哺，可是得病后的无力状态让她们没法抱动孩子。老天啊，有什么比剥夺一个人做母亲的责任更加残忍？80后生病后无疑成为孩子缺位最长的父母。80后病友的父母年纪在60岁上下，有些父母得知孩子确诊此病后无比痛心，不甘心地带着孩子四处奔波求医问药，但还是眼看着自己的孩子一天一天被渐冻住身体，一番折腾之后不得不接受以后更加残酷的现实，白发人即将送黑发人的事实。悲哀啊！遗憾啊！

当渐冻症进入一个家庭时，它不仅仅是控制了病人的身躯，而且还在每个家每个人心中编织出一张阴暗的、埋葬了希望的大网，遗憾的事也越来越多了……

说说我们的"囧事"

70后80后病友的父母大部分家里生育了一个或者二个，我们的社会关系中不会缺乏朋友的角色，随着确诊和病情发展，闺蜜朋友会络绎不绝来看望我们。当病情发展到不能动不能说话的阶段，我们离朋友的距离逐渐遥远，害怕朋友来看望，害怕他们看到我们越来越差的囧样，不会走不会动还可以克服，可是不会说话就无法交流，当朋友来看我们半天也说不了几句完整的话时，半天也没搞明白我们说啥时，内心的着急焦虑油然而生，崩溃的心情几乎随之而来，最后彼此抱头痛哭一番常常发生。若是看到胃造瘘的病友，恰巧是吃饭时间，你能看到完全不同的吃饭方法，各种食物烧好后混在一起在破壁机打碎，用针筒打进我们的胃里，这样的场景想来无比的心酸心痛,只为活着。还有一个特别折磨我们身体的是呼吸和痰,是这个病的头号杀手,好多病友也因此离开,病情发展到一定阶段,呼吸越来越弱不得不依靠呼吸机帮助维持生命,呼吸无力造成有痰咳不出,又不得不靠咳痰设备帮忙,那种场景一般医院里可以见到,但渐冻人的家里像个小型的 ICU 室,为了活着我们靠着众多设备延续生命,就这样走完人生的最后阶段……

我常常想,这个世界我来过、笑过、哭过、折腾过、幸福过、悲伤过、感恩过、释怀过、坚持过、勇敢过,我来不是我选择来,我走也不是我选择走,这或许就是命运的安排……

面对死亡

生老病死本来就不是人力可以完全控制的,只是在渐冻人的群体中, 70 后 80 后尚且年轻,未完之事太多,未了心愿也太多。我们的聊天时常讨论到死亡的话题,不是我们畏惧死亡,只是在经历这病的过程中,路更崎岖荆棘些,拖累家庭父母孩子。死亡有时并不可怕,可怕的是我们的亲人们要眼睁睁看着我们被病魔所折磨的过程,看着我们逐渐被冰冻的身体,看着我们日渐消瘦的脸庞,看着我们的肌肉萎缩到所剩无几……

佛经里说,"有情才有生,有情不会老,有情才有病,有情才会死。"若没有情,人活着就只是一个躯体,短短一生,有太多的事与愿违,极少时候才是心想事成的。到老了,病了,"天人五衰"的时候,心中的哀痛和遗憾是避免不了的,在人世间,没有不老不病的苦。一切的美好都会被灭,一切的缘分都会成空,纵有千百般的爱恋,也会在时空中哀灭,流逝和虚无。面对人生中难以管理的生老病死,我们和我们的家人也只好坦然面对,接受和承受。

其实不管走到生命的哪一个阶段,都该想办法去喜欢那一阶段,完成那一阶段能完成的职责,顺生而行,不沉迷过去,不狂热期待未来,生命这样就好。不管正经历着怎样的挣扎与挑战,或许我们都只有一个选择:虽然痛苦,却依然强迫自己每天快乐一点,人生如梦,世事无常,很多事情不可能按着我们的意愿发生,因为懂事所以委屈,愿我们所有的遗憾只为成全……

辑二
因为爱　所以坚持

想擦去你眼角的泪　可我却抬不起手臂

想唤你的名字　可声音却浑浊不清

我已至此　你仍不离不弃

因为你　我读懂了爱

我眷恋的哪里是我这条性命　分明是你那份情意

我要好好活下去

只为你的守护　只为守护着你

患难见真情

作者：莲子

没有华丽的语言，没有慷慨激昂的演说。我的爱人，亲爱的，在这里我只想跟你说声谢谢。也许有人会说，夫妻之间照顾对方是应尽的责任，有必要说谢谢吗？

夫妻本是同林鸟，大难临头各自飞，这也是常有的事。有多少家庭因困境而分崩离析、支离破碎。而你却无怨无悔，用行动诠释了爱的真谛。那一纸婚书连接起来的，不仅仅是生活，更是生命。你用责任和担当，为家撑起了一片蓝天。感谢你的不离不弃，感谢你的关心和一直以来的无微不至的照顾，感恩有你——我的爱人！

时光倒回到2015年3月的某日，我的腰椎突然传来阵阵的疼痛，自此开始我的胸椎、颈椎、头及腰全面爆发疼痛，且一直伴随着我、折磨着我，还有尾随而来的足下垂，让我走路时常跌倒，且越来越严重，没有好起来的节奏。从此以后，开始了我们漫漫求医的心酸路。是你不辞辛苦，三天两头带我辗转各家医院，访遍名医、神医，甚至求神拜佛。先后在骨科针灸科看了8个月，针扎得遍体鳞伤却只是缓解，我还是无法正常走路。年底有医生建议我住进中山医院神经科诊治，先是各种检查、CT、磁共振、腰穿、肌电图，后来医生告诉我，患上了世界罕见的运动神经元病，此病的存活期一般三到五年。跟每位病友一样，这犹如晴天霹雳，把我们砸蒙了，不知如何是好，感觉天要塌下来了。住院二十一天，挂水、吃药，都不见好转，最后忐忑不安地出了院。

人们常说，除了生死，其他都是小事。我说除了ALS其他事都不算事,再没什么能给这个家带来那么大的伤害,天降横祸,看着自己的身体、四肢一天天慢慢变得无力,慢慢地禁锢,什么事都没法做,连最简单的吃穿都要你帮忙,泪水时常拌饭吃,真不敢想以后要咋办,以后会是怎样,也许是生不如死、痛不欲生。我时常悲伤、难过、痛苦,甚至不想见人,同学聚会、朋友探望几乎都找借口给推掉了。你跟儿子是我的精神支柱,那句温柔的"别怕,有我在",就已经稀释了所有的疼痛。是你给我鼓励、给我安慰、给我活下去的勇气、给我战胜病魔的信心。谁知你坚强的外表下何尝没有悲伤和痛苦,夜深人静时,每次我从噩梦中惊醒,都能听到你痛苦的梦语,那种面临即将失去爱人的撕心裂肺般的悲鸣,听得我心很疼很疼,疼得无法呼吸。在 ALS 面前我们是那么的脆弱,那样的无助。

无独有偶,自从我得了这个病以后,你母亲由于年纪大,经常生病,三天两头地跑医院(感谢婆婆几十年如一日地照顾这个家,从没怨言),原本忙碌的家更加忙碌。咱家的重担一下全部压在你身上,以前很少买过菜很少做过家务的你,现在买菜、煮饭、洗衣、擦地都不在话下,样样都学会了。为了能让我多活些时日,增强体质提高免疫力,你每天变着花样做好吃的给我吃,谁说以胖为美只有在古代的唐朝,在现代的 ALS 界亦是如此。从 2016 年 8 月至今我胖了近 20 斤,俨然把我吃成了一个"大胖美人"。

看你每天忙忙碌碌,形单影只,我真的很心酸,我什么都做不了,我真的是废人一个。想到曾经的美好,曾经的出入成双,曾经的欢歌笑语,想起我们幸福的一家子,我真的舍不得丢下你们父子俩!所幸儿子长大成人,以后他会有自己的家,让我也少了些许牵挂,现最放不下的就是你。曾经说"执子之手,与子偕老",怕是不能实现了,是我食言了。真是天意弄人。其实我好想你能幸福一点,不要背负这么大的压力,不要这么孤孤单单的,每天出入一个人。如果有一天我真的不在了,如果这是上苍的安排,那就请你好好照顾自己。如果有一天我真的不在了,漫漫的人生路找个对你好的老伴儿吧。

虽然疾病一直在发展,也阻止不了发展,但如今的我已经放下了,坦然面对,不再纠结这破病,如果这是上苍的旨意,那就顺其自然吧,就当成人生路上遇到的一个非常棘手的问题。我已经把它当成另外的一个我,那就兵来将挡,水来土掩。如今的我,只想好好珍惜跟你们在一起的分分秒秒,开开心心地过日子,看到我的开心我也感觉到你快乐许多,感觉我们家又回到了以前的欢声笑语,有一瞬间我恍惚觉得我都没有得过这个病,是不是要傻到忘了它,它便放过你?

张爱玲说过,因为爱,我们的内心结满了善良的硕果;因为爱,我们在黑夜中勇敢地穿梭;因为爱,我们平淡的生活变得花香四溢,即便是寒冷的冬天,我们也曾感到了无穷的温暖。最后我的爱人,我想对你说的是,如果有来生,我还做你健康无疾病的妻子守候在你左右。如果有解冻的一天,那下半辈子就让我们一起相携相扶慢慢变老!

最美的遇见

作者：绿茶

当人生的小舟失去航向，当生命之花遭遇了暴风雪的袭击，感恩遇见了你——我的爱人！是你给了我阳光给了我勇气，给了我一个遮风挡雨温暖的港湾，迎来生命中的第二个春天……

我和现在的老公是二婚，经人介绍相识于2015年5月。那时我离婚五年了，原本也没有打算再成家的，当时想到我得了腰椎间盘可能以后生活上可能有个人能照顾我一下也好。微信聊了几天后，老公从长沙来到了郴州来看我，初次见面时彼此印象都还可以，老公一看就是一个忠厚老实的样子，我们就开始了网上聊天。以前都不了解对方的情况，后来才知道，老公离婚后为了照顾他患帕金森病的父亲和尿毒症的母亲提前内退了，为了送他母亲去十几公里外的中心医院做血透，他把自己不多的积蓄拿出来买了一辆车接送他的母亲每星期做两三次血透。我想，一个男人独自照顾生病的父母，这个人心地肯定善良，我跟他的感情通过网络也慢慢地加深了，也做好了和他共同挑起生活重担的准备。

一切好像顺理成章，9月份我们就去领了结婚证，10月份把老公父母给他的一个57平米的老单位房子装修一下举行了简单的婚礼。虽然生活清贫却充满温馨，想着以后日子稳定了，钱我们可以慢慢去挣，以后我们可以安安心心过平淡的日子了。2016年3月份我的父母来我这住了两天，回去之前我带他们去长沙生态动物园玩。上车时大巴车门内的那三级台阶我却怎么也上不去了，大家扶着我才把我推上去。第二天父母回去后，我想我的腰椎病已经影响了我的生活质量了，我要去治疗，不能刚结婚就生病拖累了我老公。几天后，我蹲下站起来都很费力了。在我婆婆去中心医院做血透的那天，我就去中心医院神内检查，做肌电图时那个医生说她们医院开展做肌电图检查还不久，并不一定准确，她要我去湘雅医院神经内科确诊一下，说湘雅医院医疗技术比较成熟，对疑难病症不会误诊。

几天后，我怀着忐忑不安的心情和老公来到了湘雅医院就诊神经内科，经过医生四肢敲敲打打和结合症状怀疑是运动神经元病。做了核磁共振和肌电图等各项检查，第一次看到肌电图上结论写着"广泛性神经元损害"，还不知道是什么样的病。上网一查运动神经元病，头脑一片空白，感觉整个天空都塌了。抱着一丝侥幸，总觉得是误诊了。一个月后我又再次预约湘雅医院的神内教授再次确诊。去湘雅看病的路上老公还跟我说今天结果出来了是误诊的话我们就去外面吃饭庆祝。在湘雅医院看的肌电图检查结果写着同样的"广泛性神经元损害"几个字的时候我双腿一软，当场就倒在医生的办公室里的地上，恐惧和绝望充满心头。

从湘雅医院回来的路上我眼泪止不住地流，心里一直不停地在问老天爷，为什么会这样？为什么我的生命会如此短暂？我还没有来得及好好地享受婚后的甜蜜，还没来得及去孝顺双方的父母；儿子刚工作，我还没来得及看着他成家立业。我的生命如果如此短暂，我挚爱的亲人将怎样承受得了那么大的痛苦？晚上我和老公都在床上哭泣，看到老公泪流满面，我真的是心如刀绞。之后老公陪着我在长沙的各大小医院去看病，心里总期望是误诊了，总期望哪家医院会在不经意间治愈了我。老公决定陪我去北京协和医院做最后的确诊，经过千里奔波和各种劳累，我还是没有逃脱命运的判决：协和的诊断跟长沙医院的诊断一样！想到生命的列车将很快驶入终点，想到刚建立的家庭将陷入苦难的深渊，我心里充满深深的绝望和痛苦。

从北京回来后老公尽量积极地帮我调整心态，让我尽快从恐惧绝望的阴影中走出来，虽然家里经济条件不好，从没吃过各种昂贵的药物，但老公每天都会问我喜欢吃什么和做各种适合我口味的食物。去年老公经常跟随长沙福康社工组织渐冻人关爱项目的工作人员一起去探望长沙周边的渐冻症病友，并跟病友家属一起探讨学习护理经验。现在我因疾病的发展,所有的家务事都得老公去做了。老公每天要照顾帕金森病的父亲和尿毒症的母亲,每周还要接送他母亲去医院做三次血透,他长年累月一个人照顾三个病人,心里的压力也不是一般人能承受得了的。可老公却从没有对他的父母和我发过怨言,当我的父母每次感激老公照顾我好的时候,我老公总是笑着说:"爸妈,你们放心,有我在,我会好好照顾她的。圣经上说苦难是上帝赐给我们化了妆的祝福! 以前很多不治之症现在不都可以治了吗? 相信很快会突破这个医学难题。"

我也逐渐从恐惧的阴影中摆脱出来,虽然得了这个不治之症,但透过这场苦难我也同时收获了很多患难中的真情,老公给了我真挚的爱情。也许生活的道路遍布荆棘,但却始终有人,在为你遮风挡雨。

也许我们的世界从来不缺灾难和痛苦,却始终有人用爱,给你信心和勇气。这个世界或许有黑暗和不幸,但只要爱的阳光,能够透过缝隙,光明和希望,就会跟着照进每个人的生活。是的,我刚确诊时周围的人都以怀疑的心态看待我们的婚姻,现在我老公用行动感动了我,也感动了周围的人。

我们那么短的婚姻,他却用他的行动和忠厚善良的心诠释了爱的真谛,现在我不能下楼了,他用他笨拙的手学会了帮我理发,学会了做一切家务,无怨无悔地精心照顾着我及重病的公公婆婆。

只有体味过苦难的人,才能懂得生活的美好;只有忍受过不幸的人,才能最大程度感恩来自他人的温情和善意。这一切的爱无时无刻不在激励着我对抗病魔的信心,虽然我不知道明天会怎样? 但我现在每天都是阳光的,每天都享受着爱的温暖。

感恩生命中遇到了你——我忠厚善良孝顺的爱人!

都是你给的光

——向所有关心帮助照顾"渐冻人"的人们致敬

作者:超能豆爸

是谁在拨弄命运的轮盘?

喜马拉雅的寒风来到阳光明媚的早上,

猝不及防,把我冻僵,粗鲁地打断我生命的张扬。

渐渐地蹒跚彷徨,最后世界坍塌,只剩下天花板、小边窗。

时光从此冰凉!

我如同寒冬雨夜爬行在泥泞的山路上,疲惫、孤单、迷茫到绝望……

是你给的光,刺破重重黑暗,把前路照亮,划开迷茫给我方向;

是你给的光,带着温暖,捂热我的心房,驱散寒冷给我力量;

是你给的光,从不间断,一路陪伴,让我心生希望,不再畏惧任何阻挡……

也许前路依旧漫长,黑暗和寒冷依旧张狂……

那又怎样?

温暖在心中流淌,我要抬起头,哼着歌,从容奔赴逆流的方向。

因为我相信希望就在前方,那里的世界被你点亮,满满的都是守望的温暖。

我看到一片光,那是你给的天堂。

超能豆爸，真名李学军，男，汉族，39 岁，2001 年 1 月加入中国共产党，大学本科学历，工程硕士。1998.9—2002.8，就读国防科技大学炮兵学院；2002.8—2005.9，中国人民解放军西藏军区 77678 部队，历任副连职排长、正连职军事教官；2005.9—2008.9，国防科技大学继续教育学院工程硕士；2008.9—2013.1，西藏军区 77675 部队，副营职团通信股长旅通信科参谋；2013.1 至今，转业至岳塘区。

绝症病人的真情告白

作者：墨香

我也曾把我光阴浪费
甚至莽撞到视死如归，
却因为爱上了你，
才开始渴望长命百岁。
有了爱的人
就有了软肋
就开始渴望长命百岁。
不把最好的事留到最后去做，
不把最重要的人留在最后去疼，
爱人爱己就从此刻开始。
岁月悠远，时光含香。
与你约一程时光，
在红尘陌上，
山水共长，人间共欢。
世事难料，
人生无常，
有的明明说好明日见，
可醒来就是天各一方。
所以趁我们都还活着，
有爱时就认真地爱，

且行且珍惜

拥有时永远不珍惜
失去了追悔莫及
好好体会生命的每一天，
因为转瞬即逝。

世间除了生死都是浮云，
愿所有善良不被辜负，
所有努力终有回报。

愿世间无疾，
少有所养，
老有所依。

曾经的点点滴滴仿佛还在眼前
却早已是沧海桑田，天上人间
今生只活一次，
来世再无可能。
这辈子，
能爱就爱吧，
千万别空思念。
能聚就聚吧，
千万别留遗憾。

也许明天
也许明年
我就要灰飞烟灭，
细数往事，恍若一梦！
我们奋斗一生，

辑二 因为爱 所以坚持

带不走一草一木。
我们执着一世，
带不走一分虚荣爱慕。
今生，无论贵贱贫富，
总有一天都要走到这最后一步

留住那时的美丽
愿多年后
爱我的人可以抚今追昔

下辈子，谁是谁的谁，
你不会遇见我，
我也不会记得你

生命短暂，余生不长。
与你约一程时光，
在繁华人间，
山水共长，情谊共暖。

三千繁华，弹指刹那，
百年之后，不过一捧黄沙。
请善待每个人，
因为没有下辈子

愿你，
重新醒来的每一天，
阳光和你喜欢的一切都还在。

因你珍稀　所以珍惜

作者：墨香

又到了万物复苏、春暖花开的季节！去年此时梦魇开始，整整一年我经历了所有病友都曾经历过的心路历程：恐惧、害怕、逃避、绝望、焦虑、挣扎，最终无可奈何地接受！

一年来，从最初不甘心的四处求医问药，南征北战，直到求医无门，如今钱财散尽！求医之路上结识了许许多多来自全国各地的病友，这些病友们一路哭泣着、失望着、挣扎着、扶持着、安慰着、鼓励着、温暖着、期盼着……风雨同舟，抱团取暖，一路同行！

如果说病人仅仅承受的是身体的病痛折磨，那家属承受的是来自身心的双重折磨，看着病人一天天丧失功能，哪怕常人一个简单的微笑、摇头、动舌头都做不了时，家属心急如焚却又无可奈何，除此之外还要随时安慰病人因焦躁而发泄的情绪，内心的煎熬可想而知！气切胃造瘘之后更是要 24 小时轮班陪护！但是纵使如此，家属们还是选择不离不弃，他们坚信一个信念——活着就好！风雨同行的路上被太多太多故事感动得潸然泪下，今天拿来特地与大家共勉共惜，共同抗冻！

纵然繁华三千，只牵一人手

古话说，"夫妻本是同林鸟，大难来临各自飞"。这句话却被来自内蒙古的李福明大叔彻底地否决！李叔用他军人的铮铮铁骨诠释了对妻子的柔情蜜意！妻子患病整整 14 年，除了眼球能动外丧失了所有功能，李叔叔一路陪护,重症监护室已经记不清进了几次了,阿姨都一次次挺了过来,李叔也由当年的风华正茂变成了花甲老人!他用自己的辛苦付出打破了渐冻人存活三到五年的魔咒!并因此成为感动中国人物,上了中央七套的2018新春晚会!一路走来他无怨无悔,弱水三千只取一瓢饮,不要来世,只求今生能一直牵着你的手!

妹妹,时光不老,我们不散

同样来自内蒙古乌兰察布的病友栀子,45岁,发病五年,无父无母,无丈夫无子女,无收入,无房子!发病后人生进入了最悲惨的境地,在她准备了结自己生命时,姐姐义无反顾用温暖的怀抱接纳了妹妹,辞职在家专职护理妹妹,姐姐既要照顾自己的一家老小又要伺候妹妹吃喝拉撒睡,辛苦和劳累自然不言而喻!姐姐有事时姐夫顶上,一切毫无怨言!只为妹妹多活一天,多舒服一天!只因你活着,再苦再累也笑颜如花!悲伤的也变成乐观的!愿时光不老,我们不散!

(此文完成不久,栀子已永远离开了照顾她的姐姐,离开了这个她眷恋的世界。)

侄子的背,就是我今生的依靠

武汉病友,42岁,发病三年,是一位司机,也是一位优秀的民族舞演员。她病后老公抛妻弃子,古稀之年的父亲伺候她的吃喝拉撒睡,看病费用和生活费用全靠哥嫂打工支撑!然而最令人感动的是她的侄子,一位沉默寡言的在校大学生!三年来,只要听说哪里可以治病,他就背着姑姑去哪里,请假条不知道写了多少张,火车,汽车,上车,下车,这个憨厚的孩子没有太多言语,只是背上背下,跑前跑后!每次看到病友趴在侄子背上口水横流的样子,我总会泪眼模糊!不管他心疼的是爷爷还是姑姑,他的大义注定他将来必是一个大德大器之人!

妈妈在，人生尚有归处

都说久病床前无孝子，兮兮却守护了妈妈十年，妈妈发病时儿子九岁，如今儿子十九岁。光呼吸机都已经用坏了五台。十年，于普通人而言如白驹过隙，于渐冻人家庭来讲堪比一百年！姐妹俩，一人出钱一人出力，兮兮用她柔弱的双肩守护着妈妈，她的护理经验比专家还要丰富：拍背、吸痰、翻身、按摩轻车熟路。换导尿管、换胃瘘管、改装呼吸机全部自己解决，从不去医院。病友们问她苦不苦，累不累，她说肯定绝望痛苦过，到现在早都习惯了，只要妈妈活着，我就是一个有妈的孩子！妈妈在，家就在！

来世我们还做一家人

吉林期待的老公走了，但我相信他走时一定非常坦然知足！在他人生最灰暗的时刻，至亲之人全部抛弃了他，但妻子、岳父母、小舅子却给了他世间最可贵的亲情，两位老人帮女儿照顾女婿，这一照顾就是好几年。家里花销哥哥来接济，哥哥心疼妹妹，愿以一己之力呵护妹妹的幸福，不管结果如何，至少没有任何遗憾！愿来世我们再做一家人！

这些故事只是众多渐冻人家属中的冰山一角，每天都会被这样的故事感动着，激励着，渐冻名人王甲一直被毫无血缘关系的"妈妈"照顾着，长达十年之久；渐冻人关爱中心的发起人刘继军在发病后，公司领导表示一定负责到底，十一年过去，他用自己的行动诠释着自己的诺言，当年同窗纷纷伸出援手，成立了"东方丝雨渐冻人关爱中心"。

渐冻人生命的长短取决于人力 + 物力 + 关爱（家人的关爱，社会的关爱），缺一而不可！正是这些不离不弃的家属和众多的爱心人士、志愿者谱写了一支支感天动地的抗冻之歌，用大爱无声创造了一个又一个医学奇迹！让我们对他们致以最崇高的敬意，发自内心地说声"你们辛苦了"，你们是我们活下去的勇气和动力！感恩有你，风雨同行！

因为爱情

作者:墨香

老公,今天是你三十六岁的生日,我们也已经携手走过了十个春夏秋冬,十年来,一路的风景不重要,重要的是你一直在我身边。我们有了两个帅气的宝宝:蛋蛋聪明内秀,可乐儿乖巧可爱!可乐出生后,看着环绕身边的三个男人,我是那么满足,那一刻我觉得人生最大的幸福也莫过于此了,我以为我们可以一直这么幸福下去,由青丝变白发,一直到时间的尽头!可以如古人所言:死生契阔,与子成说。执子之手,与子偕老。

十年前,我们在朋友的撮合下走到了一起,我们的性格截然不同:我爱动,你爱静;我快节奏,你慢吞吞;我喜欢读书,你喜欢玩电脑;我痴迷于唐诗宋词,你却三首诗歌都背不出;我追求风花雪月的雅致,你更在乎烧饼油条的实惠,所以十年来我们有过无数次争吵和矛盾,我用大呼小叫来反抗你的不以为然,而你却用我行我素来对抗我的唠叨指责!一度灵魂上的无法沟通,精神上无法共鸣,让我的孤独感与日俱增,无奈彷徨!甚至有过逃离的念头!但是在吵吵闹闹中我们的亲情却与日俱增,你特别节省,结婚十年来,你连双袜子都没有自己买过,甚至到现在还不知道自己衣服的尺码!而我总是悄悄地提前把换季的衣服为你准备好,你总是震惊于我对你尺寸的把握!为了让熬夜的你多睡一会,一年四季我都坚持五点半起床,为你们准备好早餐,再轻轻带上门去上早读,到点再打电话叫醒你们。下班再累也要精心为你们父子做上可口的饭菜!看着你们狼吞虎咽,我是那么幸福和满足!结发为夫妻,恩爱两不疑,十年的亲情让我们已经无法分离!

星星就是穷人的珍珠，刚结婚时我们一穷二白，寄住在大娘家里。能有个自己的小窝是我们最大的心愿。蛋蛋出生时我们无处可去，冰天雪地，我们只能租住在别人黑乎乎的一间小房子里。也就是在那个时候，我们更加坚定要有一个属于自己的家。于是你白天没命地上课，晚上还要搂侄子睡觉，所以虽然在同一个城市，你几乎晚上从不回家！没人看孩子，我们就用课间二十分钟来交替！那个二十分钟就是我们每天见面的时间，那个时候的我们规定每天的生活费都不能超过十元，到现在家里还放着那个时候我们的记账本！一张张都写满了我们比肩奋斗的汗水和幸福！终于，在我们的努力下，蛋蛋三岁时我们住进了自己的房子，再后来我们也有了自己的车子，就在我们憧憬更加美好的生活，准备带孩子实现"读万卷书，行万里路"的计划时，却突然天降噩运，在郑大一附院的第一个夜晚，我们抱头痛哭，你哭着说对不起我，这些年跟着你让我操碎了心，吃够了苦！而我，却并没有考虑自己，在得知病情的第一时间我担心的却是你和孩子，我难以想象你将来的生活该有多么苦，有多么难。你能不能把孩子照顾好？你知不知道衣服在哪买？你会不会做饭？等你老了，又有谁来照顾你……这一切的一切都让我牵挂，让我忧心，我舍不得孩子，但我更怕拖累你！

这些日子以来，病情还是一点点地吞噬着我，右手也开始僵硬，开始不灵活，吃饭越来越慢，说话越来越不利索，眼睁睁看着病情发展却又无能为力。当你知道你明天的样子，知道你将来的痛苦，试问世间还有什么比这更残忍的呢？我的情绪是那么不稳定，你也不再上班，每天除了带着我奔波在各个医院，还要一遍遍安抚我的情绪，帮我按摩，洗澡，精心安排我的饮食，还要照顾孩子，看着你一天天清瘦的脸庞和日渐增多的白发，我一次又一次产生逃离的念头，一次又一次的灰心失望，而你每次都会坚定地告诉我，无论将来怎样，你都会一直陪着我，照顾我，平时节俭的你在我看病这件事上慷慨得让我震惊，只要听说哪个药有用，再贵你都义无反顾！你说只要我好，你愿意一辈子做穷人！于我而言，你的不离不弃却只会让我更加自责和愧疚，如果知晓命运，我宁可此生不嫁！这种矛盾纠结的心情恐怕没有任何人能明白！

此刻，我更深刻地读懂了爱的含义：爱，是在你无助时的一句"有我在";是患难之际的默默陪伴;是"身无彩凤双飞翼,心有灵犀一点通"的默契;是"十年生死两茫茫,不思量,自难忘"的款款深情……愿你生日快乐,天天快乐!愿老天对我们温柔相待,愿我如星君如月,夜夜流光相皎洁!

愿我离开，你有良人相伴

作者：墨香

此刻，夜深人静，万籁俱寂，儿子均匀的呼吸声在我听来是人世间最美妙的音乐，我贪婪地倾听着，享受着这越来越短暂的幸福！卫生间里传来你刷鞋、拖地的声音，泪水悄无声息地爬到我的脸上，而我的思绪也如脱缰野马，四散逃脱！

回首与ALS这个恶魔共处的一年里，无限心酸无法诉诸笔端，无数心痛无法言表！身体机能的每况愈下我早已麻木，而精神的折磨却惨绝人寰，如果不是亲身经历的病人和家属根本不会懂其间的心酸和无奈！时至今日，我终于相信老病友的总结：所有ALS病人发病后都会患上抑郁症和焦虑症，80%的家属也会患上抑郁症！在这生命的最后时刻，我痛恨自己的无能拖累了你，我又感恩老天让我遇到你，灾难面前不离不弃，患难与共！

还记得在刚确诊时，就有很多老病友用一个个残酷的事实对我谆谆教导："妹妹，你要提前给自己做好打算，因为你们年轻夫妇遭遇ALS的，最后都是大难来临各自飞！这病太残忍，年轻人更经不住考验！"我笑着告诉她们，我老公一定不会离开我！每每她们总是嘲笑我的不自量力，而且告诉我"时间会向你证明在这个薄情的世界里唯一不会因为疾病和贫穷而改变的那就是血脉亲情，其他都是浮云"！对于病友的这些劝导我当然深信不疑，因为她们都是过来人，以身说法，并且她们见多了妻离子散的故事！但是这些话却并没有让我的内心有丝毫的动摇，我的坚定基于我对你人品的了解，你对我的侄子尚能视若己出，悉心照顾十几年，何况我们结发夫妻！我对我们的感情有充足的自信！

事实证明，我的自信是对的，一年多来，你带我南征北战四处求医，而病魔依然不紧不慢地改变着我！直到弹尽粮绝，囊中羞涩！我说："老公，我要停药，大儿子还要上学，小儿子还要吃奶粉，生活总还是要继续的。"你满怀愧疚地给我说对不起，恨自己连让我吃药的本事都没有！这一年多，我从能走能跑能做家务，到如今缓慢行走，小拇指打字，病情每进展一个阶段，心里的焦虑就会增加，每一件小事都可能触发我的怒不可遏，强哭强笑，大发雷霆，特别是我说话你听不懂时，我内心的焦躁和痛苦就会冲你爆发，而你每天都小心翼翼，生怕惹我不开心，无论我有多么歇斯底里，你都会哄我逗我，从不嫌弃我！在这个世间你是唯一可以无限度包容我的人！买了好吃的自己从不舍得吃，也不让儿子吃，总是逼着我吃，而你却不知道你越是这样我就越是愧疚，每次因为拖累你而难过时，你总会用婚礼上司仪的那句话安慰我"你愿意娶她吗？无论疾病或者贫穷？"你说你是保证过的，所以你一定会信守承诺，坚持到底！最近我因为世态炎凉而心灰意冷，万念俱灰！看到病友都被众多亲人照顾得无微不至，不离不弃，嘘寒问暖时，总会感觉生无可恋！不善言辞的你总会说三个字"有我在"！

一年多以来从不曾听你向任何人说过苦，喊过累，我时常会震惊于你的坚强和勇敢，感叹于你强大的心理素质，直到有一天我看到你和朋友的聊天，你朋友问你累不累，烦不烦，需不需要帮助？你说你几度崩溃，不是累不是烦，而是无奈和心疼，眼见着一个处处要求完美优秀的妻子如今变得无法自理，口齿不清，你内心的煎熬无法想象！你还跟朋友说你不敢生病，不敢流眼泪，你害怕你的脆弱会让我全盘崩溃！那一刻，我泪流满面，泣不成声！我终于知道你惊人的担当和付出！同事，朋友和病友都说你这样的男人才是真正的男人！是啊，这个世上功成名就，家财万贯，侠肝义胆的男人多如牛毛，但大难来临时依然不忘初心，患难与共，勇于担当的男人却如凤毛麟角，你少时懂事独立，青年自食其力，孝顺从不啃老，灾难面前对妻子不离不弃！你才是不可多得的真男人！

这些日子以来，你总会说：你快点好吧，你好了我就可以不用做饭刷锅了，我好想好想睡个懒觉，好想好想休息一天啊！你这小小愿望我都无法满足,我是多么难过而又无能为力,无数个夜深人静的时刻,我都会替你们父子难过,我担心我走后,你们孤苦无依,纵然所有事宜我都一一对你交代明白,可是你总是转身就忘!对你们我有那么多的不舍,那么多的不放心!世间安得双全法,不负如来不负卿!我多么渴望我走后,能有人替我照顾你们,此人不需笑颜如花,更不需才华横溢!只需待你如我,贫贱不移!只需内心柔软慈爱,对孩子呵护有加!愿你余生所遇之人,都是好人!只是想到,以后陪你做好多事有好多未来的人,都不是我,心就会很疼!愿你三冬暖,愿你春不寒,愿你天黑有灯,下雨有伞,愿你能遇一个人,免你惊,免你苦,免你四下流离,免你无枝可依,愿有人与你共黄昏,有人问你粥可温!愿你所有快乐无需假装,愿你此生尽兴、赤诚善良!愿有人陪你颠沛流离,我走后的日子你不觉孤单!愿你厨房有烟火,客厅有笑声!愿我离开,你有良人一路相伴!

我的老妈

作者：可可

老妈照顾我十个多月了，她今年 68 岁，本该是享受退休生活的年纪，现在却不得不撸起袖子整天照顾我这个 ALS（肌萎缩侧索硬化症）患者，发病是从 2017 年后开始，起初感觉身体乏累，当时也没在意，想着自己锻炼锻炼适当休息应该可以调整好，两三个月后走路也出了问题，有时还莫名其妙地摔跤，不痛不痒却总感到力不从心。

才四十岁还没到体力下降如此快的年纪啊？再说我身体一向那么好，于是决定去医院查查，五月份在医院做了一系列检查后确诊为运动神经元病。当时傻眼了，我这个一向身体强壮的女汉子竟然会得如此罕见的疾病，半年前我还勇敢地去献血一点事都没有，此后的日子，我却要面对一天天渐冻的身躯。我接受不了这样的现实，心情恶劣到极致。为避免家人伤心难过，反正目前还能上班能自理我也不怕 ALS，所以隐瞒住了父母。

可仅仅一个月后，我已经没法坚持上班了。怎么办？趁着暑假有空让老公和儿子带我回银川看了看公婆，也许这是最后一次了。在公婆家又熬过一个月，九月份，难题来了，老公要回南京上班、儿子要去高中住宿，我怎么办？已经不能单独出门的我生活开始处处陷入困境，连买菜都是个问题，老公也不放心我一个人在家胡思乱想的，这样才和老妈商量，说我走路不太好怕摔跤，让老妈来陪我，老妈二话没说来了我家。结婚十几年了，离开父母七八年了，老妈年纪大了身体也弱，以前我每周有空会回去看她们，买一堆菜回去陪她们聊聊天吃吃饭，可如今，因为 ALS 全反过来了，从买菜烧饭干家务，到洗脸刷牙洗头洗澡，都是老妈照顾我，睡觉时还帮我翻身盖被子，上厕所拉裤子擦屁屁……

我所有的能力在慢慢消失，老妈的照顾任务在日渐加重，老妈没有任何抱怨，她叫我坚强面对，盼着我慢慢好起来。我说话越来越不清楚，别人来家听我说话都不太能听懂，只有老妈能听懂我含糊不清的话语，我实在不忍心告诉老妈我以后会越来越弱越来越差直到瘫痪卧床。

老妈是一辈子的农村妇女，你来了，从此我的孤独寂寞有了陪伴有了温暖；你来了，我的担忧恐惧害怕变得少了；你来了，我们一起对抗 ALS。你说，你要撸起袖子加油干，我默默泪流不止，娘啊，上天为什么要如此折磨你，抚养我长大成人，看着我结婚生子还帮我一起带孩子，现在又要照顾我的残疾余生，本该颐养天年的日子，却因我每天困在家里时时刻刻地照顾我。我于心不忍，但不得不坚持，坚持你心中的期盼，坚守我们的家园！我也是妈妈，我深知，作为妈妈最见不得孩子的痛苦和离开，我知道你会用尽全力守护我，我也会坚强地度过每一天。

在这个"薄情"的世界里，我选择深情地活着，心有千阳，自然灿烂！有妈在我就有了稳稳的幸福，感谢老妈，祝福你身体永远健康！

我与儿子

作者：可可

2017.6.18

今天好像明白了养儿防老的意义。最近因为身体的原因，走路好像又慢了，儿子陪我去超市逛逛，之前我走得慢，儿子不太理解，我也不愿意多说，他经常嫌我走得慢时说："老妈，你就当身后有条大狼狗来追你了，你就肯定会跑了。"可是他不知道我现在的身体情况即使有十条大狼狗追我，我也跑不了。今天他没说这话，而是边走边关心我，有台阶的地方搭我一把手，也让我挽着他的手走路，超市出来买了一大包东西，他主动拎着，只让我拿了个很轻的东西。出超市门口有个小斜坡，他很自觉地放慢脚步又伸手过来拉我，那一刻，我好感动，现在的他已经会关心我了，那么再过几年，他一定更加会关心和照顾人。

在儿子很小的时候，因为老公不在身边，几乎都要我一人操心，很累很烦去老妈那儿抱怨的时候，妈妈总会安慰说："等他长大了就好了，有个儿子在身边，别人不敢欺负你，而且你会感到幸福的。"现在时间慢慢印证了母亲的话，如果若干年前，我没有那股勇气带大他，那么现在我也没有福气享受他的好，一切都刚刚好！

患 ALS 有一年多了，从最初对这病的懵懂无知发展到现在的寸步难行，四肢功能、语言功能在慢慢地消失中，对病情的发展有了更深刻的理解，也认可了确诊之初医生告诉我的三到五年存活期。这一年多，从恐惧，害怕，无奈，发展到对疾病的坦然面对与接受，这是一个从正常人到绝症患者所必须经历的心路,心里常常感到委屈,不开心,希望疾病发展得慢些再慢些但都不得不面对 ALS 强硬激烈的发展,这就是 ALS 的特点,它一点也不会顾及你的想法和情绪,也许你表现懦弱他攻击你更厉害。现在的我已经一步一步欣然接受它作为我身躯的一部分,可以折磨我,可以在深夜痛得让我焦躁不安,可以让我每天看着美食却没有了食欲,可以让我从一个正常人慢慢退化成孩子、幼儿、婴儿,可以剥夺我正常的呼吸权利和咳痰的能力,可以剥夺我身躯任何能动的地方……

2018.4.30

今天儿子在家休五一节,老公去建材市场看装修材料,儿子在家陪我,和以往一样,渴了叫他倒水喝,热了叫他脱衣服或者开电扇,想吃水果了让他削皮切块放到我眼前,想上厕所也得叫他帮我脱裤子提裤子,这一切他是那么的娴熟。天气不错,他说可以轮椅推我出门看看,我非常高兴,又可以出门看世界了,对于 ALS 患者来说出门极其的奢侈,外面转了一圈,看看精彩的世界,行人,车辆,忙碌的商贩,绿树鲜花各类水果各种美食,让我觉得活着真好。

回来累了小睡一会,醒来,老公居然还没回来。到了做晚饭的时间,我问儿子你做晚饭吗? 他说可以,我说看看冰箱的菜,随便做点什么都可以,他想了想说,得去楼下超市一趟,一会儿超市回来,买了两个青椒共 4 元,问我贵不贵,我说还可以,内心其实无所谓价格多少了。他还买了一包豆干,一袋鸡蛋,两个西红柿,还有一些他的零食和饮料。儿子开始做晚饭,老公这时回来了。客厅离厨房近,我可以看见他做菜,青椒西红柿洗了切好放一边,豆干切了,鸡蛋打了,开火炒菜……我不知道他是否能做好这个菜,之前他擅长煮方便面加鸡蛋,也会把剩菜做成咸泡饭给我吃,今天他好像在创新了。一会儿,青椒豆干丝端出来了,又一会儿西红柿鸡蛋端出来了。我看了内心满满的喜悦,不在乎他的味道不在乎他的切菜水平,因为他以前没做过,内心翻滚啊:一年前的他,啥也不会做,自己的衣服鞋子也找不到,一年后,他会了好多。如此鲜明的对比,我暗自窃喜,似乎生活中的困难、遇到的逆境,促进了他的成长。

烧好菜，他才发现尴尬，只有中午剩下的两个人的饭，不够三人。老公让我俩先吃，他下点挂面。儿子却让老公和我先吃，说他想吃面。我和老公一人一碗饭，儿子又去下挂面了。看着饭菜我难以下咽，眼泪不自觉地流了下来，感动夹杂着感激，比儿子考了满分还高兴。这么多年来，只有对儿子的学习有要求，希望他学习好将来有出息，家务的事很少让他参与其中，此刻我患病了慢慢失去了最基本的生活自理能力，儿子却加速了成长与懂事，不仅仅对自己的事很独立，还参与到家务劳动中来，照顾我、关心我，而且懂得谦让。感激自己多年的辛苦努力无私的付出此刻有了回报，感觉自己是最幸福的妈妈：因为有你，我有勇气坚强地面对 ALS 的任何折磨；因为有你，我愿意在这个世界上勇敢地坚守；因为有你，我知道困难挫折是成长中的财富。看得出来这一年你内心变得强大了，你自己能够和老师婉转沟通为什么爸爸妈妈不能到学校来。青春期的孩子是最要面子的，你解释得很好，妈妈现在需要人照顾，爸爸在南京工作，所以很多事你都自己安排解决了。父母多年养育孩子不就是为了孩子能够早点独立早点懂事吗。

和病魔为伴有一年多的时间了，我知道病情的发展速度。北大女博士娄滔确诊两年左右就走了，我的好友屈媛，我们差不多去年年后开始发病，也在同月确诊，2018 年 4 月 22 日离开，此刻她已在天堂。她比我年轻，女儿也小，但她比我坚强乐观。去年十月她从新疆到上海大华医院胃造瘘时，她的状态是那么好，经过半年多无数天的折磨，我知道她最后忍受着各种痛苦，离开了、安静了、解脱了，这是每个 ALS 患者的结局。有人说保持好的心态就能坚持很久，在无数次和病友的探讨中，我们得出，ALS 得病不按套路来，不管你以前多健康多身强力壮，都有可能得。老师、会计、军人、舞蹈家、画家、建筑工人、司机，各行各业的病友，年老的、中年的、年轻的，从十几岁到七八十岁都有。其次，ALS 生存期也不按套路来，你懦弱、你坚强、你乐观、它都义无反顾地发展，每月每周每天马不停蹄地发展。最后，ALS 在发展的过程中一旦呼吸开始不畅了，呼吸机、咳痰机上场以后，莫名其妙的意外会提早出现，上午还好好地聊天，下午就不在了。一口痰堵住了或者一次严重的摔跤导致离开的，比比皆是。ALS 这个医学上至今无法解释清楚的罕见病，不知道它怎么来，发病原因至今未明，所以也没有合适的治疗方法，也没有能控制病情发展的药，一旦确诊就意味着人生离终点不远了。确诊后这一年多，我彻底地认识和见证了它的残酷和无奈。

这一年多，十几年没有好好读书的我，从不能走路出门开始，短短半年，我听读了一百多本书籍。感到孤独寂寞时，书开启了我的心扉，让我明白不读书我只能过被 ALS 折磨的一种人生，但现在的我仍然可以体验不同人的精彩人生。这一年多，我收获了亲情与友情，一向能干、骄傲、自信的我，深刻理解了生活中的感恩与感动。身在泥泞之中，仍可以仰望星空，生活虽然艰难苟且，但还有诗和远方。

林清玄说："既生而为人，就要承担，安然接受人生可能发生的一切不如意。"当现实发生又不可改变时，不管愿不愿意接受，都要调整好心态，学会坦然面对和接受。这段话，我希望和高一的儿子一起分享，我要鼓足勇气坚定勇敢地生活下去，儿子也将因为家庭的变故勇敢地承担起他的生活，并且希望我们各自都能够超越自我。

老 爸

——谨以此文献给天下所有的父亲

作者:暖禾

当我被这个世界踢出局时,当我被身边的人有意无意地冷落、忽略直至渐行渐远时,一个老男人收留了我,他就是我老爸。本来妈妈就有精神上的慢性疾病,再加上我的到来,使这位年近 70 岁的老人,要同时照顾两个几乎不能自理的病号。老爸每天早晨 5:30 起床为我妈做早饭,直至夜间 12:30 送我上楼入寝,中间都在各种琐碎的忙碌中。偶能得那么几分钟的空闲,倒头便睡;听到一点动静,翻身即起。有个感冒发烧什么的,也要带病坚持。我家住六楼,没有电梯,老爸一天最少上下七八趟,正如他的属相整日围着两个女人做牛做马,勤勤恳恳,毫无怨言。

曾经的老爸胸无大志、好逸恶劳,除了老实善良,一无是处,还经常扮演成事不足败事有余的角色。他和我妈仿佛是两个世界的人。一个精明能干,好胜心强;一个得过且过,安于现状。就这样两种不同性格和追求的人,在一个屋檐下吵闹了一辈子。在我的记忆里,老爸除了上班,就是到处闲逛,家里大小事从不操心,我的成长没有关于他的太多记忆。而妈妈从小便是我唯一的靠山,她到哪里我就到哪里。甚至我离开家乡到外地求学,还必须抱着妈妈的衣服才能入睡。

然而这位既当妈又当爸还经常保护老爸免遭别人欺负的女汉子,却在 2008 年突然倒下了,到现在已经十年了。这十年里,老天有意让他俩互换了角色,老爸开始义无反顾、任劳任怨地撑起了这个家。购物、做饭、洒扫，伺候妈妈起居、服药等等，不惮繁杂，不辞劳苦。

我的疾病更加重了老爸的负担。我比妈妈还难伺候，除了举手投足更加困难外，脾气也更加暴躁。如今的老爸不仅是我和妈妈的唯一支柱，还在我的生活里扮演着三种角色：出气筒，保镖和保姆。

老爸从小就不是严父，既不敢打我，也不会骂我，唯一能做的就是不停在我耳边叨唠个没完。知道我行动不便，每天睡前和早晨起床都会准时提醒："闺女，要不要上厕所啊？"上车前必定第一句话对司机说"我闺女身体不好，麻烦您开慢点"。如此这般的絮叨，在我耳边滚动播放，从早到晚。我则爱答不理，一个字"烦！"

因为语言沟通越来越困难，加上老年人耳朵眼睛都不好使，老爸常常无法及时准确领悟我的意思，南辕北辙，张冠李戴，气得我动不动就对他发脾气。有时身体状况不好也导致心情的郁闷低落，忍不住对老爸大呼小叫地发泄一番。结果老爸从来都是照单全收。有时因为我的不可理喻的强迫症搞得他也会脾气暴躁起来，偶尔还击我一下，但最多三分钟也就烟消云散。事后仍是一如既往的悉心照料。我因为这个病，内心对外界的反应极其敏感，看惯了同情、冷拒、不耐烦甚至嫌弃的表情，学会了低眉、保持微笑、代人着想；唯在老爸这里可以任性，可以毫无顾忌地发泄，也唯有老爸可以接受我的一切，接受我行动不便的四肢，接受我难以控制的脾气。他心甘情愿地在家里被我和妈妈呼来唤去，在他的心里压根儿没有觉得伺候人是丢面子、委屈吃苦的事，每天看到我和妈妈能吃能睡、能乐呵呵的就是最大的满足。在他身上一种金子般的品质深入他的骨髓和血液，这种地位，文凭，金钱，权势无法比拟的人品深深影响着我。

自从我的病情发展到无法正常行走的地步时，走哪儿都不得不带上我的保镖——老爸。由于几次在他眼皮底下瞬间摔倒以致被120接走的事故发生，原本胆小的老爸就从此患上了闺女行走恐惧症。每天只要我离开床或座椅他就神经高度紧张。即使睡着了，只要听到一丝椅子挪动的声音，就会条件反射地一跃而起，一边还有些惊惶地喊着："我来了，我来扶你，闺女。"

时间长了，这种惊悚的气氛给我平添了几分重症患者的感觉。他的一惊一乍时常让我很糟心也让我很暖心。就这样，现在除了上厕所，洗澡之外，其他时间老爸都几乎是寸步不离，走哪儿扶哪儿，成了名副其实的人工拐杖。遇到出门办事，老爸更是服务到位。老爸虽已年近七十岁，但仍身形高大挺直，还颇有几分年轻时的帅气。出门在外拎包开门，给我这个残疾人倒是攒了不少面子。除了路上的种种呵护，老爸还在我停留的每个地方蹲点守候喂食。此外，推椅、挡人、遮雨、翻译，无所不能。就这样像很多大牌明星一样，我有了24小时的"保镖"，不用担心待遇、不会辞职、还挺帅气的保镖。握着这位保镖的手，我时常感到一种说不出的安全感，踏实感，无论遇到什么阻碍，似乎都可以放心地前行。

自从家里两个女人都病倒了，原本脾气暴躁、毫无耐心、干活儿笨手笨脚的老爸似乎有了很大的进步。早上给我穿衣梳头，中午给我夹菜喂饭，晚上给我洗漱铺床，出门还要给我化妆穿鞋，小时候妈妈照顾我的活儿，老爸在短短一年里都学会了。每天从我睁眼到入睡，一天之内呼喊老爸的次数不计其数，指派老爸的指令连续不断。甚至更夸张的是，为了配合我白天睡觉晚上创作的工作需求，老爸也很无奈地加起了夜班，和我一起成了夜猫子。每晚直到看到我睡下他才敢自己下楼踏实睡觉。如果有一天他不在家或生病罢工了，我的生活也就彻底没法运转了，好像一座房子塌了根基似的四处抓瞎。在老爸这个保姆的无微不至、任劳任怨的呵护下，得了世界上最残忍的病的我，依然觉得活着还有寄托，还有意义，因为老爸保姆唯一的希望是看着我乐观地面对未来每一天，是我依然还能回到从前那个活蹦乱跳、自由翱翔的快乐样子。

鲁迅曾说："有谁从小康人家而坠入困顿的么，我以为在这途路中，大概可以看见世人的真面目。"三年的病程，从舞步曼妙坠入步履维艰，也让我看清了很多。很多花前月下，烛光晚餐上的誓言，在你倒下时，旋即灰飞烟灭；也有吵闹大半生的夫妻却在危难时刻给彼此传递了最坚定的信念和力量。从老爸身上，我对亲子关系、夫妻关系有了新的理解。对亲子关系来说，血缘是纽带，包容与奉献是内容。无论孩子成器还是不成器，富贵还是贫贱，健康还是身染重病，父母照单全收，即使拼尽全力，奉献毕生的一切乃至性命都毫不犹豫。父母把孩子看成天，看成希望，因此天下大部分父母愿意不图任何回报地牺牲自己照亮孩子。什么是真正的夫妻，不是甜蜜、温馨、浪漫，那些只不过是平淡日子的点缀；而是无论面对日复一日年复一年的单调还是祸从天降的危难,都能不离不弃,相守终老。在我看来,任何荣耀和财富都比不上身边有一个亲人理解和支持你更重要,更需要,家人的不离不弃才是病人最好的良药。

在这样的路途中,我对几乎无处不在的冷漠、自私选择了包容、理解甚至接纳;但同时我也更崇敬无私、坚毅、充溢着仁爱的品格。有时候我会想,也许我应该感谢我的病,它让我从老爸胸无大志败事有余的表象,看到坚忍、勇敢,看到爱之深沉。

老爸七十岁本应是颐养天年的时刻,现在反而让他整日来伺候我,这种愧疚感唯一能弥补的方式是坚持到医学界可以攻克这个难题那一天再来双倍偿还,但愿一切都还来得及。

朱自清对父爱深沉的感受凝聚在父亲攀爬站台的背影上,我则对老爸不拘时间环境,得空便能熟睡的身影格外动情。他对家人的爱深厚而又低调,虽不善表达却用一如既往的行动证明了一切,从他疲累而香甜的睡意中,我读懂了什么叫父亲。

暖禾,真名葛敏,37岁,女,汉族,毕业于北京舞蹈学院,得病前就职于中国人民大学附属中学朝阳学校,"冰语阁"公众号创建人之一,患病3年。

人生信念:上帝没有给条平坦的路,那就自己开辟一条路!

老 婆

作者：郭金林

老婆（lǎo pó），英文 Wife，是丈夫对妻子的称呼，已出现上千年，古时不同地位的人对老婆有不同的称呼，如古代皇帝称老婆叫梓童、宰相称老婆叫夫人等。"老婆"这个称谓，最初的含义是指老年妇人。后来王晋卿诗句云："老婆心急频相劝。"这一"老婆"是指主持家务的妻子。因此，后人称呼自己的妻子叫"老婆"。

我说的就是我老婆。

"文革"后，我和我老婆，原在一个建筑工程公司工作。当时我是木工，她在医疗所工作。我家是市里的，她是来自于农村。由于我的家里贫困，三十岁也没有找下老婆。

她当年二十三岁，也想脱离农村在城里成家立业。经人撮合，短时间就走在了一块儿，算是天结良缘。由于"文革"的原因，我俩连初中都没有毕业，文化水平在同一起跑线上，虽然说我们谈恋爱时间短，但我也对她了解七七八八，她虽不算貌美如花但也有几分姿色，人品不坏，勤劳善良，是个持家能手，但就是不善于学习，性格固执自负。俗话说，花无全开，人无完人，对我这样的家庭来说，有这样的老婆，已经很满足了。结婚生子，天经地义，不在话下。

几年后，在我的努力之下，被调到歌舞团搞舞美设计和编导工作，避免不了业余时间有朋友来家里坐坐，老婆总会主动充当主角，愿意和大家高谈阔论。有一次我们谈到了三国的曹操，老婆马上插嘴说："曹操，我知道，他是英国人！"当时的场面，弄得我们很尴尬。每当朋友们夸我说："郭老师通过自学,在歌舞团立住脚真的很不容易!"老婆总会很快回答说:"有个好耙子,还得有个好篓子嘞。"

我多次和她背后交谈,希望她多学习知识,不要当着众人露怯。她总表现出一副不以为然的样子,把我的劝告全当作耳旁风,那种固执的态度,不服输的自信劲,我真的无法言表。

女人都爱美,她也不例外,时常买一些花里胡哨的衣服打扮自己,见别人做双眼皮儿和口唇红手术,她也要去做,我坚决反对说:"做人需要内在美和外在美统一协调才是美。对于嘴尖皮厚腹中空的女人,再装饰也只是个表面。"她没有理会我的话自己做了口唇红手术,没有做双眼皮儿手术是因为她本来就是双眼皮儿。手术后,她的嘴唇被感染,十几天以后才恢复正常,但她从不后悔。

当然,除了这些以外,我们在生活上也特别不协调,我是长治人,从小早上爱吃小米饭,而她老家是武乡,习惯于晚上吃和子饭(也就是把地瓜、南瓜、豆角等蔬菜和小米、面条放在一块儿煮),第二天早上再继续吃,如果吃不完,第二天晚上再继续吃。在冬天,能连续吃两三天,有时有点馊了,为了不浪费还会继续吃完。随着时间的推移,我们家有了冰箱,按照科学的说法,放到冰箱的食物,也不能长久地存放,但是我老婆却不以为然。我家平时吃饭一共三五个人,我建议她按定量做饭,她依然不听,每天中午做饭,一次能做三四天的量,然后放到冰箱,连续几个中午吃剩饭。更有些过节的食物,比如粽子、汤圆等食物,今年多余的能放到明年再吃。我拿着科普书籍读给她听,她反驳说:"如果世上的人都按科学生活,世界上就没有人了。"说也奇怪,我一辈子吃药养生到头来各种病缠身,我老婆从来不吃药,天天吃剩饭,身体倍儿棒,什么病都没有。无奈,我只好作罢。

曾记得我们结婚典礼时,她说她们家从来不吃鱼,说是闻不了鱼腥味儿,我做了一次带鱼,她连续用钢丝把炒菜锅刷了一个礼拜才罢休。

俗话说,家家都有本难念的经,我为了这个家,只好心甘情愿,把工资交给了她,把外快也交给了她,大事小事都由她做主,想要家庭和谐,必须付出。这是我作为丈夫、作为父亲、作为爷爷的本分。但是她有时也太过分,我在歌舞团好歹也算是搞艺术的,买了房子装修,她完全不参照我的意见，并和我约定：为了免生闲气，她不让我插手。她固执地把家里装得富丽堂皇，五彩缤纷，买高档的家具，欧式的床铺，像一个高级宾馆的住榻。装修完后，让我去看，还让我点评，我说："常言道，家中无字画必是俗人家，家中多字画也是俗人家，咱们家装修的，富贵有余，品味不足。"她马上反驳道："有多少人来家看，哪个人敢说这个家装的不好。"看她那个生气的劲儿，我只好无语。我的油画和书法经常在市里获奖，很多朋友都要我的字画留存，然而却没有一幅我的作品挂在自家的墙上。

我们的行动老是不协调，她也很少和我一块儿出去，我编导的节目她也不看，对我的绘画更是不闻不问，包括上街买东西也说不到一块儿，我说上，她偏会说下，我说左，她偏会说右，有几次争论，我实在气不过，就骂她说："你简直不可理喻，无知而傲慢！"她很平静，从不在口角上发生冲突，等我发完火过后，她会埋怨我说："就这点儿小事儿，用得着发火吗？看你那个劲儿，像个大老爷们儿吗？"结果我反而变成了犯错者。

我记得有一位作者写过这样一段话："每个人都有自己的不如意，不说不代表不存在，而是选择了自我消化，不哭不表明够乐观，有时候是因为麻木了，坚强的外表下，常常掩饰着无法言说的痛苦。"人生苦短，我和她在磕磕绊绊中生活到现在，我在过七十岁生日的那一年患上了渐冻症，病情发展很快，短时间就不能自理了，我家还有一个脑瘫孙女。两个人的生活起居，就落在我老婆一个人的身上，如果是一般的女人，遇到这种情况，肯定会惊慌失措，两个不能自理的人，都是她一个人照料，显而易见难度有多大。两个人的吃喝拉撒睡，都靠着她一个人，每天围着我们两个人转，她没有了以往的潇洒和自在。

对于一个人的自负、自信来说，有时候不见得是一件坏事，我的脑瘫孙女儿，治疗费已经花了近百万，老婆依然不离不弃，继续为她治疗，我得了渐冻症以后，她毅然决然地为我跑各大医院治疗，到最后虽然说妥协，但她绝不相信这病是绝症，在她那自信的脸上，始终充满着不甘失败的态度。面对两个疑难症病人，有时候她也烦，对我也来一点儿小小的欺负。我让她挠一下痒，在她烦心之时，她会使劲地挠我几下。或者喂饭时，让我满嘴流饭，因此我特别小心，生怕惹她生气，实际上得这个病的病人很痛苦、很不容易，家里人更不容易，要照顾好病人，还有一个家庭重担要挑起来,特别是到了后期病人完全不能自理,这个时候的家属的劳累真的无法用语言来表达,压力真的好大。我希望大家换位思考,互相体谅,渡过难关,因为,她们和我们一样真的活得太难了!

风风雨雨几十年过去了,磕磕碰碰几十年也过去了,现在,她一如既往地照顾着两个病人,不离不弃,不烦不恼,放弃的是个人的得失,收获的是家庭的和谐。如此看来,还有什么错误不可以原谅的,同时我也一再告我自己,不要以病为借口,过多地麻烦家人,让家人留有一点快乐生活的空间吧! 我们活着就是幸福。

丢不下的爱

作者：燃起烟火

　　自从二宝哇哇出生还没来得及欢喜的时候，就面临着要走一条不为人知的漫长的煎熬的道路。

　　2009年的2月二宝出生，原本很幸福的日子想借着二宝继续幸福下去，想全身心地照顾这个家，把一辈子的爱都奉献出去，过了没俩月发现自己走路没力。先是一个左脚，当时还没意识到此病的严重性时，开始了独自一人的看病生涯。当地医院九年前神经内科都不知道有这病，一个新的名称连自己都不熟悉，慢性格林巴利，马上住院一个月用激素，转康复没好转，后奔赴上海华山。当时还走着扶着去，医生的话让人丝毫不理解，没药！？如同晴天霹雳，漫长的求医问药过程让人一次次失望，一次次跑向各地大小医院，医生都说没药。

　　因为自己还没放弃的信念，加上家人的关爱，漫长的过程花去所有的金钱加精力。上海确诊为运动神经元病，上网一查两眼直愣，罕见病！痛苦绝望还不是现在，而是在之后的煎熬、想不开、忧郁、哭泣。深夜听到所爱亲人的呼吸声、打呼噜声，自己还没能入睡，想啊想啊盼啊盼，反复挣扎中无数次反省自己：这样怎么行，小孩需要爱、家庭需要爱。慢慢走出心理阴影，营养、心态、护理，病情一年又一年。

　　庆幸病情进展得还是比较慢的，感恩家里成员不离不弃快十年的辛酸过程，小孩都学会怎样照顾家庭、照顾家人了。唯一难丢下的就是陪伴爱人孩子成长，好想亲手为他们做早饭，几年来每天早上只能用耳听到孩子为自己上学准备的东西，随后爱人关门，远远看到离去的背影、听到车子的启动声,心里暗暗地说:你们放心,我很好,会等你们回来。

白天,心里忧郁、低落的时候,想想还有丢不下的爱和责任,希望把所有的一辈子的以及孩子一辈子的事情,都交代给他们。想说妈妈好累。每当感觉自己坚持不下去的时候,总有一股信念在支撑着我,我也不知道是什么。心里很清楚就是一份责任、一种亏欠,爱"人"就要不离不弃,爱"人"就要全力以赴,"人"字就是互相支撑住的含义,哪怕支撑到最后奄奄一息!

我知道,所有病友都有这种心理过程、心理信念,所以我们要以最美好的姿态来面对这个世界、面对自己的家庭。我们不能改变世界,唯一能改变的只有我们自己。尽管生命无常,生活起伏,人生充满许多不如意的地方,但有不少东西可以把握,那就是我们对生活的态度。有人说每个人身上都有一种法宝,它的一面写着积极心态,另一面写着消极心态!积极的心态能够调动一个人的心灵力量,而且可以不断挖掘潜在的心灵力量。消极的心态容易使一个人陷入悲观失望,烦恼痛苦以及忧虑无奈的泥潭。

病例的名称当中,大家要想一下,我们好比盲人,盲人才是堪忧的事情。看不到他喜欢的颜色,看不到他亲人的模样。至少我们眼睛是明亮的,眼睛是心灵的窗口,所以我们永远有着这扇美丽的窗,虽然有时候自己心情很烦躁、很低落,但是不管什么样子,太阳还是会升起、会落山。

所以所有的病友们坚强地面对你生活的每一天每一小时,只管努力坚持做好我们自己,下面的事交给老天!

燃起烟火,真名焕晴,女,江苏人。

感言:整整快十年的岁月,却因为一个不幸的而又幸运的病痛在身上缠绵着,我愤怒过、伤心过、失望过、盼望过,到现在我依然坚持着,为了一个永恒的丢不下的爱和责任。

人生困境中的两次关怀

作者：果园主人

2018 年 6 月 12 日 7 点 30 分，手机突然响起清脆的铃声。接起电话，来电的竟然是三十年前的老同事、官至副省长的老领导！他既关切又热情对我说："万里，听说你病了，我希望你首先安心休养与治病，其次对战胜疾病要有信心。如果有需要帮助的就告诉我，我来帮忙组织专家会诊治疗！"因患运动神经元损伤，正处于人生第二次困境、万分沮丧的我听到老领导这番话，不禁感动得热泪盈眶。

1989 年底我调到上杭县政府任党组成员，那时张志南同志已经是县委副书记。见到张志南同志，第一印象是年轻帅气、为人热情又稳重。随后在新一届政府选举中，张志南同志当选为县长，我被选为第一副县长——有幸成了张志南同志的副手！在和张志南同志同事的几年里，他成了我学习的榜样。作为一县之长，对中央的精神和县委的决议，他坚决贯彻，一丝不苟；处理起县里大小事务，他不但能洞察全局，更有把握全局的魄力和能力。他的工作作风平易近人，善于听取不同意见；工作态度认真负责，踏实勤恳。白天总见他忙忙碌碌，晚上也时常见他的办公室灯光最后熄灭。他作风清正廉洁，个人生活简单严谨，从不参加与工作无关的应酬，一心扑在工作上。紫金矿业、城区防洪工程、工业园区建设以及老城区改造等一系列大项目都是在他任上完成或打下基础的。

1993 年后，我调往经济贸易部门工作。虽然此后我与他在工作上再无交集，但逢年过节我们依然通过短信互致问候和表达牵挂。2004 年 2 月我遇到了人生第一次打击——在一次体检时发现了直肠肿瘤！当时正值壮年的我,遭受此打击心情极度郁闷。我在省城住院治疗时候,时逢张志南同志当时任省政府副秘书长。他不知道从何处得知我生病的信息,在我手术的前一天带着夫人来到病房看望我,热情鼓励我要坚强、要有战胜疾病的信心。临走前又再三交代医护人员要尽心尽责做好医疗治疗护理工作。这次困境最终化险为夷,但他的那次看望让我感动不已,一直清晰地留在我记忆中。

　　人生中遇到锦上添花固然会让我们开心;但更难能可贵的是雪中送炭,助人于坎坷、痛苦和困境中!这"炭"并不一定是金钱或物质,此时此刻精神上的鼓励更为珍贵和重要,正如这次在我遭遇人生第二次重大打击、再次身陷重大困境中又得到了老同事老领导的鼓励和关心。在这清晨,来自三十年前老领导三分零六秒的亲切问候,让我重挫忧郁的心灵受到了莫大的抚慰,心里犹如春暖花开。这份感动我无以言表,只能说声:"志南老领导,感恩人生路上有你!"

道别

作者：絮絮

倘若有一天
我的 QQ 头像不再闪烁
你给我的问候
久久等不到熟悉的回复

请别为我担心
大概是我没了网络
抑或是我偷懒了
想要好好地歇歇

我多想再弹首蹩脚的曲子给你听
多想微笑着跟你说谢谢
却是都不能了

我只能在心里
为你种下一株四叶草
让每一个叶片都长成你想要的模样
愿你阳光明媚 不再忧伤

穿过冰冻的时光和灵魂

作者：贾军

我不再去想
能否给时间以时间
哪怕一朝一暮一转眼
既然心素如简
便只顾
顺其自然　随遇而安

我不再去想
能否给爱人以爱人
哪怕一颦一笑一拥抱
既然满怀爱恋
便只顾
与你相伴　予你温暖

我不再去想
能否给阳光以阳光
哪怕一花一草一破晓
既然心存惦念
便只顾
不畏冰寒　勇往直前

我不再去想
能否给生命以生命
哪怕一心一意一肝胆
既然心向晴天
便只顾
与爱并肩　为爱而战

贾军,网名天马行空,男,灵宝市公安局民警。《中华风》杂志、自媒体《行参菩提》签约作家。部分散文、诗歌、小小说等作品散见于《中国诗歌文学精品》《作家美文》《新华文艺》《行参菩提》《诗行天下》《中国黄金报》《河南公安报》《三门峡日报》《砥柱》等报刊媒体。

辑三
追忆往昔　直面当下

久卧病榻　倒数人生

耐不住　回看过往　细数曾经

那静美的人儿　青葱的岁月

空嗟叹　光景不复　往昔难再

好在记忆终抹不去　好在没有白白过的人生

苦乐之间磨砺出的这个我　必不会让生命败给无用的躯干

即便真真是举步维艰　只要尽力挪动了　就是好样的

命运没给我选择未来的机会　却夺不走我不惧当下的勇气

夏日寄情

作者：在水一方

人之所以悲哀，是因为我们留不住岁月，更无法不承认，青春，有一日是要这么自然的消失过去。而人之可贵，也在于我们因着时光环境的改变，在生活上得到长进。岁月的流逝固然是无可奈何，而人的逐渐蜕变，却又脱不出时光的力量。

——三毛《雨季不再来》

人生旅程中的夏天往往太短促。在那些纷繁的印象里，生命中最质朴的一面不时地在我记忆中闪现。那一片深沉的宁静和那与世无争的安详以及简单朴素的纯真生活，唤起我思绪的百般依恋，撞击着心灵的再次震荡。如火如荼的岁月不会轻易淡忘……

日子，在墙壁的挂历上，在桌面的台历里，在手机的日历中，悄无声色地，面无表情地，无悲无喜地翻过。盛夏又至，夏日的太阳，总是以一日不见如隔三秋般的恋人姿态，与大地依依眷别，以至于夜幕，也总是心有戚戚般，迟迟不忍拉上她的帷幕。

曾经，四季中我喜欢的夏天总是热情而多彩：没有春雨如泣如诉般的靡靡不休；没有秋风扫落叶满地黄花堆积的萧瑟；没有冬天寒风怒吼冰冻三尺的冷冽；每到黄昏，约上三五好友，带上救生浮球，解下身上的束缚，或山塘水库，或横渡湘江。

夏天，湘江一桥下，沙滩上到处挤满了来此游泳的人，浅水区，众多的男男女女尽情嬉水，水性较好的，游过江心深水区到达彼岸再游过来。

我十几岁就学会了游泳，无论蛙泳、仰泳、踩水、狗爬等。如果中途游累了可以用仰泳的姿势，双脚微蹬双手张开轻轻划动毫不费力。我们也经常选择那种水质很好的水库游泳，潋滟的水波里，荡漾着我们欢快的笑声，那种中流击水的感觉酣畅淋漓。洗尽一天的铅华，洗去一天的疲惫。

曾经，四季中我喜欢的夏天惬意而浪漫；像热恋中的情人那样痴情。夏日莲花的开落里，似乎总能忆起年少时如花一般的年纪，我默然沉醉其间；夏蝉的鸣唱间，仿佛总能听到青葱的岁月并不曾远离。

只要不是太热的夜晚，几个爱好吹拉弹唱的朋友各自带着乐器来到广场边的凉亭，或弹奏一曲高山流水，或配合来几段家乡小调。

广场上的小姨大妈们也随着播放的音乐翩翩起舞，为夏夜的繁华而热情不减。天上的星星，密密麻麻，熙熙攘攘，挤满了整个夜空，亦点亮了整个夜空。它们恬静而又悠闲地俯视着人世间的和煦与温情，热闹与喧哗。

曾经太多的美好如白驹过隙，沿途逝去的风景渐行渐远。"此情可待成追忆，只是当时已惘然。"

曾几何时，我四季中喜欢的夏天随着三年多前一场病变而彻底改变我对往昔的眷恋。一种叫渐冻症的疾病束缚了我的身躯。曾经爱好游泳的健将变成了弱不禁风手无缚鸡之力，迈步如千斤重铅，夏天的美好也成为了追忆。有时，会站在记忆的路口，裹足不前，想念时，仿佛昨日。也许，我们怀念的不是旧时光。而是，住在旧时光里的暖和那永远抹不去的温馨。

现在的夏天在我心里变得有些恐惧而且漫长，挪步上一趟卫生间大汗淋漓心跳加速，几米远的距离犹如两万五千里。身体如同被蛛网网住的小虫，虽拼命挣扎，却始终逃不出被粘住双翅的那张丝网。夜晚如不幸被蚊子咬到更是奇痒难当而无法抓挠，神经末梢传来一阵细微的刺痛，任由着它吸饱喝足后逃之夭夭，只在我身上留下又痒又红的一坨凸起。

记忆微凉，流年似水。我只能一个人演绎着自己的独角戏，将如烟往事静默成一幅泛黄的画卷，隐匿在尘世的末端不愿提起。没有人握得住地久天长，人生之事岂能尽如我意，哭笑皆由人，悲喜自己定。其实吧，没心没肺地活着，糊里糊涂地过着。所谓生命的归宿，只不过是最终回归最真实的自己。那些渐行渐远的风烟往事，那些途中的分分合合，只不过是为了让我们更清晰更透彻地认识到生命的真相。

如今,特别是在清凉的空调间里,这些记忆中的夏日情怀使我又一次真切地感受到——那一去不复返的浪漫夏天成为了心中的一道风景线,尘封在心灵深处不忍回味……

活 着

作者：张静

　　《活着》是我在读大学时老师布置我们看的影片，看完之后还要求写观后感。虽然至今已经十年有余，但是这部电影仍然深刻地影响着我。主人公富贵本是一个赌鬼，他赌博终使家里变得一贫如洗，还气死了他的父亲，他的人生可以说从此便是掉进了无尽的深渊，穷困潦倒。之后他还相继失去了他的母亲、儿子、女儿。所有人鄙视他、嘲笑他，可他不还是得好好活着，所有的惨剧都照单全收！

　　生活可能就是这样，它不停地在锤炼你！小时候家里穷，过年都没买过几件新衣服，有时能捡上亲戚家几件像样的旧衣服就会高兴不已。上初中时一天就吃两顿饭，上午老师在台上讲课的时候，我总能听到我肚子咕咕叫。

　　父母也总是会为了钱的事吵架，那个时候，我就想自己能赚钱就会好很多吧。于是，初中毕业后我就跟着村里几个比我年长的孩子一起去市里面打工。年龄太小了，根本没人要我，后来还是村里一个姐姐干活的夜市火锅摊正好缺人手，我就去了那儿。那时我只有十五岁，身材瘦小，每天下午四五点出摊，然后就是要把桌椅摆好，每次搬那些都会把手脚磨得通红，因为力气不够大只能靠在身体上慢慢挪动。之后就是准备锅底、菜品，有客人来了就服务，之后还要洗碗之类的，一直到凌晨两三点收摊！一般睡到床上已经是凌晨四五点了，到中午十二点起床后就是把晚上要用的材料都要洗好、切好。大热的天我们三个女孩睡在一个房间，房间外阳台还睡一男的，就一台电风扇放房间与阳台之间的窗户上而且还是对着阳台那边吹,一个夏天愣是长了一身的痱子。就这样,每天都盼着时间快点过,在煎熬中度过了一个月。

某一天,母亲来市里找我,接我回家。因为我收到了我们县重点高中的录取通知书,并且由老师亲自上门送到家里来的,当时我们镇里中学只有两名学生考上了重点高中。这对于我家来说也算是一份荣誉!感谢我的父母送我上了高中!因为那段打工的经历我就下定决心还是要好好读书。我想通过读书来改变自己的命运,来改善我的家庭。高中毕业后考了一个二本,虽然不太理想,但我还是欣喜不已。

接到通知书后一家人除了高兴以外还有许多的担忧和焦愁。因为高昂的学费是我们的家庭支付不起的。开学了,我就拿着家里七拼八凑的三千块钱上了路,这是我第一次出远门,为了节省开支,只让父亲送我到宝鸡火车站。之后,我一个人坐火车到了西安,又从西安站坐火车到杭州,再从杭州坐大巴、轮渡,几经周折总算到了舟山,见到了我梦寐以求的象牙塔。

大学生活愉快而又辛酸!但在那里我遇见了我的 Mr.Right,这也是我最美好的经历。还有我那些可爱的同学和热心帮助我的老师。那个时候我除了学习以外还要忙着赚学费、生活费。记得有一次,为了赶时间上课跑得很急,一脚踢到了台阶上,当时痛得路都走不了,几个同学扶我到校医室去看了下就抹了点止痛药。可是它却给我留下了终生的印记。至今,我的大脚趾关节处还是弯的。

大学期间我做过很多份兼职,发过传单、做过家教、营业员、服务员,还当过培训班老师等。八个假期就回去过两个。记得有一次放寒假回去串亲戚,亲戚劝我放弃学业,说我如果毕业时学费没交齐的话是拿不到毕业证的。简直就是危言耸听!还说他们旁边一个男孩读到大学二年级因交不起学费被学校退学了。那时的我听了那些话确实也很担忧!但是,我当时就一个念头,无论如何我也要把这个大学读完!事实证明,我并没有辜负我的努力,毕业了我也顺利拿到了毕业证和学位证。

大学毕业后,我就和我现在的丈夫来到长沙这座城市打拼。我们刚开始租住在一处民房的顶楼,就是用隔热板和 PVC 板搭建的那种,房高大概两米,约有 5 个平方,室内摆设就一木板床和一张桌子几个凳子,那时正好是夏天，房间根本就待不了，一进去就是蒸桑拿。白天我们两个就去公园里待着，晚上很晚回去，直接睡床板上，睡一会就会被热醒，然后就去洗个凉水澡。一天澡都要洗七八次。就这样在那个小房子里住了三个月。后来才搬到长沙南门口附近的一个旧居民楼里和另外两个租户合租一套三室一厅的房子，在那里住了三年。慢慢地我们都稳定下来了，结了婚，买了房，在长沙也算是有了安身立命之所！三年后我们的小宝贝也出生了！全家人都欢天喜地高兴得不得了！我更是觉得幸福满满！

就在这时，生活又给了我重重一锤，我一下子从天堂跌到了地狱！坐完月子后我一直觉得身体不适，之前一直觉得是身体没恢复过来。可就在我宝宝八个月大的时候我被医院确诊为肌萎缩侧索硬化症（ALS，运动神经元病的一种，俗称渐冻症），这一晴天霹雳，我哪承受得住！回家后我疯狂地在网上查阅资料，拼命地想找到一根救命稻草！可电脑里出现的字眼竟是越发地让人绝望！我一度想到了轻生，可是我不忍心我那不满一岁的孩子！家人的爱、朋友们的关怀，我又鼓足勇气决定勇敢地活下去！就这样我和 ALS 携手走过了四年！我的那些美好期许就像海市蜃楼一样，最终都被现实的浮冰遮住了！生活也许这样在不经意间上演一些你始料不及的剧情。

可我依然庆幸我还活着！因为活着才有希望。尽管我们生活得非常艰难！

中秋忆——梦想在月亮之上

作者：在水一方

又临近中秋了，挂在中天的那轮月儿越来越丰腴，如水银般的月华洒落大地，皎洁的月光下，微风吹拂，树影婆娑，鼻子似乎也嗅着丝丝缕缕桂花的芬芳，袅袅悠悠。

每当月圆之夜，凝望着苍穹中的那轮明月，那一缕缕似淡非淡的乡愁啊，剪不断理还乱，撩得人化弄不开。想起那凄婉的嫦娥奔月的神话故事。

"寂寞嫦娥舒广袖"，清冷的广寒宫里，谁说神仙不会寂寞和孤独？谁说嫦娥不会后悔偷吃灵药而成仙奔月独守广寒宫？唐代诗人李商隐诗曰："云母屏风烛影深，长河渐落晓星沉。嫦娥应悔偷灵药，碧海青天夜夜心。"古今多少文人墨客借月吟哦留下千古名句；多少才子佳人花前月下海誓山盟传为佳话。更有多少"独在异乡为异客"的游子每逢中秋月圆勾起浓浓的思乡情绪，总有种流浪的感觉，总有一种天涯浪子的悲凉。天上月圆，人间盼团圆，尤其是在萧瑟秋风中日渐逼近的中秋节，那种难以言喻的思乡情结越来越浓郁……

我老家在农村，十多年前携妻儿离开家乡到另一个城市打拼谋生，也十多年没回老家过中秋节了。虽然在外面立住了脚，但不管多远，总有一种游子在外心系乡土的情结。也许是人到中年后认识到生命的本质而善于感慨和追忆，那年少时的中秋节总是充满温馨和期待。

李白有诗："小时不识月，呼作白玉盘。又疑瑶台镜，飞在青云端。"少年时虽不懂古人月下焚香抚琴对月吟诗的浪漫情调，但对于那时候舌尖上的美味至今仍唇齿留香……

小时候,对中秋节早早就有一种期盼,又可以吃上母亲用桐子叶包裹的"南瓜粑粑"。那时候农村比较落后,很多家庭也只能利用红薯(地瓜)等杂粮度过荒年,能吃上过中秋节才有的"南瓜粑粑"无异于人间美味。每当中秋节快要来临,母亲就吩咐我去屋后父辈们栽下的桐子树上采摘桐子叶。桐子树只有一棵,也许栽种的时候就是为了中秋节采摘树叶而不是为了桐子果来榨桐油吧。采摘桐子叶对我来说当然轻而易举,选择翠绿比较阔的没有被虫咬的一束束扎好备用。

中秋节前一天,母亲就带上我去邻居家磨米粉,米粉是黏米加糯米再配上一小撮五香,五香又叫小茴香学名藿香。磨是石磨,上有木柄,两个人推,我年纪小力气小感觉很费劲,可一想到很快可以一饱口福也很卖力,把磨推得飞转,磨成的细粉在厚重的圆圆的两片石磨中间如雪花般洒落在下面接好的盆里。

中秋节一大早,母亲把桐子叶清洗干净,剪去叶柄备好,选一个又大又黄比较老的南瓜吩咐我把皮刨掉,去掉里面的籽切成小坨,放入锅里蒸熟,待凉后将磨好的米粉拌入搅和均匀。接下来就用清洗好的桐子叶包成一个个放入蒸锅,等到冒出了香气,那种植物清香甜甜的香喷喷的"南瓜粑粑"就可以出锅了,我迫不及待不顾烫手拿起一个边吹边吃满嘴留香至今回味无穷。

中秋节晚上,小孩子们也是自由的,管教最严的家长也大赦一回。我们这里有个风俗,小孩子们可以去做一回"贼"而不被大人责骂,偷什么呢? 当然是吃的南瓜,也顺手偷一些还不算太熟的青皮橘子。狡猾的小孩们事先踩好点,谁家的南瓜大概在什么位置,几个小伙伴们商量好,偷到的南瓜在外面架一口锅从家里带一些食盐等煮熟后吃得津津有味,既惊险又刺激。而被偷的人家不仅不骂反而高兴,因为被偷寓意来年丰收发财,不过现在这种风俗早消失了。

"向来多少泪,都染手缝衣。"如今各式各样的中秋月饼不管是莲蓉馅还是鸭蛋双黄馅都比不上母亲包的"南瓜粑粑"的味道。母亲还会用各种农产品制作成各种小吃,又香又甜的味道至今还荡漾在舌尖。

"若得长圆如此夜,人情未必看承别。把从前、离恨总成欢,归时说。"我七拼八凑一些记忆的碎片,写成一篇游子思乡篇,延续昨夜的彷徨,得以今日思绪的蔓延。

每一个生命都有着彩云般的虚幻,每一段繁华都是乱眼的飞花。孤独并非一个人独处,万人相拥也可生出无边的寂寞。在外漂泊的游子,总是心系那一方乡土和那一抹化不开的乡愁。

"人有悲欢离合,月有阴晴圆缺。"中秋节现在对于我来说只是一个节日,是一个让我回想往事的按钮,一经触动便会在脑海里浮现一幅幅令我茫然或伤感的画面:中秋,月圆,孤旅。秋风过境,萧落的季节,情感的梦,遗落在海角天涯!

梦想,在月亮之上……

我的告白

作者：果园主人

　　人的一生充满了无数不可预知的未来和意外，让你措手不及，让你无可奈何！身体一向很健康的我在 2016 年 11 月和好友一起去连城时突发高烧，而后偶发脚抽筋，后来脚慢慢无力。在厦门医院判定为腰椎间盘突出压迫神经，但以此治疗了近半年却并不见好，反而日趋加重！无奈再次踏上求医路，2017 年 5 月分别在福州、北京被确诊为运动神经损伤。

　　人生无常，世事难料，想我平时不抽烟、不喝酒、不喝茶、不打牌、不熬夜，业余爱好游泳和旅行，最近几年每天游泳 1000 米，散步 7000 步，生活中规中矩，患此五大绝症之首的病让我百思不得其解！突遭横祸，内心充满了无奈，悲伤和焦虑！

　　得病后很多老师、同学、朋友来看望我，鼓励我！为我奔波帮忙，黄菱，龙生，五令等同学为我寻医求药，远在美国的珊平同学和好友黄小平也做了大量的工作。官鸣老师夫妇，李伟业老师夫妇特地来看我，鼓励我。则华同学为我找菩萨求保佑，政平同学帮我感恩上帝和祈祷。我虽然没有入佛堂或教堂，但佛教和基督教的博爱、慈悲为怀、行善为本的核心精神一直是我这一生的做人原则。虽我才疏智浅，财力有限，但自我 1980 年做老师起就帮助过不少困难学生，直至去年得病后我仍然通过长汀教育局认领一个因家庭困难失学的孩子复学的一年基本费用！就是此刻，虽我身患绝症，来日不多，我依然在帮助一个年轻的困难病友，一直以来我都把施与当作自己最大的快乐！赠人玫瑰手有余香！

　　纵然人生的长度我们无法把控，但人生的宽度我们可以无限拓展，我相信人生的价值不在长度而在于厚度。回首此生，我当过知青，耕过田，教过书，从过政，经过商。跑过了全国三十四个省市区，去过了世界几十个国家！无论在哪个工作岗位上，我都恪尽职守，兢兢业业，尽责尽心把工作做好，从不曾玩忽职守！回首这一生，我做人做事都无愧于心，堂堂正正！

既来之则受之，这是我对目前疾病的态度，既然无法改变，那就坦然接受吧，相信一切都是最好的安排！此刻我已经学会与它和平共处，活在当下，活在眼前！痛苦对每个人而言，只是一个过客，一种磨炼，一番考验，我改变不了命运，但我能决定自己成为一个怎样的人，无论生活怎么艰难，我依然选择不忘初心，善心待人，砥砺前行！

在此，我特别感谢各位好友各位同学，感恩人生路上有你们！有那么多与我同在的好朋友！此生有你，足矣！

一个渐冻人的自述

作者：郭金林

前言：我叫郭金林，男，七十二岁，2016年11月在山西医科大学医院诊断为ALS患者（肌萎缩侧索硬化症，连加臂运动神经元病，又称渐冻人症）。两年来，虽说还能勉强走路，但我慢慢地看着自己肌肉萎缩，两个胳膊抬不起来、手指弯曲、不能自理的渐冻过程痛苦不堪。虽说已是古稀之年，但还有很多事情未完成，即便是走也不愿意把灾难带入另一个世界。每每想起，不免静下心来重新审视自己，在冥冥中回忆着自己的人生。

ALS之前的我

在患ALS之前我不能说自己是一个成功人士，但在别人对我的评价中我找到了定位，于是我摘抄了一个记者在刊物上发表的一篇文章：

郭金林，原山西省舞蹈家协会理事、原长治市歌舞团舞美设计师、编导；长治市职工舞蹈艺术协会第一届主席，长治市老干局老年大学大舞台艺术团团长；编导、表演的多个舞蹈作品分获全国、省市大奖。

郭金林出身农家。上世纪七十年代初，年少的他成为晋东南地区建筑工程公司的一名普通工人。面对社会主义宏大火热的建设场面，感动于身边艰苦奋斗、埋头苦干的平凡劳动者，他拿起了画笔，以速写的方式定格瞬间，记录人物，讴歌时代，从此倾心于绘画艺术天地。业余时间，建筑工地、城乡角落、广袤原野、工农士学商……无论是场景人物，还是生活剪影,在他的勾勒下总是情趣盎然,栩栩如生,别具意蕴。一次偶然的机会,时任晋东南歌舞团团长卢石华发现了他的绘画才能,经过协调,把他调入歌舞团做布景及道具制作工作,从此,他凭借自己的勤奋刻苦和顽强执着,走上了专业的绘画创作之路。

进入晋东南歌舞团之后,郭金林更加热爱绘画艺术。他全身心投入,钻研书籍,请教老师,系统学习了绘画创作理论及技法,专业水平进一步提升。在舞台道具制作方面,他依托自己早年打下的扎实的木工技艺,精心构思,反复揣摩,用心制作,常常是同事们已经下班回家,他还在团里挑灯加班,工作十分出色。在曹禺的经典作品《雷雨》剧目中,他仿制的传统古典桌椅大气庄重,赢得剧组和业界好评。

上世纪八十年代,随着时代进步,舞台布景由手绘到幻灯片,再到喷绘制作,不断改进,郭金林也从后台走向前台。在舞台艺术氛围的熏染中,悟性极高的他又走向了舞蹈艺术天地。舞蹈是内心情感自然的表现,是肢体语言流畅的表达。真诚与磊落,责任与执着,是郭金林做人做事的本色,也成为其艺术创作的底色——正是这把金钥匙,为其打开了一扇又一扇艺术之门。在几次舞蹈节目筛选中,他初创的几件作品出人意料地被选中,之后在省市乃至全国评选中屡屡获奖,他进而跻身于我市舞蹈编排"名导"行列,开始了大半生的舞蹈编导生涯,须臾未曾离开舞台……

道法自然,艺术相通;我生有涯,艺海无涯。四十多年来,郭金林由木工而绘画,由绘画而舞蹈、而表演、而书法、而摄影……伴随着我市舞台艺术事业的发展繁荣一路走来。他矢志不渝,勤学苦钻,不断超越自我,舞台服装、道具、灯光、背景音乐等多有涉猎,均有造诣。长期工作生活在群众中间,郭金林十分熟识普通民众生活,洞悉百姓喜怒哀乐。他的舞蹈作品,善于汲取民族和民间元素,上党地域特色鲜明,生活气息浓郁,人物情感丰富,舞美设计流畅,表现形式广泛,能让舞者在舞蹈中汲取快乐,提升修养,在我市群众中产生了较大影响力。

多年来,他深入工矿企业、乡镇农村、社区街头搜集素材,创作出一系列贴近时代、贴切群众、贴近生活的舞蹈作品,推动了我市舞蹈原创水平提升,丰富了群众文化艺术生活。作为本地舞台艺术水平的集中体现,前些年我市每年春节晚会多半舞蹈作品出自其手。

在舞蹈表演方面,他情感充沛,技艺娴熟,表演"老练、老辣、老道",熟识他的观众称其为"戏疯子""老戏骨"。在第八届华北五省市区舞蹈大赛中,作为我市参赛舞蹈《太行奶娘》的灵魂人物,他饰演的老八路军角色一亮相,便赢得热烈掌声。老人头发花白,一身戎装,步履蹒跚,再上太行。乡亲依然,而奶娘远逝;哺育之恩,没齿难忘;亲人音容,犹在眼前;耄耋老人,肝胆俱裂;赤子之心,太行可鉴……举手投足,无不情真意切,现场评委给予他高度评价。舞台表演的"戏疯子""老戏骨",在生活中有个性,有热情,有追求。2010 年 10 月,花甲之年的郭金林从单位退休,然而钟爱舞蹈艺术事业的他退而不休,牵头成立了长治市职工舞蹈艺术协会,使职工舞蹈艺术活动从此走向组织化、规范化管理。协会的会员发展、组织创作、辅导培训、外出表演等工作有序推进,培育了一大批艺术新秀。协会还与多家舞蹈培训机构有力推动了群众性舞蹈艺术的发展。

2013 年 11 月份由他编导并主演的情景剧《和谐家园》受中央十一台邀请录制播放,2014 年 3 月在桂林举办的全国中老年舞蹈大赛中由他主演的群舞《乐金秋》荣获银奖。多年来,郭金林积极参与助残献爱心活动,被市残联评为献爱心导演。郭金林多次参加长治电视台的春晚编导,由他编导的节目很受观众喜爱。

2016 年春节期间,郭金林偶发脑梗,手脚不听使唤,想吃饭端不起碗,想走路迈不开腿,想画画儿提不起笔……古稀之年,却走到了生命的低谷。他躺在床上,想了很多——想到先天患病、与自己和老伴相依为命的孙女,想到挚爱一生的舞蹈艺术事业,想到等着盼着自己去上舞蹈课的学生们,还想到了著名作家冰心先生,在八十岁的时候不小心摔断了胯骨,但她并没有就此躺下,而是勇敢地站起来,扶着轮椅一步步学习走路,并写下了晚年著名的散文《生命从八十岁开始》。郭金林问自己:"冰心先生能站起来,我为什么不能?"强烈的责任心和对舞蹈艺术事业的热爱,促使他开始了艰难的康复训练。一段时间后,他凭着过人的毅力和坚持不懈地锻炼,自己能站立走路,一个人竟然能走出了医院,又投入到舞蹈艺术的创作之中。

我和我的家庭

托尔斯泰曾经说过"所有幸福的家庭都一样，不幸的家庭各有各的不幸"，我生在1947年，长在红旗下，无忧无虑度过了青春期。遵循毛主席"晚生晚育"的政策，而立之年得子，耳顺之年得孙，儿媳在私立妇产医院顺产双胞胎女婴。姐姐取名"阳阳"寓意像早晨的太阳温暖如春，妹妹取名"明明"寓意明明白白做人。然而天不作美，一周后双双高烧，私立产院由于没有儿科医生只好转院，妹妹明明转危为安，姐姐阳阳确定为脑瘫！众人劝说放弃，阳阳的妈妈也狠心割爱，表示绝不抚养。

那是一个鲜活的生命啊！如果她知道刚来到这个世界就被遗弃，怎么能感受到人间的大爱真情？我一意孤行，和老伴将她留养，从此，踏上漫长又艰难的求医路。我坚信，按现代的医学水平，让阳阳达到基本自理应该很有希望，然而，走了全国许多有名的医院，花光将近百万元的积蓄，微创、干细胞移植等等治疗手段，最终依然像植物人似的脑瘫。

人的痛苦莫过于雪上加霜。古稀之年我被确诊为ALS患者，现实把我逼向深渊。家庭没有了往日的平静，生活举步维艰。一个渐冻人，一个重症脑瘫，一家子两个病人的吃喝拉撒全落在了耳顺之年的老伴身上。这日子熬啊熬啊，何时才能熬完？我清楚地知道，渐冻症是世界五大绝症之一。已故的英国物理学家霍金，几十年坐着轮椅除了眼睛能动外，全身瘫痪直至死亡；平面设计师王甲，原先健康的体魄令人羡慕，患渐冻症后，短短几年全身肌肉萎缩瘫痪坐上了轮椅。北大渐冻症患者29岁的美女博士娄滔，从希望、失望走到了绝望！两年多便离开了人间。这就是渐冻人！只能在漫长的死亡路上自我挣扎直到死亡！

这样的事例举不胜举。一个二十几岁未成家的渐冻症患者，只有一个年迈的母亲照顾，母亲靠捡垃圾为生，整天以泪洗面，因为长期煎熬，积劳成疾，后来患上了精神分裂症；一个年轻的雪域高原边防战士患上了渐冻症后，妻子弃他而去，他痛苦地挣扎着：我宁愿战死沙场也不愿意承受这炼狱般的煎熬；一位年轻的校长患上了渐冻症，他写道：假如我先走了，希望我的魂魄可以飘到一个永无冰冻的地方，在那里，我的灵魂将与你谋面。

饱尝渐冻苦难，不堪回首，憋屈难言，苍天可鉴，我也和所有的渐冻人一样苦苦在这痛苦无奈中煎熬。

再坚强的人在感情方面也有脆弱的时候。曾有几次，我和脑瘫的孙女面对面躺在床上，等老伴给我们俩穿衣服，她默默地看着我，我默默地望着她，孩子虽然是脑瘫，却很懂事，我呆呆地望着她，不免心中泛起一阵凄苦，如果我不是一个渐冻人，我就不会和孙女一样躺着，我会为孙女的治疗继续挣钱打拼。然而，不能自理的爷孙俩只能无言面对面，似乎，孙女儿看出了我内心的凄惨，用模糊的语言叫了我一声爷爷，她默默地望着我，一行眼泪流了下来，她似乎在对我说："爷爷，都是我把你累成这个样子的"，我无力的双手无法为她擦去脸上的泪水，我的脸艰难地贴近她的脸颊，用舌头舔着她的泪水，顿时，我的泪水像涌泉一样喷出，和她的泪水交织在一起……

病人的痛苦悲伤，会给家庭蒙上一层阴影，我必须从痛苦中走出来，给家庭安全感和幸福感，这个家才会完美。清晨，老伴早早起来去做饭，我和脑瘫孙女儿躺在床上，我给她讲猫与老鼠的故事，三个和尚抬水吃的故事，逗得她咯咯直笑，直到老伴为我们穿衣喂饭。整天我陪着她都是在欢乐中度过，整个家庭里，似乎没有两个病人的存在，只有健康和欢乐。

后 记

如今，我基本上不能自理，上微信聊天也只能是用语音转换文字，在ALS这个大家庭里我认识了很多博学多才、卓尔不群的病友，他们的故事让我感受颇深，使我意志更加坚强。一个病友这样写道："我坚信人类的力量是医学乃至科学无法预估和解释的，与其坐着等待遥遥无期的解药和无法控制的病情，不如此刻行动起来，完成所有的心愿，最黑的那段路，还得自己走完。既然没有选择，那就勇往直前吧，无论什么结果，只求在奄奄一息的时候，可以微笑地闭上双眼，然后告诉所有的人，我幸福地度过了这一生。"

渐冻心声

作者：在水一方

每个人背后，
都有别人体会不到的艰辛，
每个人心里，
都有旁人无法感受到的难处。
坚强的外表下，
隐藏着不能言说的心声；
微笑的表情下，
掩饰着不可表露的心情。
总把最灿烂的笑容，
展示在别人面前。

清晨，一缕阳光透过窗户洒满房间，提醒我该起床了。八点左右外面嘈杂的声音吹响了我起床的号角。

老婆伸出一臂助我起床，洗漱后，我推着我的安全保障车（助步器）艰难地走到客厅沙发，重复着每天固定的两点一线。透过客厅的玻璃窗，我费力地抬起头，看天边弥漫起似烟似纱的一丝薄雾，此刻的太阳已从天边冉冉升起，那光芒热烈而直率。我的眼睛是不敢直视它的，只能用余光感受它的羞涩脸庞。

最近十个月的时间，我不能走出室外去感受大自然的旖旎风光，不能去欣赏随处可见的美景，任何一个行动能力正常的人的生活对我来说都变成了不可逾越的屏障。十个月，可以从孕育新生命到婴儿呱呱坠地，可以感受到新生命一天天成长。人也从一开始降临到这个世界，就注定了一路的坎坎坷坷风风雨雨一路相随。有疾病、有意外也有快乐与收获。而我这十个月里，力量在一天天消退，肌肉在不知不觉中逐渐萎缩。从行动迟缓到举步维艰，从最初的手指抓握乏力到拿纸巾擦嘴都要使出洪荒之力直到靠家人喂养，回到了衣来伸手饭来张口的婴儿时代。从今天看昨天没什么两样，但和几个月前相比，却是坐上了迈向深渊的"滑铁卢"。

身体禁锢在斗室，思绪可以海阔天空地遨游，可以思考人生的价值与意义。与病魔抗争了三年多，我知道这还只是个起点，真正的艰难险阻还在后面。也许生命的列车随时驶向终点，也许能打破渐冻人生存期三至五年的魔咒。从患病那一刻起，命运就注定我的航向偏离了人生的轨迹。"如果将渐冻症比作一条不归路，目前所有的努力都只能让患者在这条路上走得尽量慢一些。"即使是这样，即使是注定一场打不赢的战争，即使最后无法逃脱宿命的安排，都不应放弃和病魔斗争到底的决心。

回首三年多的"冻"人岁月，不仅仅是患病的经历，还有心态的改变。从开始的恐惧、悲观、绝望、不甘到慢慢接受这个事实，并乐观坦然对待，这个过程相信是每一个患者都有的经历。当每个人得知自己身患不治之症、当理想、抱负、责任一切都化为泡影，最初谁也无法做到内心淡定，特别是面对生死攸关的时候。

磨难教你坚强，失望帮你成长，疼痛让你武装，当你经历了太多的苦难，你就会明白，芸芸众生只是宇宙间的匆匆过客。活好当下，珍惜眼前，心宽一寸，病退一丈。给自己一个坚强的理由，使自己的内心足够强大，不畏将来，不念过往，不去纠结不幸为什么会降临到我的头上。击垮我们的往往不是疾病，而是心中的那份信念。

当你把心灵的包袱放下，看淡一切，你就会多了一份从容，一份笃定。

尽管食不能咽、语不能言；尽管身体的各种活动功能会丧失；尽管前方会有九九八十一难，只要一息尚存，经历百般艰难之后也要笑着活下去，只愿那些疼痛的记忆都被隐退，留下温暖的瞬间。

当我们跨过那些艰辛的时刻，回过头来看看过去的自己，也会骄傲地发现，原来，我也有过这么坚强这么洒脱的时候。

每一个身患渐冻症的人们都是英雄,他(她)们经历着常人无法想象的磨难,依然要微笑面对疾病所带来的各种痛苦。愿每一个经历过或正在经历苦难的人,都有和生活正面扛到底的勇气。生命不息,战斗不止!

我有扛过一切悲伤的力量

作者：暖禾

加油，伙伴们！记住，每个人都有无数次想放弃的念头，重要的是不放弃！

"在困难和痛苦面前，每个人都会有无数次想放弃的念头，重要的是不放弃！""人必须抱有希望，否则你真不如去死！""一个人最后的结果就看他求生欲望强烈不强烈！骗自己也要骗下去，你信什么就会发生什么！"

每每坚持不下去，几乎崩溃绝望的时候，朋友们都会第一时间用这些语句来唤醒我，刺激到我的每一根神经。人活一口气，没有这口气就会瞬间坍塌。这句话来形容此时此刻的我再恰当不过了。如果还想用一个网络流行语来形容，非中国游泳名将傅园慧的"洪荒之力"莫属。

用洪荒之力穿衣脱裤、用洪荒之力洗头洗澡、用洪荒之力端茶端菜、用洪荒之力做一切曾经都不费力的动作。一根眉毛画了 15 分钟，依然横七竖八，于是下决心再也不化妆了；一件衣服拉链拉到浑身出汗，于是一气之下把所有拉链衣服裤子都改成粘扣；一条路别人十步走到了，我却拖着僵硬的双腿挪了一百步。似乎别人几秒轻松完成的事情，我都费了洪荒之力，这就是现在的我。

当医院护士当着众人宣告我这辈子最后除了头哪儿都不能动，废人一个时；当我猛然一开口说着含糊不清的话，对方以奇异的眼神看着我退避三尺时；当我一个人在医院楼梯上突然失控摔倒遭到众人围观时；我居然没有一滴眼泪，一点自卑或委屈，唯一能做的只是嫣然一笑，整理好衣服,收拾好行囊,继续前行,这就是全新的我。

不管外界的眼光和舆论,不管多么倒霉和狼狈不堪,我依然觉得自己很美,因为脑海里一个信念始终支撑着我,要活着,要等到解冻之日,要盼到重返讲台和舞台,要守到儿子独立、为父母送终的那一天。

当身体逐渐被无情病魔侵蚀时,精彩地活在当下的信念却更加坚定,如果只有一条路可以选择,那就是拼了,只要呼吸还在一切就有转机的可能。

从名牌学校到著名单位,再到幸福家庭,一夜之间除了自己和疾病,什么都没有了。有时真希望这只是一道老天考验的难题,只要通过就可以恢复从前,然而我知道那就是在做白日梦。今天我吃得下睡得香走得动,不再徘徊在梦里躲避现实,自欺欺人,我选择接受并享受,我选择放下并放低,我选择绕行并重生,不管今天的饭吃得多慢,我依然精心准备慢慢享用,不管今天的路有多难走,只要靠自己的双脚在挪动就是好样的,不管双手多么的不给力,妆还要化,发还要梳,衣还要穿,如果你们是兔子我就是乌龟,但终点是一样的。既然什么都没有了,那便无牵无挂,随心所欲地过好每一天。让这个人生不得已的长假过出新的意义与价值。

莫言说:"自尊就是吃饱了撑的。"我想说,暂且把牙前的自尊留存在牙根后,只要活着早晚还会回到牙前。相信我能做到你也一定能,加油,伙伴们! 记住,每个人都有无数次想放弃的念头,重要的是不放弃!

多想回到从前

作者：墨香

多想回到从前，
那个健健康康的时候，
四周尽是鲜花，身边都是掌声，
开心得如一只小鸟，
健硕得像一头小鹿，
困了倒头就睡，饿了坐下就吃，
不会为无法吞咽而发愁，
不会为一口口水去奋斗。

多想回到从前，
那些自由自在的日子，
不会愁眉不展，不会仰天长叹，
阳光下风一样奔跑，
旷野里鬼一样吼叫，
开心了哈哈大笑，生气了就大发雷霆，
不会为没有表情而窘迫，
不会为无法言语受折磨。

多想回到从前，
那个健健康康的时候，

摔倒了有人扶,落泪了有人疼,
不知道什么叫人情冷暖,
不明白什么叫世态炎凉,
不用假装坚强,不用死撑硬扛,
不会去看别人的脸色,
不会去听别人的碎语闲言。

多想回到从前,
那个高朋满座的时刻,
可以和好友肝胆相照,
可以为别人两肋插刀!
不会因寂寞而落泪,
不会因孤独而伤怀,
有什么伤心事,有什么尴尬事,
全都一股脑说出来,
而不是像现在,什么事都默默忍受,
早已淡出了别人的视野。

多想回到过去,
那个自由自在的时候,
没有疾病,只有欢笑,
可是回忆终会破碎,
再美的梦,醒来之后,
也只剩一丝留念。
所有一切,
渐行渐远渐无书!
看透生死,
随遇而安!
我们只剩下坚持,
我们别无选择。

在这样的世界上，

人，生来就是接受苦难的。

失去健康，万事皆空，

越来越怀念，

从前那段美好的时光，

而现在的我们，

只能艰难向前，

身体的障碍，

并不阻碍心灵的完美；

身体的桎梏，

锁不住自由的灵魂。

江湖梦

作者：光

一套刻刀，雕铸人生喜乐；

一双满是伤痕的手，诉说生命的烟火！

一纸诊断，拉长心底的悲歌……

——题记

此意成梦，梦幽幽亦悠悠！

拙笔难绘，幻境为空！

银河星满，月光如水

细语风柔

执刀携酥手

江湖任我游

天高地广相伴行

一路风光一路景

演绎，人间儿女情

两杯香茗一首曲

伊 笔绘爱之寓意

吾 持刀将其圆满——续之

浓情蜜意

花前，拥你入怀，戏说

蝶花之恋

月下,许愿星语,无言

轻摇缠绵

桃源深处,鸟语花香层层雾,纳凉避暑

夜风敲醒珠帘,惊醒我幽梦不在……

午夜梦去,何时春再来?

月光如水

浸润心田

月亮的对岸

我,细数思念

层层缕缕

堆积成山

无尽地在心中滋长

心海掀起想你的狂澜

思念滚滚,爱语绵绵

风轻轻地咏叹

月光撩拨心弦

想你,今夜再难眠

今夜,我只能

借一束月光,带着

思念

穿越到你身边

告诉你

我的——喜欢

光,赵希君,男,32岁,辽宁本溪桓仁县人。2007年发病,2008年四处求医后于(11月)北京协和医院确诊运动神经元病。至今十载有余,早已无法自理,呼吸、吞咽尚可,身体状况不佳(呼吸机、胃造瘘未使用)。自病魔缠身以来是父亲不离不弃相依度日。

您陪我一程　我念你一生
——追忆恩师赵必纯

作者：暖禾

当我的故事我的文章在舞蹈圈里受到大家肯定得到很多转发的时候，我却更加想念我的第一位专业舞蹈教师——赵必纯老师。假如说父母给予可以舞蹈的身体，那么赵老师则为我的身体注入了舞蹈的灵魂。无论是作为舞者的专业技能还是作为一名教师一个人的精神品质，她的影响从未离开。从上海到北京十三年的舞蹈求学之路，遇到过无数位舞蹈界的大师，从他们那里获得了丰富的滋养。然而赵老师对我精神的呵护对我深入骨髓的教导，是别人无法替代的。

赵必纯，湖南长沙人，北京舞蹈学院古典舞教育系第一届学生，师从李正一教授，与现任北京舞蹈学院副院长王伟教授同班同学。毕业后去上海建立了全新的古典舞系。

而我这样一个来自三线小城市的丑小鸭，竟有幸成为她门下的学生。我的命运因此而改变。

我出生于上海周边的三线小城市，父母都是纺织厂工人，只因从小显露出较高的舞蹈天分被母亲送到当地少年宫进行培训。可是去了才知道山外有山，楼外有楼。在幼儿园我是舞蹈明星，可在少年宫我顶多算是个陪衬的绿叶。由于从小性格内向，不爱说话，不爱表现，一到演出排节目，老师必定会以跳舞不爱笑没有表现力为理由，把我作为备选人员。也因不爱说话，课间休息同学们嬉戏玩耍时我必定是一个人坐在角落里羡慕地看着大家玩。在我的记忆里，那时总是一见到舞蹈老师就想低头绕过。整整五年的学习,几乎没有被老师当示范表扬过。在妈妈面前,老师评价永远是这孩子基本功还可以,最大的问题跳舞不爱笑。老师不知道,当我一个人在家对着镜子自创自演时,镜子前的我其实很爱笑很爱表演,只是这一分热爱久久不敢破土而出。

1992年在母亲的安排下,我第一次来到上海。站在上海舞校芭蕾女铜像前,我还是不敢相信我这样的丑小鸭有朝一日能够踏入大门。在全国近两千名考生只录取二十名公费生的情况下,我竟然混进了总复试,但命运捉弄人,因为一个体检数据的误写最终还是没有等到录取通知书,就在全家万念俱灰的时候,家人决定破釜沉舟和命运赌一把,带着我重返上海,在校长办公室门口足足守了一天。最终校长被我们全家的真诚而感动,决定作为后备生破格录取我,临走前还不忘善意地提醒,"你知道什么是后备生吗,就是在第一年试读期里如果专业不合格,第一个就要考虑筛掉后备生"。于是那一刻我才真正知道什么是来之不易,什么是刻苦勤奋。与此同时生命中开启了有赵必纯老师陪伴的日子。

第一次上赵老师的课就被其优美的示范动作和生动的讲解深深吸引住了:第一次发现舞蹈老师可以不一上来就检查我的身体规格,而是告诉我何为舞蹈高级的美,如何用身体去感受并表达这种美。当我第一次尝试用身体去表达我的感受时,我感到身体里有一个不羁的灵魂,它不需要别人刻意的安排,也不在意别人的目光,它就那么美着,那么用肢体用表情表达着。我从此被赵老师吸引,陶醉在她的美与高贵之中。很快,我被赵老师放在了红花的位置,一种从未有过的自信油然而生。我慢慢发现自己跳舞时会笑了,慢慢觉得自己会美了,也开始尝到站在舞台中间的滋味真好。

三年级在赵老师的古典舞身韵课上,我对舞蹈的认识理解实现了又一次飞跃。赵老师的古典舞身韵课是她精心为学生独创的。说独创,一是很少有老师敢在低年级开设身韵课,二是她大胆将钢琴伴奏改为了古筝,三是所有的教材都是自己重新整理编排。可以说赵老师的身韵课使我身体每一个细胞学会了跳舞,让我从浅层的外形模仿进入一种形神兼备的审美意象的创造,让我体会到中国文化的博大精深。从呼吸到眼睛的表达,从含、腆、冲、靠到横拧、旁提,从圆场、花帮步到摇步,摆扣步,从《红豆曲》《寒鸦戏水》再到《葬花吟》，第一次可以摆脱技术的负担游走在中国女性特有的身体文化与情感表达之中，第一次从古筝清澈而缠绵的倾诉中，体会到东方女性举手投足间含蓄而深情的美。赵老师的身韵课使我的舞蹈不再只是我自己，我的生命里似乎灌注了古往今来无数丰富而生动的灵魂，我的每一个骨节似乎都充满了生气。

除了舞蹈，赵老师更注重对学生全方位的塑造。除了课堂教学时间，课外更是下足了功夫，打个夸张点儿比方，她的学生无论吃饭睡觉始终会觉得背后有一双眼睛盯着。时而为听到远处传来的她的脚步声而全体惊慌失措，时而为身为她的学生而得意自豪。从一年级入学开始，无论是午饭后的基本功补习课，还是每晚的业务自习课，赵老师总是风雨无阻地准时来监工。从一年级入学开始，每个周一必定称体重量三围，老师一本笔记本上密密麻麻写满了班里每位同学的形体变化，根据这些数据随时调整她的教学计划和备课方案。从一年级入学开始，无论是哪次期末考试，她都是自掏腰包给全班女生购置新的练功服，只为让我们在评委老师面前焕然一新。此外，赵老师还要求我们每天一篇业务笔记，每周一篇读书笔记，每个寒暑假自编一个舞蹈作品。每一周的业务笔记，都会留下赵老师语重心长且又直指要害的评语，每个稚嫩的自编作品，都会经过赵老师积极的修改和认真的点评。整整六年，雷打不动。

更幸运的是从入学开始我们在课堂上随时会和舞蹈大师零距离的接触。课上，杨新华、辛丽丽、陈家年、林美芳、孟广成、盛培琪等诸多舞蹈界的名人、老教授是我们课堂的常客。课下，国内沈培艺的《丽人行》《葬花吟》《新婚别》，丁洁的《木兰归》，闫红霞的《金山战鼓》，山翀的《北风吹》每周定期观摩；国外芭蕾王子巴尼什尼科夫的舞剧，台湾编舞家林怀民的早期作品，尼金斯基的现代舞蹈作品，这些如雷贯耳的大师作品，都是我们日常的温习。

事物都有正反两面性，老师对我无微不至的关爱，自然也在一定程度上使我承受了高期待值带来的压力。毫不夸张地说，赵老师业务笔记一句差评可以让我一周茶不思饭不想，课堂上一句严厉的批评可以让我一节课提心吊胆，愁眉不展。我的喜怒哀乐似乎被她的评价而左右，每天只要结束她的课程都有一种如释重负的感觉。我承认我乃至全班女生打心眼里都很怕她，因为她有火眼金睛，无论你站在哪个角落都能及时识破你动作的好坏，即使一个不经意的眼神，也能猜到你的秘密与想法。每个人站在她的面前根本无法掩饰自己，她的气场可以笼罩到教室的每个角落。在赵老师的严格的要求和教导下，我开始习惯了对自己的严格要求；开始学会承受巨大的压力；开始将对高标准高品质的追求，变成自觉自愿地对自己的要求；开始将咬牙坚持看得平常。细想起来，今天面对ALS如此不服输的劲头，很可能就是赵老师那时植入到我血液的。

赵老师，不但是我事业上的恩师，还在生活上给予我无微不至的关怀。她为我做的远远超过了一个老师的职责。也许是因为我的努力和成绩感动了她，也许是因为一个从外地来的丑小鸭触动到她，入学后几乎每个周末都是在她家度过的。老师只说希望我在平时紧张的学习之余利用周末好好放松调剂一下自己。六年里，我身上几乎每一件漂亮的衣服都是老师送的，她觉得我原来的衣服太土，太没有女孩的朝气。我生平第一次出国是老师带我去的，生平第一次去北京看桃李杯舞蹈比赛也是老师出资带我去看的，生平第一次吃肯德基，西餐，大闸蟹都是老师带我吃的，太多第一次所遇见的美好，都是老师全家恩赐的。

老师不但对她所从事的舞蹈事业和学生尽心尽力，更对自己要求严格，记忆中在她家度过的每个周末基本上午是鉴赏国内外优秀舞蹈作品，午休后最常去的就是各类书店，在她家里到处摆满了世界经典舞剧的音乐和书籍，是一位名副其实文武双全的才女老师。课堂上很多组合和剧目都是她根据学生情况创作编排的，课堂上每个学生出现的问题她总是反复研究，积极探索各种解决方案，直到找到原因纠正改错才肯罢休，对学生完成的一个组合乃至舞蹈作品细致到每一个呼吸，每一个眼神，每一次举手抬足的状态，要求极近苛刻。她常说，希望自己培养的学生拥有芭蕾舞演员的身材线条以及脚下功夫，拥有古典舞演员的软开度、爆发力和身段韵律，拥有民间舞演员的舞蹈感觉，同时还要拥有编导的创造力和思想。没错，这六年她几乎就是这么完美地要求学生和她自己的。

如果说，我还有那么几分对舞蹈的理解领悟，对身体语言的熟练使用，那都与赵老师的启蒙密切相关；如果说今天我还有那么一点坚持的韧劲儿，那也是赵老师平日严加管教的结果。在工作五年后，我依然以骄人成绩被舞蹈最高学府录取,那也是赵老师从小在我心里构筑的永不褪色的梦想。今天我离开了舞蹈,但我的生命还能在病躯中绽放它的价值,在很大程度上,也得益于我在赵老师的言传身教中,对人生真谛的领悟。赵老师不只是我的舞蹈教师,更是我的人生导师。

老师未曾道别地离开,已有整整 13 年的光阴了。上海舞校的走廊经常在我的梦里浮现出赵老师熟悉的身影,缭绕着她教学时铿锵的声音。我的身上倾注了赵老师太多的心血,她如果在天有灵,一定希望我不但要打起精神精彩地活下去,更要用舞蹈人的魅力和精神鼓舞更多的人战胜命运。

亲，我想你们了

作者：可可

单位同事昨天去雁荡山旅游了，这是一年一次的承诺，好的年景会出去旅游两次，我在单位好多年了，跟着组织去过好多地方。俗话说，"读万卷书不如行万里路"，亲身体会到了太多的眼见为实和参与其中的乐趣。

去年此时是我最后一次参加单位活动，那时当地医院的疑似运动神经元病的肌电图报告已经出来，但还未到上级医院确诊，有点疑惑有点担心的我没有料想到此病的残酷性。公司提前一个月订的机票，心中想去，但也怕体力不支，最终在同事的一番怂恿下，一同前往湖南张家界风景区，一路被照顾来到目的地，张家界国家森林公园。俗话说，"九寨沟看水，张家界看山"。景区被原始森林所覆盖，上山是个问题，对于走路有点不稳的我来说，看到远处如此高的山，胆怯和恐惧油然而生，还好还好，上山下山有索道和汽车代替。江南姑娘看水很多，但这样气势磅礴的山很少见到，各种各样，千奇百怪，高矮不一角度不同造成看到山的姿态不一形状各异，难怪美国大片《阿凡达》要在此选景拍摄。相对于江南的小山来说，这里的山高大威猛，处处都是奇峰怪石和飞瀑溪水，与江南的山相比就像老虎狮子与龟兔比高矮，结果显而易见。张家界国家森林公园，分为黄石寨、金鞭溪、袁家界、杨家界、天子山和索溪峪等区域，是游玩张家界不可不去的核心景点。三千多座造型奇异的山峰拔地而起，满目青翠。峰谷间云雾缭绕，随处可见飞瀑溪水，风光美不胜收。最美的山在袁家界，如果碰巧山中下起了小雨，或是等到雨后初晴，更能欣赏到雾气弥漫、群峰叠嶂的美景。迷魂台是理想的观景位置，站在台上，四周有上百座石峰矗立,气势磅礴,高耸挺立层峦叠嶂的山在蓝天白云的映衬下显得如此充满魔力与美妙,像一幅精致的画挂在天边,它在那儿高高地傲立,等你们来俯首称臣。第二景点是黄石寨,"不登黄石寨,枉到张家界",黄石寨是张家界森林公园内最大、最集中的观景台,周围悬崖绝壁,绿树丛生,寨顶经常云雾漫漫。登上黄石寨寨顶,环顾四周,可以体验一下"一览众山小"的豪情。

一天下来看山看得很累,吃点当地的土菜喝点小酒很是惬意,然后在五星级酒店美美地睡上一觉,神仙般的日子就在山里。

第二天,目的地张家界大峡谷玻璃桥,位于张家界市慈利县境内的张家界大峡谷景区内,目前世界最长、最高的全透明玻璃桥。桥面全部采用透明玻璃铺设,整个工程无钢筋混凝土桥墩,是世界首座斜拉式高山峡谷玻璃桥,并创下世界最高最长玻璃桥等多项世界之最,玻璃桥同时肩负了蹦极、溜索、舞台等多种功能。一个多小时的排队等候,先看乌泱泱的人群,还限制上桥人数。玻璃桥造得极美,可惜桥上人太多了,大家拥挤着也不觉得站在几百米的玻璃桥下面万丈深渊的恐惧与害怕,都在热情地拍照,解除了走玻璃桥时的危险恐惧感。走过玻璃桥,下面是大峡谷,听说风景独特,玻璃桥在几百米之上,大峡谷在几百米之下,这个落差要用双腿去体验,此时我的身体最害怕下楼梯,还好台阶不算陡,还有扶手,我跟着大部队慢慢下。走了一会感觉好累啊,问导游前方还有多少台阶要下,告我才三分之一。晕,我如何坚持到底啊,心中惆怅后悔坚持。此时面前只有一条路,没有回头路可选,硬着头皮继续下,心中的坚持和同事的鼎力帮忙照顾,总算把999台阶下完了,内心竟然有点欣喜若狂的喜悦。走下来,沿途峡谷的景色确实优美,到处是瀑布溪流涓涓流水声夹杂着山谷里鸟鸣声声,振作了我疲惫的精神继续走了一个多小时,果然美景吸引可以治愈心灵,留恋于山谷之中,享受那片湿润的气息,馋得想吮吸想抚摸,哈哈。

回去又是美酒佳肴,一晚美觉解除一天的疲惫,好悠闲的日子。

最好的风景总在最后,第三天,我们前往张家界天门山。天门山因自然奇观"天门洞"而得名。游览天门山时,必须乘坐长达7500米的索道,你可以在缆车中俯瞰脚下的盘旋在峭壁之间的通天大道和山中美景。胆大的还可以走一走贴壁悬空的玻璃栈道，体验凌空行走的刺激。

一大早，坐上天门山霸气索道，来个一步登天，堪称"世界第一空中移动观景长廊"，一下子从人间来到天堂，仙气缭绕，空气清新，这就是留在人间的仙境啊。千米高空上的山顶，丝丝凉意袭来，不禁打起冷战。此时初夏转眼又回到初春，鸟语花香云雾缭绕，环抱大自然的喜悦油然而生。走过鬼斧玻璃栈道，感受悬崖边的绝处逢生，一边是万丈深渊，一边是悬崖峭壁，紧张恐惧感一下子扑来，死死抓住栏杆生怕掉下这万丈深渊，那种意境只有实地体会才能感触深，想沉醉于此，恋恋不舍啊。

旅游归来，投身到工作中，在单位领导的热心关心和帮忙安排下，没多久经过上级医院的确认，我患上运动神经元疾病，我想坚持工作到我实在无法坚持，无奈病情的无情让我一天不如一天，两个多月下来就让我不能再坚持上班了。虽然在此期间，老板一再减我的工作量，同事一再帮忙照顾我，不争气的我还是败下阵来。不甘心啊，工作多年的我，已经习惯了工作，工作中带来的辛苦和乐趣，成了生活一部分，就像是我的双手或者双腿，牢牢长在身躯上。我多想和你们携手向前，创造与创新，一起共赢未来，这个已成不可实现的愿望了。但是，我还是要感谢你们，亲爱的。

感谢亲爱的老总和亲爱的同事们，在我最初的与 ALS 结伴时，你们处处帮助我、照顾我、关心我、接济我，这份深情我铭记于心，我热爱生活，无奈生活却要抛弃我，但我知道你们始终不会抛弃我，此时电视里播出《时间都去哪儿了》的音乐，是啊，时间在我们彼此的关心照顾中度过，在我们彼此的相处中沉淀，在我们天天见面中与日俱增，这份超过友情的亲情，就是这样来的。在此，我向大家深深鞠躬以表我内心的感谢，离开你们一起工作快一年了，我知道你们想我，亲爱的，我也想你们……

冰心说：爱在左，同情在右，走在生命的两旁，随时撒种，随时开花，将这一径长途，点缀得鲜花弥漫，使穿枝拂叶的行人踏着荆棘，不觉得痛苦，有泪可落，却不是悲凉。

这份藏匿于心的感谢伴随着祝福，感谢你们多年的教导与付出，把我从初出茅庐一步一步带成熟，有辛苦有枯燥有欢笑有惆怅有感恩。这些年工作之余,我们大家一起走过的山山水水一起走过的路,仍然记忆犹新,历历在目。在此,祝福亲爱的大家,旅游愉快,放飞心情!

可可,真名金月华,女,41岁,江苏无锡人,病龄两年。

个人语录:人生总有一段崎岖且充满荆棘的路要走,坦然面对选择勇敢前行。

来自 ALS 病人的美好愿望语录

作者:梅花

※ 身躯虽冻,但都坚强地活着,等待奇迹,等待解冻!

※ 人生的奔跑,不在于瞬间的爆发,取决于途中的坚持。你纵有千百个理由放弃,却也总会找一个理由坚持下去。很多时候,成功就是多坚持一分钟,这一分钟不放弃,下一分钟就会有希望。只是我们不知道,这一分钟会在什么时候出现。所以,再苦再疼,只要坚持往前走,属于你的风景终会出现!

※ 人生把心情释怀,开阔走好人生每一步。人生是条无名的河,是深是浅都要过。

※ 我是一个年长的病人,我要给大家带来力量!

※ 我是压不垮的,我要站起来!

※ 记住:有些人你可以期待,但不能依赖。时刻告诫自己、努力、坚强!

※ 再潇洒一回,只要充满自信,就能看到希望。

※ 对于世界,我们很渺小;对于自己,我是主宰。

※ 世上最苦的不是黄连,而是一颗默默承受的心。

※ 有目标就会有希望。

※ 病不可怕!只要坚持下来,努力战胜,才能有成功的机会在阳光下眺望远方。

※ 外面的风景多美呀!人生是场荒芜的旅行,冷暖自知,苦乐在心。

※ 我总是在背后,咀嚼着难耐的心痛,无奈中生存。

※ 风景中看到希望。以一滴水的平静,面对波澜不惊的人生。

※ 像一棵树,根深深地扎进泥土里,

※ 枝杈努力伸向天空,活得坚韧而自由。

※ 时间再也回不去了。所以,行走在岁月的田埂上,一定要在心灵的田园里,种一缕阳光,种一份坚强。

※ 生活所迫,带着渐冻的身体继续工作。

※ 坚持就是胜利! 只要心存希望,沿途都是美景。

※ 病中的无奈,黑夜哭给自己听,白天笑给别人看,这就是人生。

※ 再痛,再难,都别忘了看看飘逸的白云,看看澄澈的蓝天,然后,给自己一抹灿烂的微笑。

※ 两个月体重降了30多斤。今天胃造瘘做完了! 好疼! 好疼! 为了完整的家我要坚持! 坚强! 我要活着! 活着!

※ 说不尽的心酸也只能默默承受,述不尽的往事也只能随风散,别抱怨,别自怜,坚强,坚强,再坚强!

※ 每一段路程,都是人生的转折点,让我抓住身边的美好,不要让它轻易地溜走,趁腿还好出来走一下。

※ 让心情放飞。给自己一个微笑,人生处处是阳光。

※ 不去怨,不去恨,淡然一切,往事如烟。现实有多残酷,你就该有多少坚强!

※ 经历所有的病痛会发现,自己远比想象中要强大得多。

※ 一定要坚强起来! 世上没有不平的事,只有不平的心。

※ 记住该记住的,忘记该忘记的,改变能改变的,接受不能接受的。

※ 病再痛,我要坚持,我相信我会战胜病魔。

※ 我走在自己的心路上,一切喜怒哀乐都是根植于路边的风景。

※ 人生过的是心情,生活活的是心态! 只能让自己的心常常浸在或美好或酸楚的回忆中……

※ 人生在世,都想留下点什么。但你得知道,最清晰的脚印,往往印在最泥泞的道路上。趁还能走给老伴不留遗憾。

※ 调整心态,把病痛转化为能量,懂得平衡心态,烦恼就会减少,等待奇迹出现。

※ 看似正常人的 ALS 的病人,拥有乐观的心态,也会收获快乐。

※ 2018 年 9 月 27 日谢影走了! 她离开了我们! 天堂没有病痛,希望她一路走好。

※ 生活是平凡的叠影,生命是平淡的传奇。

※ 微笑面对生命中的不幸,善待生活,善待岁月,善待自己,认真快乐幸福地过好每一天。

※ 珍惜每一个平凡而美好的日子。

※ 心若一动,泪就千行。不许气馁,生活已经如此艰难,挺着活下去,才是王道。

※ 一切顺其自然,老天自有安排!

※ 曙光就在前头,要相信,乌云过后依然是灿烂的晴天。

※ 每个人总会有一段艰难的路,需要自己独自走完,没人帮助,没人陪伴。

※ 将昨天埋在心底,留下最美的回忆,抬起头、迈起脚,或许往前一步,便是一片柳暗花明。

※ 我是一名大连患者,也许,我们无法把握未来,但我们起码可以左右现在,不是吗?

※ 为了家人,为了儿女的孝顺,我要活着。

※ 不必抱怨,不必神伤,善待生命,善待情感,我心如兰,坦然就是淡定。

※ 为什么老天不公平? 让我也得这病?

※ 减轻儿女负担,老伴相互扶持。

※ 自己不坚强,谁也没能替你坚强。

※ 不管有多少病痛,都要保持一颗平和的心。

※ 没有跨不过去的门槛,只要有信心,那么一切都不是问题。

※ 渐冻人生,既短暂又坎坷、既坚强又脆弱、既难过又无奈。

※ 7 月 10 日去华山医院做完肌电图,顺便去了外滩,心里的忐忑不安。我迷失在神一样的世界里,不能自已。

※ 当一切无能为力都无法挽回,美好成为回忆,尊严成为奢侈。

※ 活在这个世上,总要经历这样那样的事情,你撑得住,就是强者。

我要坚持！我要坚强！

※ 谁说梅花没有泪？其实，不是没有泪，也不是没有痛，渐渐学会了坚强，只想让家人快乐多一些。

※ 在住院的日子里，人人都赞美梅花凌寒怒放，可谁又能知道她忍受彻骨冰寒需要付出多少坚强和执着。

※ 这一个个的病友让我的泪止都止不住，看上去多好的人啊，谁能知道每天他们都在承受怎样的痛苦，张开嘴呜呜啦啦说不出话的人有，吃不了饭了，喝不了水的人有，走不了路的人有，手伸不直胳膊抬不起来了的人有，头耷拉着抬不起来了的人有，抽筋疼得满床打滚的人有，翻不了身的只能眼睛动的等等百人百种，千人千样。

※ 我们互相鼓励，彼此安慰着，共同期待着有一天能够解冻。

※ 感谢你们的一路相伴，感谢时间没把牵挂中断，亲爱的病友们，我最大的心愿，就是要你们幸福每一天。

※ 人生的路上，有时候知道明知走下去很艰难，也要竭尽全力；虽然一路虽走得摇摇晃晃，但站起来抖抖身上的尘土，依旧眼中坚定；即使耗尽力气，也要相信自己能征服一路坎坷；虽然面对很大的痛苦，也要将人生活得精彩！

因为爱 所以坚持

假如给我三天自由

作者：墨香

我

是一个渐冻人

有口难言

有腿难行

有手难握

有饭难咽

直到

衣来也不能伸手

饭来也无法张口

就连普通人

一个最自然不过的

微笑，点头，抓痒……

于我而言

都是遥不可及的奢侈

丰盈的灵魂

锁在躯壳里

方寸之间

却如同海天之遥

一把轮椅

一张床

就是我们的整个世界

寂寞落魄

孤独无助

无数个夜晚

任泪水肆意横流

而悄然无声

逐渐

沦为社会的边缘人

假如

给我三天自由

还我健康如初

第一天

我一定去陪妈妈

用甜美清脆的声音叫一声

妈妈

用这句呼唤来弥补自己不能赡养的遗憾

然后

再像以前一样带妈妈去吃一次

美味大餐

假如

给我三天自由

还我健康如初

第二天

我一定把孩子紧紧抱在怀里

给他们讲故事

为他们唱儿歌

亲吻他们稚嫩如花的嘴唇

带他们驰骋于蓝天白云下

快乐玩耍

这一天

我一定不舍得他们入睡

因为我要用一天

来弥补我的一生亏欠

只觉得

时间太短

光阴短暂

假如

给我三天自由

还我健康如初

第三天

我一定会给爱人一个深情相拥

感谢他

几年来对我吃喝拉撒睡

衣不解带的照顾

感谢他

大难来临时

不离不弃的执着无悔

假如

给我三天自由

还我健康如初

我一定快乐奔跑

大声说笑

大碗喝水

大口吃菜

好好犒劳自己许久
不能大快朵颐的嘴巴

假如
给我三天自由
还我健康如初
我已别无所求
三天
我只要三天就足够
做一个
健康的普通人
是多么幸福的享受

我的 2016

作者：陌尘

总以为时光很长，
殊不知生命无常。
2016
留给我一个劫，
但我不相信会成为难，
因为苦难总会伴着坚强。
太多的短暂，
来不及一一道别，
突兀得有些措手不及，
可我还是站立，
在这岁末年终，
用微笑书写过去，
用坚持面对未来。
不苟且、不埋怨。

南方的春天，
梅花开，菜花黄。
回家，
总是来去匆匆，
相见花开无声，

离别花落无言。
留下年迈的双亲，
又盼来年。

忆江南，
最忆是杭州。
西湖边、断桥头、
频频举起的相机，
定格的瞬间
记录下一路有你。
我看到了荷花开，
也体会了同学情，
还有灵隐寺里，
你合十的手掌，
诠释得不离不弃。

我记得病榻边的你，
还有乌镇的小船，
无锡太湖的美味，
办公室外"吃饭去"的吆喝……
亲情、友情，
同窗情，战友谊，
点点滴滴，
甘之如饴。
爱长长，
长过天年！
感谢你们
一路相伴！

我带回的"土特产"，

更带回了信心和希望，
我看到，
只要努力，
就会有回报！
他们说
没有一种坚持会被辜负。

江城，
阔别 20 年
又回到这里，
这个城市
有我青春的记忆
和同样稚嫩的你。
世移时移，
物是人非，
再见时
小张变成了老张，
莘莘学子变成了行业栋梁！
多了些沉稳，
少了些不羁，
不变还是同学间的俏皮。

飞来石，
石头记，
女娲遗漏的两块石头，
一个成就了黄山风景，
一个写成了经典古籍。

爱黄山，
更爱黄山松，

千姿百态，
负重前行，
总能在悬崖峭壁找到你的身影，
原来，
最震撼的生命都会经历
风霜雪雨，
苦寒磨砺。

我看到了一只振翅欲飞的鹰
和一个匍匐望远的人，
矗立在黄山之巅，
这是给我的暗示？
还是一碗鸡汤？
谢谢了，
上苍！

搬家了，
从河边到湖边。
风景一样美丽，
只是多了份安静，
或许更适合这个年龄的自己。
时光无声，
岁月有痕。

"梅花香自苦寒来"，
除了敬畏，
还有激励。
2017
会是一个全新的自己，
无论怎样，

我都会努力！

差点忘了
自己又老了一岁，
谢谢儿子的祝福，
我虽不能长生不老，
尽量做到百毒不侵，
有生的日子天天快乐，
不在意生日怎么过！
感恩生活，
感谢磨难！
别了，刻骨铭心的 2016
来吧，我的 2017！

陌尘，真名陈君，男，46 岁，毕业于皖南医学院临床医疗系，病前为北京市公安局强制隔离戒毒所政委。"冰语阁"创建者之一。业余摄影爱好者。2016 年4 月诊断为肌萎缩侧索硬化症。坚信渐冻的身躯冰封不住思想的火花，残缺的生命依然可以绽放出绚丽的色彩。

一个渐冻人患者的坎坷人生

作者:佩佩

　　我出生在一个非常贫困的小山村,生不逢时,正是"文革"时期,过着吃不饱穿不暖的生活。从小就生活在一个"硝烟弥漫"的家庭中,我的父母亲一天一小吵,三天一大架。我从小就很粘人,妈妈走到哪我就跟到哪,记得有一次妈妈外出去借油,她不准备带我去,那时我两岁多点,我一边哭一边跑地跟在她后面,把我妈妈气坏了,相距也就百十来米,我妈妈连走带小跑跑过来抱起了我,然后把我的头放到小水沟里淹……从那次以后我再也不敢跟脚了。由于家庭贫困,那时的房屋都是土坯房,又潮又暗,外面下大雨里面就落小雨,整个房子看上去摇摇欲坠。

　　还记得我四岁那年,有一次爸爸妈妈大打出手,妈妈一气之下带着小弟回了外婆家,一个多月也不见她回来,我和两个哥哥都实在太想妈妈了。后来有一天听说妈妈到了附近的矿厂,去找我姨父有事,我记得那天下着鹅毛大雪,我一个人偷偷跑出去找我妈妈,等我找到矿里,看到的只是妈妈远去的背影。我当时感到非常失望,一边哭一边喊,一直追到一条小河边,当时水流好急,又是用圆木头做的桥,过又过不去,我只能看着她的背影渐渐地消失在眼前。我跌跌撞撞不知怎么回的家,回到家我才感觉到全身冰冷,鞋底都没了。那年冬天我的一双脚和小腿就开始溃烂,直到第二年开了春才好一点。过去了好几个月还是没有妈妈的音讯,突然有天晚上月光高照,后山小路上冒出十几个人来,手里拿棍的拿棍,拿刀的拿刀,气势汹汹的样子,爸爸看形势不对一飞毛腿就跑了。其实那些人不是别人,而是舅舅他们一帮人,护送妈妈和弟弟回家的。从那时起我甚至有些痛恨我的妈妈和她的娘家人了。妈妈总算回来了，家里风平浪静了好一阵子。

两年后有一天我放学回家，发现妈妈大哥还有弟弟都不见了，到了晚上连我爸爸也不知道他们去了哪儿。家里冷清清的，妈妈他们这次出走就是一年多，我也慢慢习惯了没有妈妈的日子。直到第二年八月份妈妈才带着哥哥弟弟回来，回来后爸妈还是天天吵架，妈妈提出要离婚，爸爸却不想散了这个家，每天闹得不可开交。

当年九月份的某一天，那是我人生中最难忘的一天，几十年过去了，那天的情景我历历在目。还记得那天上午村大队还有公社来了好多干部，主要是来调解爸妈的矛盾，爸爸不同意离婚，妈妈很绝望，到了晚上妈妈寻死觅活往外跑，我和弟弟追赶着抱着妈妈的双腿，闹了一阵后妈妈看着我们还小不忍心，就带着我们往回走，半路遇到了我的一个堂姐，她一边劝我妈妈一路护送我们回了家。吃过晚饭外面一片漆黑，堂姐也没敢回家，由于她们俩喝了点小酒，大概九点多就昏昏沉沉地睡了。后来听我妈妈说她们刚刚躺下还没睡觉，就听到一声巨响，房屋倒塌了。我朦朦胧胧在睡梦中惊醒，只听到外面喊声、哭声和吵闹声……然后失去了知觉，什么都不知道了。第二天等我醒来，发现自己和妈妈都躺在医院的病床上，妈妈由于伤势过重还没苏醒过来。护送我们来医院的人告诉我，堂姐和弟弟已经死了。那次事故发生后，爸爸经受不起突如其来的沉重打击，整个人彻底崩溃了。妈妈恢复后回到了外婆家，我们自然就成了无家可归的流浪儿。半年后，爸爸在极度伤心和悲痛中去世了，我们三兄妹就更加无依无靠了。那一年，妈妈带着我们三兄妹远走他乡，后来去到了养父家。

自从来到养父家，虽然生活比较艰苦，每天灰萝卜拌饭，但至少一日三餐有了保障。那个年代，养父为了我们一家人受了不少的委屈，他还送我上了卫校。每当我再回首往事，都感到非常的愧疚，觉得自己卫校毕业后没有给家里带来任何回报。几年后我不顾家里人的反对，"草率"地同相爱的人结婚了，按照现在人的观点，有点"闪婚"的味道。一年后，我们的女儿出生了，直到此时我才理解了那句古话"不养儿不知娘辛苦"的含义。由于当时居无定所，生活过得紧巴巴的，每个月只有几百块的收入，家里的开支远远超过了收入。女儿两岁半的时候生活硬是维持不下去了，我就辞去了医院的工作，开了一家酒楼。当时生意做得有声有色、风生水起，几年下来还积攒了一点小钱，在本地买了一套房，总算有了属于我们自己的小家。

在自己的创业阶段、从稍微有一点积蓄开始的十多年来，我始终在我能力范围之内帮助我身边那些比我更需要帮助的人。无偿献血是我最大的乐趣，经过常年的无偿献血，我获得了国家对我个人终身免费用血的许可。帮助贫困山区那些贫困的孩子和留守儿童是我无上的快乐，我资助了一些贫困儿童和贫困大学生完成学业。而我的女儿从小就很懂事，我经常教育她做人的道理，她自己也很争气，高中毕业就顺利考上了西南大学。那两年女儿要高考我在陪读，而酒楼生意由于市场行情也不好做，于是就关门了。

女儿考上大学后，家里的钱所剩无几，为了不影响女儿完成学业，我和爱人商量后决定把唯一的房子卖掉了。女儿入学后，我和爱人到了福建打工。三年后的一天，突然家里打来电话，我的母亲病危，我匆忙赶回家。当时母亲说话声音很微弱了，看到我回家了她好兴奋，于是我就在她耳边悄悄地问她：你为什么不爱我？她顿时号啕大哭，同时妈妈用非常微弱的声音告诉我，她也是实在没有办法。听到这句话我的心像针一样刺痛，此时此刻我把以前的一切怨恨全部抛开了。没过多久妈妈就去世了。时间过得真快，女儿马上毕业了，她打电话过来征求我们的意见到哪里工作好。其实我一直有一个梦想，希望女儿大学毕业后去西部支教。当我把这个想法告诉她时，她毫不犹豫地答应了，同时提出了一个小小要求，希望和爸爸妈妈离得近一点。半年后我和爱人辞去了福建的工作，在四川找到了相应对口的工作，一家人总算没有离得那么远了，女儿也能安心地工作了。

可惜天有不测风云，在那边工作不到半年我就病倒了，我们只好辞了工作回了老家湖南，看了好多家医院，最终确诊为运动神经元病变。当我得知这个病时，整个人都崩溃了，这个病被确诊的随后半年，我的生活就完全不能自理，说话也含糊不清，几乎与外界失去了任何联络。3 年多来我的所有饮食起居完全是由我爱人照顾，他为了照顾好我，也毅然辞去了自己的工作，将家中仅有的积蓄用来购买药品及开支日常生活。自从我加入"一米阳光"等微信群以后，群里病友们的正能量感动了我，让我变得更加坚强，让我更勇敢地面对病魔。虽然这个病确诊差不多四年了，我被这个病折磨得经济上几乎所有的积蓄都用完了已经是一无所有了，身体也逐渐一点点地被击垮、病情日益恶化，但是要感谢政府，每个月还能享受七百多元的低保来支撑一点最基本的开销，这份恩情今生今世我已无法报答。明年女儿在职研究生就要毕业了，妈妈希望你健健康康，平平安安，遂了我的心愿，一辈子扎根在西部，回报社会，为西部的教育事业做出你最大的贡献。

最后我要感谢我的亲朋好友，社会各界人士，还要特别感谢我以前卫校的班主任老师和同学们对我的关心帮助开导和支持。

佩佩，真名王佩军，女，51岁，2015年7月底在湖南湘雅医院确诊为运动神经元病变。现在生活完全不能自理，说话含糊不清，每天情绪非常低落。

感言：自从加入了"一米阳光""冰语阁"群聊后，病友们的正能量感动了我。使我变得更加坚强，我一定要与病魔抗争到底！决不辜负社会各界人士对渐冻人的关爱。

渐冻 + 人生

作者:徐亚洲

我们每个人一降临到这个美好的世界就踏上"人生旅途"号这趟永不停歇的火车,不同的是,有的早早就下了车,有的中途下的车,最后一部分人历尽旅途的千辛万苦才到达终点站。

本人虽然身为一名渐冻症患者,但是我一点也没感到害怕,大概是我身为一名医生,同时也是一名共产党人的缘故吧。我个人认为既然我来到这个美好的世界,我就要给我的世间带来小小的色彩,不然枉来人生一回。我出生在一个世代行医的家庭,从小就受到父母善良的熏陶,经常看到父亲为乡亲们热情和蔼地悬壶问诊。当我看到他们一张张愁眉苦脸变成笑脸,日积月累,父亲得到了乡亲们更多的爱戴和尊重,我心里便暗暗发誓长大后一定像爸爸一样做个对社会有用的人。

转眼时光飞逝,我长大成人继承了父亲的医术,继续陪伴在乡亲们左右,同时也正是可爱的乡亲们陪伴我走过这二十年的风风雨雨。期间几多艰辛几多欢笑,几多成就几多忧愁,可我依然能够清楚地记起曾经那一张张痛苦的脸庞在我这里露出了开心的笑容。一次次把危重病人从死神手里抢夺回来时的胜利快感至今仍然铭记在心,不知多少个风雨夜半被吵醒,也不知多少回风雪夜半从温暖被窝里被叫起,更不知有多少回忙碌得忘记了吃饭。期间也不知多少次累倒下,心中一想到你们那焦急的眼神在渴望我时,我立马就可以站起来;也不知多少次累趴下,一听到你们那急促的呼喊,我立马就可以出现在你们身旁。是你们让我深深地感受到人生的意义和存在的价值,是你们给我生活的刚强,更是你们给我明天的引航!

世代为民来悬壶，

只愿人间病全无，

不惑敢与渐冻拼，

今生到此又何如！

长期以来我的勤奋和努力得到了乡亲们的肯定，2004年我光荣加入了中国共产党，从此开始接受党的洗礼，党的教导使我真正懂得了共产党人的无私奉献和勇敢无畏精神，真正坚定了我人生的坐标。今天虽然我的人病倒下了，不能再为这个美好的社会服务了，但是我还有一个健康的思想留给我的病友，希望我的病友在和疾病搏斗的路上一定要意志坚强，病魔并不可怕，可怕的是我们的意志也倒下了。在我人生顶峰即将起步之时偏偏和"冻魔"相遇了，开始了我们的较量，虽然"她"把我折磨得精疲力竭，把我原先幸福美满的家庭摧残得家徒四壁、债台高筑，可依然没有摧毁我这颗意志坚定的心。亲爱的乡亲们，从此你们那渴望的眼神再也不能把我唤起，你们那急促的呼喊再也不能让我出现在你们身旁。"伤心枕头三更雨，何人知我几分愁"，我也是多么渴望时刻陪伴在你们左右啊，我亲爱的父老乡亲，请原谅，这次我真的要"休息"了……

在我穷困到绝望之际党和乡亲们看到了，随即向我伸出了援手，向我张开温暖的怀抱，给了我家的温暖。虽然我的一切即将"冰冻"，但是我这颗时刻为党和人民奉献的红心却被党和父老乡亲深深地温暖了，给了我精神上的支持和物质上的帮助，让我重新看到了希望……

我的人生总结，人活着的意义不能以活的时间长短来计算。"这个世界我来过，可我又给这个世界带来了什么。"虽然我没能到达我的人生终点站，但是我也快乐过，也曾努力奋斗辉煌过！

父老乡亲恩似海，

党国温暖记心怀，

如有来世转投胎，

热血人间充满爱！

致 ALS 克星逆袭先生

作者：俊采星驰

晦明交替，阴晴冷暖

昼夜不息，日月消割

四季轮回，春露秋霜

人生如梦，情深缘浅

哈哈，既然都不由我

那就，都随它

既然沮丧也要过明天

开不开心都是过

那还不如开心地过好每一天

肉跳烦心，抽筋痛身

呛酒难歌，强哭苦笑

衣带渐宽，佳人吓跑

蓦然回首，跟头报到

哈哈，既然都不由我

那就，都随它

既然沮丧也不能回到昨天

那就不如开心地过

开心一天是一天

但我明白，

只来世上走一遭的我，

可以被毁灭,不能被打败!
听,我吼破了 ALS 的耳膜
毁灭不了我的,终将使我更强大!
因为
我是逆袭,我是逆袭,
正义的化身,正义的化身,
一定要把 ALS 吓死,吓死......
欢迎围观,
逆袭牌 ALS 解冻剂,
今年 20,明年 18。

辑四
与疾病共处　品生命美好

卸下心头无尽的埋怨与纠缠

这才见正午的阳光穿过树叶的缝隙　斑驳了地板

沉心静气　闻窗外鸟语花香

浅思静悟　品榻边书画诗词

守住心在当下

将生活涂抹上自己中意的颜色

于尴尬的境遇里　戏说人间百态

在琐碎的日常中　玩味人生真谛

渐冻人的必备武器

（本文纯属个人体会，不具官方权威性）

作者：暖禾

　　不管你是何方神圣，只要医院判决书下来必定会经历几个心理过程：恐惧——怀疑——无助——抑郁——接受——死扛。我当然也不例外。如果这个病带给你的痛苦占据了你生活的90%，那么读完我的文章，也许你可以做到痛苦和快乐各占50%。我的经历使我相信，即使是世界性难题，毫无解药，只要你自己不想放弃，怀揣梦想，心念感恩，依旧可以把最黑的路活成一束光，成为一个让健康人都备受鼓舞的生命力量。

　　生病初期我有一年的时间是和手机、安眠药、抑郁药、镇静剂以及眼泪度过的。那时我觉得谁摊上这种病都会万念俱灰。抱手机是因为父母孩子不能说，丈夫不敢多说，于是手机里曾经的知心朋友，就成了我唯一的倾诉对象。如果不靠倾诉打发时间，那我的小宇宙会瞬间爆炸。其实整日抱着手机倾诉，更深层地反映出我内心的恐惧、六神无主，试图从高人口中得到答案和慰藉。抱各类精神科的药是因为我已经清晰地意识到自己失控了，彻夜不眠，心跳不稳，浑身哆嗦，茶饭不香。跑到医院，不出所料，医生诊断是焦虑抑郁。于是扛不过去的时候只能依靠药，每天各种安眠药吃下去，依然半夜惊醒，要眼睁睁看着自己苦熬到天亮，于是整整大半年我得了睡前恐惧症。

　　当上帝给我关上这扇门，总该打开一扇窗吧，对于一个不能动不能说的人，这扇窗谈何容易。而当这扇窗打开时，我的人生开始触底反弹，病情被遗忘、忽视了，生命无意间编织出另一道彩虹。因为，我学会了运用渐冻人的武器：

首要武器——移情

移情原是精神分析方面的一个术语。我借用了这个词语，但这里所说的"移情"是特指把自己的情感和注意力从对自己病情的关注转移到其他事情上。从心理层面而言，每一位渐冻患者眼睁睁看着自己日趋逼近死亡，都很难拥有一个好心态，而且绝大部分还经历了和我一样漫长的抑郁的黑暗的日子。我的经验告诉我越是痛苦、越是度日如年就越想有事做。将情感转移比抑郁药和安眠药效果更快更好。

让自己移情的事应具备以下条件：

第一是自己真心喜爱能投入的；

第二是有利于身心健康，可以轻松完成的；

第三是有持久投入前景的。

渐冻人不能说不能动，能够利用的通常只有眼睛、耳朵和大脑三样仅有的法宝，建议去做用这三样法宝就可完成的事儿。比如阅读、听书、写作、上网、追剧等等，总之什么能让你心情大悦，暂且遗忘病情，就尝试探索，直到找到最适合自己的为止。

下面谈谈我个人移情抗悲的一些方法和窍门。

前面我曾提到过自己有一年是浑浑噩噩度过的，因为我找不到未来自己的方向。值得庆幸的是，我在朋友的提示下爱上了写作。从最早只想若干年后给儿子留点什么精神财富，到创建了"冰语阁"公众号，再到今天我可以为病友们做点力所能及的有意义的事情。不知不觉间将自己对绝症的恐惧和痛苦移情为对公益事业的热情之中。在帮助别人的同时自己也获得了众人关爱和赞叹。我找到了我人生的价值，我不再觉得自己是废人一枚，也很快脱离了精神药物。如今每天感觉时间过得飞快，睡觉也是沾枕便着。

除此之外我还喜欢移情美食、风景、聚会、电影电视、音乐、书籍和运动等等。总之，在自己身体状况允许的情况下，尽可能利用现在的互联网便利，让自己的每一天都过得充实而有意义。不想过去我遭遇了什么，未来我会面临什么,只想今天我能做什么,且立马行动。

武器二——淡定和忘却

渐冻人所遭的罪在我眼里堪比古代的酷刑。废了你的手脚,断了你的进食和呼吸之外,还把你唯一可以宣泄和沟通的话语权给剥夺了,让你哑巴吃黄连有苦说不出,有冤喊不出。为此凡事不能心急,不能暴躁,一旦急火攻心,就会加速病情的发展。再委屈、再难过、再气愤,也要学会淡定二字。理性大于感性才能活得长久。当然人人都有脾气和情绪,渐冻患者遭遇的事儿更非寻常可比,每天不知道要面对多少不如意。让自己淡定,历练出强大的内心承受力,才是制胜唯一出路。对此我还有两点具体的体会:

第一学会放下。凡是名利,金钱、美女、帅哥和我们这样的病人已经毫无瓜葛,你可以偶尔留念,但一旦失去也不必纠结。此时活着才是最重要的,其他身外之物都是浮云。如果和你缘分已尽,那就学会放手学会放下,只珍惜你可以把握的东西。对于别人的误解和嘲笑最好的应对办法就是以微笑还击。有些误解是可以通过提前文字或事后总结经验而避免的,而有些人为的伤害只有靠你的信心和底气来抵御。我经常在受到极大委屈的时候,默默告诫自己"君子报仇,十年不晚,只要活着我还有机会证明自己,今天我所遭遇和承受的,未来终将成为我成功的积淀"。想想未来,胸怀大志,就自然不会把小人小事放在心上。

第二遇事沉着冷静。一个智慧且善于总结失败的渐冻人可以少受很多冤枉的苦难。比如所有患者都有过摔倒或求助无人的经历,那么当噩运发生时你是怨恨自己倒霉得了这个病,还是赶紧想应对解决的办法? 有人摔了会沉浸在怨恨中久久不能自拔,而有人会既来之则接受之,好好总结原因,避免再犯,待伤养好重新起航。因此不要把过多的精力或情感浪费在发泄情绪上,而是冷静下来想想解决和避免的办法。事实证明智慧是可以应付很多突发事件的,埋怨或沉浸在阴影里,只会让自己越陷越深。

再说说忘却。要说苦和难,渐冻人是健康人的几百倍。如果不能学会忘记曾经遭遇的一切，那你的生活就会像一团乱麻。对于苦痛，除了上面提到的移情这个方法之外，最好的办法就是忘却。即使昨天有天大的委屈，面对明天依然满心希望。即使噩运频频向你走来，也依然坚信总有一天会好起来。不断地忘记过去的痛苦，才能使自己轻装上阵继续前行。只有不断清空负能量垃圾才能保障良好的食欲和睡眠。

武器三——正视自己接受自己

面对绝症只能选择直面自己接受自己。如果完全活在对现实的自怨自艾中，你也许一天都不想继续。面对日趋衰退的身体你会不想出门，因为怕遇见曾经熟悉你的朋友和左邻右舍。你更不敢去人多热闹的地方，因为你怕别人投来异样的眼光。你不敢在公共场合开口，因为你怕话音刚落会把别人吓跑。甚至你连病情都不敢公开，因为你怕成为一个尽人皆知的悲惨故事的主角……从此，曾经的美女开始蓬头垢面，曾经的帅哥日趋消沉，你对你曾经追求的一切美好事物都丧失了兴趣，因为你认为自己力不从心。

没错，这些我都经历过，幸运的是有一天我突破了这道心理障碍，战胜了自己。为了壮大"冰语阁"，我不顾家人的反对向所有人公开了我的病情，我把十万分之四五的得病概率看成我新的名片，新的事业。我即使说话不清，举步维艰，我依然出门把自己收拾得漂漂亮亮，能成为渐冻人里的美女也不错啊。即使走到哪里都会被别人投来异样的眼光，我依然坚持参加聚会，热衷逛街和美食。如今电话来了，我用短信告诉对方我是哑巴，只能微信交流。出门在外主动亮出残疾证，大大方方告诉对方我是残疾人，希望您多关照。疾病的确剥夺了我身体自由的权利，但夺不走我对生活的渴望。

只要我们还有梦想和追求，就应该分享到健康人的世界。只有当你放下所谓的面子、所谓的自尊、自我怀疑以及防备的心，你才不会被社会和健康人拒之门外，你才能在渐冻的身体里独享一份心灵的自由。做到了不在意世俗的眼光和评价，你才算真正走出了疾病的阴影，活出鲜活的自己。那才是真正的自尊。

就拿我来说吧。曾经有着舞蹈演员的身材和气质，走到哪里都会比普通人吸引眼球，疾病带给我今天巨大的反差可想而知。最初我也怕被熟人笑话，听过背后无数人的议论和指点，我甚至想象过别人会说："谁让她曾经那么完美那么顺利那么努力，现在老天都嫉妒了，所以人不能太要强太优秀。"但是怕有什么用呢？它只能让我闷在家里默默哭泣。如今，我有时会把自己当成一个傻子，在众人面前傻笑，理所当然地流哈喇子，不修边幅地出门。坐在轮椅上，我就想不用走路就可以看风景也挺舒服。情绪不好时，就干脆歇斯底里地大喊大叫，大哭大闹一番。更多的时候我会把自己当成一个大人物，出门要精心打扮，美衣美鞋美妆，首饰香水发型一样都不能少，虽然麻烦却自得其乐。每每穿梭在各大商场、饭店、电影院和超市，依然是吸引眼球的一道风景。旁人不自觉地会对轮椅上不能说不能动，却依然洋溢着自信微笑的美女多看几眼。不论是同情还是赞美，只要被关注，就是高兴的事。今年十一假期，当我以特殊的方式穿梭在人群中时，一个女孩道出了我的心声："妈妈你看，十一放假连残疾阿姨都按捺不住想出来玩玩的心情。"

武器四——关注身体

当大多数患者都在关注解冻药时，我却更关注如何把不可逆转的日子尽量在精神上过得快乐和充实些。一方面觉得解冻药是科学家和老天的事，我管了也无济于事，另一方面按照上海人的俗语叫作王死亡了，反正没得救，不如自我拯救，和尚敲钟快乐一天算一天，也许糊涂一点生活，比干熬日子要强。但是毕竟是病人，身体也的确是要关注的。依我三年的经验，对身体的关注可以从以下几方面入手：

坚持规律作息。

此病各人病因不同，症状不同，所以在了解病情大体注意事项以外要善于了解自己，总结自己，给自己制定一个益于身心的作息表，并持之以恒地坚持下去。

营养合理。

富有营养且高质量的食谱是维系生命的源泉。

保障睡眠。

渐冻症患者多数会被睡眠不好所困扰。我的个人体会首先是放下思想包袱，其次是想尽一切入睡办法，最后一步适当用药。很多人惧怕使用安眠药，担心有依赖性，副作用。但是我更认可朋友曾经劝我的一句话，比起安眠药的副作用，整夜睡不好的危害性更大。

坚持学习工作。

人们对渐冻人有一个刻板印象，就是他们是丧失了劳动和学习能力的残疾人，很多渐冻人自己也这么认为。实际上，我们渐冻人的思维能力是健全的，我们依旧可以看、可以听、可以感受、可以思考。如果吃、睡、玩成为自己生活的全部，那百般无聊的生活并不利于患者的病情。王甲用眼控仪出版了两本书，发行了数张设计海报；霍金在囚禁近五十年的身体里为人类科学进步做出了巨大的贡献；上海蒲公英发起人用眼控书写几十万字的申请书，为大家争取到了九十多万的国家资助基金。前辈的这些事迹无一不证明只要你有想法、信念、毅力，渐冻人同样可以拥有自己的事业，同样可以学习，可以与时俱进。

坚持锻炼。

根据自己的身体情况和家庭条件制定一套适合自己的锻炼项目并常年坚持。早期病人可以每天适度活动全身各个关节和肌肉。中晚期病人可以依靠家人辅助在床上做一些撑拉和活动关节的运动。切记两点：不宜过量疲劳，要学会循序渐进；持之以恒，锻炼一旦暂停再想恢复难上加难。

娱乐自己。

给自己找到一个纯粹出于兴趣且可以完全投入的事情。在这件事上没有评判标准，可以是高雅的看书学习，也可以是麻将、追剧，我们唯一追求的就是喜欢和开心，让这颗被病魔折磨的心灵有一个暂时可以逃避和释放的港湾。

我们的身体早晚有一天会退化，但我们的精神可以不断成长，我们应该把自己活成一束光，因为当你成为光时，谁都愿意靠近你。多接受正能量避免负能量。宇宙万物很多现象和规律是科学和医学无法解决解释的，多和正能量的人或事物接触，你无形也进入到一种正能量的磁场。接受一种正面的能量，不只有益于你的心灵，也有益于你的身体。

以上唠叨这么多不是倡导大家都去努力成为霍金或王甲,而是希望我们每一个人都能真正地活着。如果解药还要等待五年至十年才能上市,你该用何种心态和姿态度过还活着的每一天,这是值得我们每个人思考和探讨的。任何荣誉财富都是暂时的浮云,只有活着才是硬道理才是唯一的希望。与其苦熬不如善待自己,与其埋怨不如挑战。父母老师都没有教过我们如何面对生老病死,如何面对人生绝境,那就让 ALS 给我们上这生动的一课吧。

病友原创诗词

作者：超能豆爸

泪葬雨

你自九天坠落，奔赴谁的依偎？

晶莹璀璨执着，世间谁能相配。

我来不及凝视你的美，你便转眼身碎。

你点开的水纹牵引着我的泪。

冷风吹过，揉不开我皱的眉，

从耳旁飘过，分明丝滑似水。

太匆匆，谁还记得你的美？

朦胧依稀，千万个你从天而坠，转身即碎。

一场奔赴为了谁，不停身碎难道不累？

我却心碎。

假如我舍一滴泪，

在你逝去有我陪，

烟波里湮灭时你会不会觉得完美。

洗 雨

细雨洗新芽，

辑四 与疾病共处 品生命美好

晶珠点樟花，
黄叶如蝶落，
扑跌到谁家？

天 问

急风雨骤，
绿黄同瘦。
笑闹云雀争起舞，
尽在狂风后。
风来哪只先振羽，
冲霄质问天公怒。

初春·鸟问仙

初春雀鸟栖桃枝，
歌舞唤花花不见。
摇头相问无鸟知，
展翅高飞问桃仙。
仙答只待春暖日，
又是花开香满天。

烟花除夕夜

年终岁末冷风夜，
苍穹低沉月来迟。
忽然一声惊雷响，
银光紫焰画如诗。
一年最美是除夕，
天许彩幕共编织。

残　梅

春风无力百花迟，

残梅不舍恋留枝。

虽无粉黛从前艳，

守在人间淡色时。

无　题

晨日映窗台，

云多展不开。

我忧苍云涌，

我恼鸟徘徊，

我怒寒风起，

我哀冷雨来。

天既随我心，

岂可不开怀。

疲惫的萤火虫

夏天清晨黄瓜新蕊，一只萤火虫打着瞌睡。

蜜蜂往来嗡嗡，小鸟低飞雀跃，清晨如此美，却不是属于你的夜。

汁液依旧鲜美，勾不动你的嘴，满腹萤光越闪越微……

你只是太累！

昨夜你曾飞舞，萤光闪烁如碧玉流转，把夜幕点缀。

昨夜你曾飞舞，点亮了谁的思念，又把谁的忧伤轻轻抚慰。

你只是太累！

瞌睡中阳光温暖着你的背，伸伸腿，任由残存的萤光烧成灰。

你只是太累！

昨夜明月相邀，今夜要赴一场星光灯火的宴会。

没有彩绘,是否仍要舞于飞;身已褴褛,举手投足不疲惫;一生闪耀,此刻更完美!

今夜由你支配!

没有点缀,没有抚慰,尽情体验生命燃烧的滋味,在天地刻画你永不枯萎的年岁。

给女儿的启蒙诗　小黑狗

黑毛卷尾鬃,
叫跳耳扇风。
偶尔偷鞋袜,
藏在暗角中,
唯恐被人夺,
龇牙说我凶。

西藏林芝萨玉沟游记

作者：果园主人

在第二次进藏旅游时，我和好友已经游过闻名于世平均深度达五千米的雅鲁藏布江大峡谷，以及被誉为人间仙境的林芝南伊沟。当我对鬼斧神工的大峡谷和宛若仙境的南伊沟大加赞叹时，我的多年好友林芝常务副市长却笑着对我说，林芝的美景还有好多好多，其中萨玉沟的景色之美，绝对在南伊沟之上，只是这个景点尚未开发，交通不便，去过的人少之又少，林芝市政府已经准备把它开发为新的旅游景区，欢迎我们先行去考察，于是去萨玉沟成了我心中的梦。

经过一番准备，在2015年9月6日，我带着从事建筑设计的儿子，及从事景区设计的刘总一行三人，第三次进藏来到了林芝。

因为到萨玉沟上下山需要十个小时，我们一行三人加上市长的藏族司机等陪同人员，清晨五点就从八一镇出发了。

汽车在峡谷间的公路上飞奔，一路青山绿水，鲜花盛开，完全是一片江南美景，但两边高高的山顶却是白雪皑皑，在阳光的照射下散发着神奇的光芒，一路经过了许多被云雾缭绕着的小村庄，显得是那么地安静和神秘。

来到萨玉沟沟口时，从附近村庄请来帮忙带路和搬运行李的三个乐哈哈的藏族小伙子已经在那里等候我们，陪同人员告诉我们，因为萨玉沟沟顶海拔接近四千米，我们的食品、水及摄影器材和帐篷必须请当地藏民帮忙才能顺利到达沟顶。

到沟口的山脚下还有一段林区公路可乘车前行，我们一行人就换乘了当地藏民改装的卡车,道路只是远远地看过去像路,走近全是乱石,而且被溪水冲刷严重,我们坐在卡车上也是异常惊险,大幅度的摆动,使得我们身体时而被两旁的树枝抽打,时而又被山上飞溅下来的溪水冲刷着,好几次的险情让全车人都尖叫起来,幸好我们都有惊无险安全来到了沟口的山脚下。

到了沟口吃力地抬头望去,只见沟顶的山上白雪皑皑,道路沿着奔腾山溪而上,崎岖陡峭,森林密布,我正在踌躇不定,怀疑自己能不能顺利爬到沟顶时,旁边藏民小伙子,一把从我手中接过了行囊,热情而又坚定地对我说:"你行的!跟着我走,我来帮你。"

沿途,或是茂密的牧草,点缀着不知名的花朵,或是高大参天的树木,因为这里的环境好,每棵大树上都长着细长的气根,被山风吹得如同仙女的长发在林间飘来飘去,陪同的藏民告诉我这些气根可以做药材,每斤收购价在三十元左右。

越往上爬森林越密,上山的小路在林间穿行,因为人迹罕至,许多道路上还长着厚厚的青苔,走过留下一组组清晰的脚印。走到森林深处时,光线越来越暗,藏民神秘地小声对我说:"跟紧我,这里时常有黑熊出没。"我心里顿时一紧,疲惫少了许多,加快脚步跟着同伴往上爬。

经过四个小时的艰辛崎岖山路,疲惫不堪的我们终于来到了沟顶。

走出一大片望不到边的森林后,豁然开阔,眼前竟然是清澈透蓝的硕大湖泊,湖泊周边是大片大片的草原,四周是白雪皑皑的雪山顶,似乎触手可及,每个人都情不自禁地高呼呐喊起来:"好美啊!"其实,萨玉沟在藏语中就是好地方的意思。

来到这里,宛若来到仙境,虽然人已在景中,我仍然怀疑人间竟然有如此之美景!四个小时爬山疲惫顿消,同行的儿子和藏族小伙子还在湖边的草地上打滚呼喊着,我则静静地躺在草地上一边享受高原的阳光,一边看着近处的雪山,一个面带腼腆的藏族小伙子悄悄走到我身旁,拿着一枝有点枯萎了的花给我看,告诉我这就是名贵的雪莲花,"啊,是雪莲花!"顺着小伙子的手我看到了好大一片的雪莲花,我心情顿时激动起来,小心翼翼地来到雪莲花花丛中,可惜的是因为季节已过,花已凋谢,如果是盛开的时候不知该有多美多好看。小伙子神秘地告诉我,雪莲花也是名贵的药材,在当地的收购价每朵十元呢。我不禁惊叹大自然不仅仅给西藏林芝带来无数美景,更是带来无数的宝贵资源!林芝萨玉沟,我爱你,你就是我心中的梦,你就是我心中的人间天堂!

潮人潮语

作者：潮潮

敢问路在何方

你插着管，我咳着痰
迎来日出送走晚霞
踏平坎坷成大道
斗罢艰险又出发，又出发
啦……啦……
一番番春秋冬夏
一场场酸甜苦辣
敢问路在何方？
路在脚下……
……

　　再听《敢问路在何方》，才明白歌词的含义，渐冻人生就是一场西天取经，经历九九八十一难，面对生活中各种妖魔鬼怪，一番番春秋冬夏，一场场酸甜苦辣！难过的不是方向不明，而是无力前行，敢问路在何方？再挺挺，挺挺就好了，都能过去。敢问路在何方？路在脚下……

　　ALS 是智慧的结晶，逼自己傻一点，傻到你忘了它，它便放了你。有阳光般的心态及精心的护理和蜗牛发展观，我们前进需要勇气，拐弯需要坚持，熬过了漫漫长夜，黎明之前解冻已不远。是命也好是运也罢，上天既然要考验我们的承受能力,那我们就用坚忍的意志继续战斗!

渐冻人的生活方式:常测测血氧就不会慌,用好呼吸机不会憋,做了胃造瘘或鼻饲不会饿,学会吸痰咳痰不会堵,掌握眼控仪不会闷,以后的事就顺其自然随遇而安了,怎样舒服怎样过吧,心态决定命运,让一切顺其自然随遇而安!

渐冻人就要像刚刚出生的宝宝一样,要用心呵护着他,家属的关怀与智慧决定他的命运, ALS病人不是一个人抗战,是一家人在战斗!我一直努力学习,我什么事都要学懂!也是为了有一个完整的家,我要自己把握自己的命运!

说走就走的不一定是旅行,说走就走的是渐冻人!珍惜生命远离痰堵, ALS昨天是新人,今天成旧人,昨天是好人,今天不见人,大家好好珍惜身边人吧……

渐冻的生活告诉我,有些东西,得之我幸,失之我命,不必看得太重;解冻的生活告诉我,幻想终究只是幻想,现实才是真正要面对的,这是大自然的一种规律!

插播一下正能量,乘坐潮牌和谐解冻号的旅客请注意,本列车半路不允许旅客下车,只允许打盹一会儿,大家振作精神,要有一颗意志坚强的心,勇往直前,坚持坚持再坚持,连连噩梦连连醒,关关难过关关过,事事难成事事成,船到桥头自然直,谁也不能少出力,直到解冻的终点,大家一起努力加油吧!

坚持不算正能量,笑着坚持才算。不要憎恨 ALS,没有它,你可能无法成为如今这么坚强的人。世态炎凉,无需迎合,人情冷暖,勿去在意。身在万物中,心在万物上。静听大海潮起潮落,笑看天边雁去雁回,只有习惯站在烦恼里仰望幸福,才能收藏点点滴滴的快乐。

渐冻的生活有些压力总是得自己扛过去,说出来就成了充满负能量的抱怨。寻求安慰也无济于事,而当你独自走过艰难险阻,一定会感激当初一声不吭、咬牙坚持着的自己,不管这个世界发生什么,你都会有勇气面对一切!

渐冻人新解读:一天到晚二目劳神,三餐不饱四肢无力,五脏六腑七上八下,九九归一十分危险。

渐冻人注意事项：确诊了的请不必到处折腾，发展是硬道理，做好三防工作（防摔防呛防痰堵），用好三机（呼吸机、咳痰机、氧气机），要有三心二意（安心、放心、开心、随意、乐意），还要三从四德（听从、服从、顺从、吃德、喝德、玩德、睡德），更要五官端正六根清净，七彩阳光八星吉祥，九九归一十分快乐！

心无物，天地宽，心宽一寸，路宽一丈，天若有情缘似疯，心有灵犀一切尽在不言中！人生在世，既短暂又坎坷、既荣幸又无奈、既辉煌又落魄、既坚强又脆弱、既开心又难过，它们总是相辅相成地纠缠着我们，坐亦难熬躺亦难受……这就是ALS的人生。

我们身在科学日新月异发展的时代，奇迹随时可能发生，请大家用饱满的热情、奔放的呼吸开启自身的延缓模式，开创ALS新篇章！无论是晴空万里还是暴雨天气，我们风雨不改与你们同行，一起携手抗冻哈！

潮潮，真名黄桂朝，男，42岁，2011年7月手指发病，2012年广州第二人民医院确诊为运动神经元病。生活现状：性格太懒手脚不想动，饭来张口衣来伸不了手。

个人语录：渐冻人生，既短暂又坎坷，既坚强又脆弱，既难过又无奈。我们除了坚强别无选择，坐亦难熬躺亦难受，这就是ALS的人生。

乘车记

作者：暖禾

"我已经说不了话了，趁着现在手还能动就多写点字吧。希望可以传递正能量，让更多的人看到。"

——暖禾

病得久了，对因说话障碍而遭遇到的种种尴尬，早已习以为常了。讲真的，没点儿自嘲和厚脸皮的精神，不用等病魔来虐，早就被自己那点儿小自尊给整死了。

本周二上午，去医院针灸颈椎病，在小区门口打了一辆趴活儿的出租车。司机五十多岁，光头，一口韵味十足的京腔。见我去的地方也就起步价，就流露出不情不愿的意思，再一听我含糊不清的话音，直接摆出了一副很嫌弃的样子。我心想，又不是不给你钱，至于吗？不过鉴于牙不伶齿不利的状态，我还是表现出我的修养，忍住不去计较眼前的这一切。我们在近乎凝固的空气中上了路。

开到半程的时候，意外发生了。也许是因为车内冷气的缘故吧，我的鼻腔在极短的时间里酝酿好了一次喷发。我来不及采取任何措施，更别提阻止这一次喷发，我只是本能地想避开司机，向右偏了偏。再加上此病对口腔肌肉的掌控力大大下降，口水也常常溢出嘴角。于是，伴随着一声巨响，鼻腔中的飞沫、无法控制的口水，悉数喷在了我右侧的车窗上。司机吓了一跳，一时也没敢吱声，瞟过来的眼神，交织着怨愤与惊恐。第一次遇到这种情况，我也蒙圈了：葛敏啊葛敏，怎么看也还是个美女呀，怎么做出这么跌份儿的事来。

一念而过，我本能地从包里掏出一张手纸，把车窗玻璃上四处喷洒的口水星子擦干净，接着又下意识地拿着擦完窗户的纸巾抹了抹嘴角边的口水。

随后的一切发生了戏剧化的转变……先是我不由自主地嘲笑起自己，随后司机也跟着发自内心地哈哈大笑起来，之前近乎凝固的空气，一下子轻松下来。

我和司机止不住一路笑到终点，中间夹杂着他只言片语的问话，颇有些宽慰人的意思：姑娘你哪儿人呀，姑娘长得这么好看，肯定有不少小伙子追吧，姑娘医保卡上的照片真的很美……

整个行程不到 20 分钟，我却明白了很多，只要你放下矜持，别人也就不会老端着。作为渐冻人，我需要的是真正的自尊，需要的是说"对不起""我可以"的勇气。

我明白了，肌肉会被渐渐冻住，但心不会。只要你的心里装着别人，你的心敢于担当，它就不会被冻住，一颗释然的活泼的心，甚至可以融化别人心中的坚冰。

祝贺自己，不再害怕有一天会变丑。因为我知道我的心可以越来越美，我知道我的心不会被冻住……

行到水穷处，坐看云起时

作者：陌尘

生活，不总是一帆风顺。有欢乐，就会有痛苦；有希望，就会有失望。正如这个世界有白天，就离不开黑夜。所以懂得：人生，原本就是风雨兼程。那些苦难，终究会演绎成坚强，成为你人生的风景。

给生命一个微笑的理由吧，别让自己的心承载太多的负重；给自己一个取暖的方式吧，以风的执念求索，以莲的姿态恬淡，盈一抹微笑，将岁月打磨成人生枝头最美的风景。

——余秋雨

《定风波·莫听穿林打叶声》

苏　轼

莫听穿林打叶声，何妨吟啸且徐行。

竹杖芒鞋轻胜马，谁怕？

一蓑烟雨任平生。

料峭春风吹酒醒，微冷，

山头斜照却相迎。

回首向来萧瑟处，归去，

也无风雨也无晴。

《菜根谭》说：鱼得水逝，而相忘乎水，鸟乘风飞，而不知有风。

鱼在水里自由自在畅游而能忘掉水的存在，鸟乘风飞行而可以不必知道有风的存在。

不为环境所拖累，人就可以活得轻松开心，顺其自然。心宽一寸，路宽一丈。

《临江仙·滚滚长江东逝水》

杨　慎

滚滚长江东逝水，浪花淘尽英雄。

是非成败转头空。

青山依旧在，几度夕阳红。

白发渔樵江渚上，惯看秋月春风。

一壶浊酒喜相逢。

古今多少事，都付笑谈中。

生命总是在兜兜转转之间，大起大落，总要经历很多的是非，然后再让生活回归到平和之中。是非成败，转头成空，我们又何必与昨天计较，惶惶不可终日？

《游山西村》

陆　游

莫笑农家腊酒浑，丰年留客足鸡豚。

山重水复疑无路，柳暗花明又一村。

箫鼓追随春社近，衣冠简朴古风存。

从今若许闲乘月，拄杖无时夜叩门。

因为爱　所以坚持

168

生命中总有挫折，那不是尽头，只是在提醒你，该转弯了。

将昨天埋在心底，留下最美的回忆，抬起头、迈起脚，或许往前一步，便是一片柳暗花明。

《浪淘沙·把酒祝东风》

欧阳修

把酒祝东风，且共从容。
垂杨紫陌洛城东。
总是当时携手处，游遍芳丛。
聚散苦匆匆，此恨无穷。
今年花胜去年红。
可惜明年花更好，知与谁同？

风景也好，物品也好，抑或是人也罢，最终都将在时间的风尘中消逝；是脆弱也好，是不幸也好，抑或悲伤也罢，有些离别就真的是一别成永远。

《西江月·世事短如春梦》

朱敦儒

世事短如春梦，
人情薄似秋云。
不须计较苦劳心，
万事原来有命。
幸遇三杯酒好，
况逢一朵花新。
片时欢笑且相亲。
明日阴晴未定。

生命是单箭头往前的一段旅程，我们永远无法改变过去，但我们可以选择创造明天。

窗前的树绿了一季又一季，门前的花开了一年又一年。

而你，还要一直站在原地吗？不如三杯两盏淡酒，将往事遗忘。

《宣州谢朓楼饯别校书叔云》

李　白

弃我去者，昨日之日不可留；

乱我心者，今日之日多烦忧。

长风万里送秋雁，对此可以酣高楼。

蓬莱文章建安骨，中间小谢又清发。

俱怀逸兴壮思飞，欲上青天览明月。

抽刀断水水更流，举杯销愁愁更愁。

人生在世不称意，明朝散发弄扁舟。

世间不如意事十之八九，能对你百依百顺的人、能让你如愿以偿的事，都很少。

有些事不管我们愿意不愿意，都要发生，都要面对。

人生中遇到的所有的事，所有的人，该来的会来，该到的会到，所以调整好自己内心，用善良、爱心感染生活，感染人生。看淡世事沧桑，内心安然无恙。

浩瀚宇宙，生命终究不过是沧海一粟；多彩世界，美景也只不过是眨眼瞬间……

起床有感

作者：在水一方

　　最美不过睡到自然醒，隐隐约约，半梦半醒，感觉嘴角如山泉般甘甜的哈喇子就要流出来了，赶紧的一个吸溜就让我给咽回去了，不禁窃喜自己还能保持这将要彻底消失不见的吞咽功能。我稍微动了动身体，用放在腮边拳状的右手指关节去揉蒙眬的睡眼，其实想要完成这个动作很艰难的，必须把头向前向下倾，手才能勉强触及眼睛，通过揉让眼部肌肉得到苏醒，要不然眼睛无力睁开，这是每天醒来都必须完成的任务。

　　做完这些，眼睛还要再闭会儿才能睁开，需要时间，嘿嘿！调整呼吸，时不时再努力动动眼部肌肉。这时候正好有时间听听麻雀嬉戏的声音，院子里有根晾衣服的铁丝，成了小鸟们的舞台兼会议室，每天它们在铁丝上蹦蹦跳跳、叽叽喳喳、打架、亲吻、抖翅……这样的情景深深地刻入我的脑海，它们有时会静静地待在那儿，东瞅西看，有时会上蹿下跳，有时又飞到地上觅食，小小的脑袋快速地一啄一啄，一对爪子一蹦一蹦的，无比可爱，羡慕至极。它们经常落在水龙头上去喝水，在水桶边缘跳来跳去，扑棱扑棱地把水弄得到处都是，还不时飞到别处，留下一排排湿漉漉的小爪印，调皮捣蛋极了，只可惜满满一桶清水被糟蹋浪费了。

　　就这样几分钟过去了，在睁眼的过程中顺便收获了清脆欢快的鸟乐，唯独这鸟乐唤醒寂静的清晨，唯独这鸟乐能沁我心脾，或许只有它懂我、知我、陪伴我此刻。睡眼惺忪，缕缕阳光穿过浅蓝色的窗帘缝隙，照射到我的床上、地板上，顿时感觉好温暖，无论是身体还是心里。谁曾想到，昔日的唇膏、花裙子、高跟鞋……这些生活必需品现在已经离我而去。

是这些东西抛弃了我们，让我们与正常人的生活即使同在却不能同样光彩。我们的生活已经很苟且，以后还会增加千万个苟且。虽然身体被无情的 ALS 摧残，但我心从不曾被苟且，就这样苟且着苟且着就是真谛！就是灿烂！我深信！

"疾病和苦难是人生绝好的一笔财富"这话是对是错？这种财富没人想要的，尤其是对我们绝症病人。以前健康的时候看到这句话，似乎感觉疾病和苦难无非就是锻炼人的意志和对于各种压力的承受力，即使遇上自己也能解决，再说自己也不会那么巧就能遇上。谁知天有不测风云，偏偏就赶上了。

无奈，面对吧，接受吧，大概是老天不愿我们再受苦受累了，特意眷顾，让我们从此罢工歇脚。但是不管怎么样，生活已经这样，昨天再精彩也是昨天，我们能做的就是把握现在，超越无奈！

请给我一个留在人间的理由

作者：东来顺

病魔来势汹汹，2010年到2015年，还只在手脚上和我闹着玩，也只是把我KO在轮椅上。现在比赛时间所剩无几，它笑盈盈站在我对面，看着戴着大象鼻子的我，用眼球打字抒发着不满情绪。"给我一个活着的理由"，它再次提高了音量。好吧，我说你听，听完做一个了结，大家都很忙，你应该把窗外阳光里最美四月天还给我。

2010年，你开始在我虎口搞小动作，大拇指老是抽筋，虎口肌肉开始萎缩，那时候的确不太重视你，以为只是用电脑太多，疲倦导致的。

到2012年初，大拇指已然不能弯曲，必须抽空去医院看看了，这个情况你生气是有道理的，年少无知，真没有把健康当回事情。后来你也会挑日子，选择在8月8日那天宣布你的存在，你故意搞得很隆重，可能后来我没有一下被你击倒，你有些尴尬。还真别说，开始还是很懵逼的，又做基因检测，又做肌电图，总想把你排除在外。

到2013年6月，总算接受你这个余生的敌人或者朋友了。后来去广州、北京看病，都不是想否定你的地位，只是安慰你偶尔的小情绪，做魔鬼也不能太猖狂，这样大家都好过些，对吧！

有你在的这些日子，我在网络上学习了很多和你和平共处的方法，认识了好多病友，在看完《我的存在时间》之后，我鼓起了前所未有的勇气，不再躲躲藏藏，每一种境遇，总有一款心态让人舒服些，我是ALS，请给我一个微笑！

可能我很多时候是让你失望的，铺天盖地的神医是你的主战场，几次和神医约会都让我搞成了闹剧，不是我不够严肃，是神医们太不严谨，除了胡子留得长，真感受不到是上面派来的，没有一丝仙气。对于关心我的人，你们要理解我，我太有时间了解这魔鬼了，他早亮剑，我只是韬光养晦，等待匣剑出鞘。

魔鬼，我知道你在听，你是舍不得我了，不过，舍不得我的人多了，你真算不上什么。我知道你的名字是肌萎缩侧索硬化，英文简写 ALS，你太不低调，搞了个中文"安乐死"的首字母组合。

当初刚知道你的时候，我经常在老婆面前故意摆非常 6+1 的傻造型，现在想想，能摆出来是多么牛逼的事情。作为世界五大绝症之一，你带来的破坏力当然不言而喻，对我进行身体摧残，对我的家庭进行全方位轰炸，在巨大的经济和精神压力下，我们退守成都，就像一个 20 多人的小突击队，5 人受伤就得 10 个人去抬，再来 5 个人拿这 15 人的装备，战斗力可想而知。你夺取了我的力量，显示了你的威力，多少人已经倒在了你的铁拳之下。平均存活期 3 到 5 年便是你肮脏的战绩，不过你这个成绩已经被甩了 8 条街了，你要跟上时代步伐，现在人们已经找到很多和你和平共处的办法，心态、营养、护理是法宝。针对你的科研项目也在如火如荼地开展，识时务者为俊杰，我承认你的存在，你承认我的坚守。

回望和你走过的这段岁月，我又有点暗自神伤。这已经占据了我生命的很多时间，本来不帅又不能给家人安稳，现在连他们最基本的要求：一个健康的身体，也不能满足了。生了重病难免抑郁，时时刻刻的关爱环境，让我保持了对生活的热情和向往。你想我给你一个理由，哪有什么理由，我就是惜命而已，为什么惜命，人的本性啊！生活还是有朝美好发展的趋势，那么多舍不得我的人，他们的关心就像一个个小太阳，始终让我的内心有温度，还有一个放在心里最柔软地方的月亮宝贝，让我始终保持向上，看见苍穹。

年前，楼下的市政公园才开始修建，速度很快，估计 6 月份我就能带你去转转。风一吹，树叶拉着家常，小河沟的水笑嘻嘻地流着。在探索这个世界的路上，始终有了缺失，静静地看着这热闹的繁华。有一天，你累了，也可以留下很多回忆，有一天，我累了，已再无憾事。

窗外阳光正好，出门巡视一下领地，感悟这最美的人间四月天。

人在囧途

作者:暖禾

人在商场囧态

爱美之心人皆有之,为了给喜爱的靴裤配上合适的皮鞋,还是铤而走险来到文峰大世界。本美女当年每周最放松的两件事,一件是打扫卫生,另一件就是逛街。专挑大品牌换季打折时,瞄准时机,将心仪的型鞋靓衣,一一收入囊中,可如今……

来到一楼化妆品专柜,或遭冷眼,或逢微笑,也见到掩饰不住的惊讶与同情,就是没有一个店员招呼你。想当年,售货员待咱可是如亲姊妹一般:拉着你坐下,眨眼摆出一溜儿化妆品,一会儿手背上涂涂,一会儿眼角儿上抹抹,捧个镜子左照又照……忽然悟到:当你能够用化妆品撑门脸儿的时候,其实你并不需要它来撑;而当你需要化妆品来撑一下门脸儿的时候,其实它根本撑不起来你的门脸儿。

接着好不容易爬到二楼,来到向往已久的 ECCO 专柜,服务员居然直接好心劝告我,你连路都走不稳还是别考虑皮鞋了,去买运动鞋穿好了,先考虑好走路吧。说得我只能很无奈地放下了平底皮鞋。接着再想看看令我热血澎湃的衣裙,已经明显感觉自己头晕眼花体力不支了,看来只能就近找个地儿,歇息歇息,吃点儿东西了。好在,二楼的满记甜点也是我的最爱。吃相已不是那个吃相,但味道还是那个味道,我且享用这幸福的滋味,哪管吃相……

"咳!……"一个毫无征兆、毫无阻拦的咳嗽爆出来了,了解我的你,恐怕已经猜到后果了,甜点喷得满脸(幸好没喷别人脸上),引得周围吃瓜群众立刻用异样的眼神聚焦于我。结账离开座位时,感觉自己已经与甜品店的唯美氛围不太协调了。

由于没法独自上厕所,小腹也已经发出压力警报,只得就此告别。离开商场时,看着那些曾经的最爱,都已和自己难续前缘,心里不禁感慨道:美女啊美女,现在就听上帝的安排吧,你的后半生只能老老实实地待在家里潜心读书念经了。

幸耶?不幸耶?

年三十的120

这是生平第一次坐120救护车回家,还在大年三十,救护车没有医生,没有报警器响声,有俩帅哥护驾,其中一帅哥在车上一边和女朋友发着节日慰问,一边用柔和的目光看着我,然后很无奈地递上一张纸巾说,美女擦擦眼泪,快到了!接着更戏剧的一幕发生了,我家住6楼,没有电梯,楼道狭窄,只有一个软布托我,结果上到2楼,其中给我递纸巾的家伙狰狞着脸部表情说:"这姑娘还挺沉!"我赶紧痛苦地回复他:"你给我注意点,我的脖子还在外面,颈椎快坚持不住了。"于是两个人赶紧抖了抖布袋,就像抖抖什么物件一样,把我的脖子抖回了布托,总算让颈椎舒服了些。记忆犹新是整个爬楼过程中,看到俩大小伙子抬我费劲的样子,我控制不住一直在笑,有种看好戏的心理状态,结果被一个托头的帅小伙训斥道,你还笑,我们托你都累死了。他哪里知道我是被疼痛折磨得控制不住哭笑呀。最后好不容易爬到家门口,像被甩猪肉一样扔到床上……

美好的年三十彻底被意外重新塑造了,一生难忘,看着自己的大饼脸(肿胀),我倍感踏实,现在连唯一值钱的脸也被糟蹋了,2017该还的我都还了,姑娘啥也没有了还怕啥!

诗词歌赋

作者：郭金林

定风波

少年志狂心难收，
无知虚度数春秋。
老来安详又倏冷，
至今，
肌体萎缩无盼头。
风卷残枝遇寒流，
求救，
感动天地泣神吼。
济世上苍伸圣手，
如有，
简朴余生也乐悠。

定风波

索求一生梦寻怅，
古稀经损苦哀伤。
身累灵心仍坦荡，
凄怆，

奋今力努乃耕工。
暮暮朝朝勤勉上，
争侳，
流年华月四常轮。
诗画琴吟邀月同，
仙运，
愿存未了已成空。

采桑子

本来此生未相见，
同病有缘，
今世有缘，
一种情深诉衷肠。
同乘专列回古源，
分手遗憾，
旅途遗憾，
便是黄土春风扬。

西江月

人生多有苦短，
幸福尘埃云烟。
霜打落叶更凄惨，
把酒跪叩苍天！
明月弧光神伤，
强打精神依然。
无力回天盼解冻。
梦绕魂牵何年。

闲茶吟

闲凭玉盏茶花开，
宠辱不惊意情怀。
秋月如霜洒遍野，
琴吟诗风悦耳来。

打开夜的天窗

作者：贾军

打开夜的天窗
跌跌撞撞
寻找岁月的过往
滴答雨声
驻足我听觉的天堂

醉着的人不愿醒来
醒着的人不能入睡
在这样的雨夜
满心神往
凝聚眉宇之上

任疏影摇曳
迷离斑驳
时光的风月
在我的额头
摇落一地沧桑

冰冷的雨
像是你孤寂的泪滴

纷纷扬扬敲得我心痛
悲天悯地
湮灭不了魔爪的嚣张

绽放的笑脸
蒙住所有日子
时光河岸
遗忘了
挂在树梢的苦苦守望

如果太阳不再升起
待黎明之前
我仍遥看东方
把梦接回
躺在心房的暖床

如果风不再吹
任烟雨迷蒙
我仍心向光明
穿透迷障
不再让等待成殇

随笔两篇

作者：絮絮

梦

一袭洁白纱裙，我轻歌曼舞，草儿摇曳，溪流也欢喜，它们终于听懂我的言语。我用鲜妍的花瓣当作信笺，写下我满心的眷恋与感激。忽地画面皱起剩下灰暗一片，空气里徒留无声的叹息，山风呵，你怎忍吹散这梦境？

命运

雷鸣电闪，描绘着不可抗拒的宿命。寂静中，我听见自己枯萎的声音，怎样的哭喊都只能是失声的暗哑。疼痛，在长久的静默里变得苍白。

然而逐渐冰冻的身躯，拒绝被烙印成怜悯。愿像那余晖，在落日的天际，挣扎着散尽最后一丝光亮，将白昼延长。

絮絮，真名潘国芳，女，37 岁，广西柳州人。 2012 年春节发现说话偶有不利索，2013 年 7 月确诊为运动神经元病，现在生活无法完全自理，坐轮椅 3 年，家中里外只有老父亲一人照顾。黑夜如墨，心似莲花。愿曙光快点到来。

抗冻诗集

作者：徐亚洲

抗　冻

本欲起身离缠绵，
只恨渐冻共温柔，
如有来世转投胎，
定将冻魔人间除。

祈　盼

今日有酒今日醉，
渐冻朋友莫心碎，
医学突破在明朝，
期待解冻再相会。

冻　魔

疑难杂症人人烦，
多少眼泪和心酸，
世间病魔谁最强，
要数渐冻称霸王。

冻 苦

渐冻缠身身受累，
相伴几年心憔悴，
但愿世间病魔除，
病友来生绝不见。

抗 冻

巧遇渐冻整五年，
酸甜苦辣心肚明，
横刀冷笑抗病魔，
任我在活五百年。

徐亚洲，男，安徽滁州人，于2014年春天患病至今。

感言：虽然我有腿不能走、有手不能动、有口不能说、一切的一切即将冰冻，但是我的意志毫不畏惧，因为我坚信我们的世界有爱就有温暖，有爱就有希望！

诗：巧遇渐冻整五年，酸甜苦辣心肚明，横刀冷笑抗病魔，任我再活五百年！

秋意浓

作者：全心全意

秋风秋雨促秋寒，
纷纷落叶枯枝残。
何日还我风华茂，
冬去春风绿江南。

念隔壁老王的 ALS 年华

作者：王念凯

精英谋国事，草民担顾家。

勤勉求康顺，平淡度年华。

劳作有闲时，诗酒伴粗茶。

徙改均是命，精进也有涯。

万物皆空性，通透须放下。

病体陷棘丛，贪嗔困心乏。

若能斩毒龙，此生不恋瓦。

从今弃执念，圆融不二法。

残 花

作者：陌尘

与你邂逅
在一个雨后的花乡
我残缺的模样
激起你内心的悲怆
你说要拍下我
我羞红了脸庞
你为何不早来
我曾经也亭亭玉立
身姿曼妙

一阵风来
飘摇得让你心惊肉跳
我倔强地存在
你问我为什么要开得如此辛劳
既然凋落不可避免
我为什么要拒绝风的相邀
舞出自己色调
生命怎么可能如你所料
时时花容月貌

咔嚓一声
你拍下了我
你说这才是最好的图画
不畏风雨的倔强
是花
就要扛得住衰败
是生命
就要活出歌谣

如今
世间不再有我
但我来过的痕迹
被你定格在
最灿烂的一秒
我是残花
依然妖娆

自嘲自讽　苦中作乐

作者：梦回大唐

自嘲自讽，苦中作乐，希望能带给大家快乐。

自从鸡萎缩厕所硬化后，
走起路来就像喝醉了酒，
吃饭喝水呛得扶着墙呕。
还真不如喝它个二两酒，
喝醉了马路中间也能走，
见到大领导也敢吼一吼。

以前，为了治病，我们勒紧裤带吃熊药（熊去氧胆酸胶囊），什么法国熊、德国熊，但都感觉不到效果。

今年，我们望穿秋水，盼星星，盼月亮，盼马药（马塞替尼胶囊），盼来盼去，没了下文，据说马药被给了差评。

也许，真正适合我们的，是鼠药。

经过多年的寒窗苦读，终于上大学了，上的是一本正经家里蹲大学硕博连读猫步专业。

大伙，别着急，ALS会有解的，不是解冻，就是解脱。

ALS（an le si），其实，这病一生成，就已经为我们指出了一条最人性化的归途。

如今，钱包不用了，车子也换人力的了，钥匙也不怕忘了，每天握着手机，像一尊佛一样，端坐在家中，四平八稳，任你东西南北风，家事国事天下事全在我的手机掌控之中，真是一机在手，天下全有，运筹帷幄，决胜千里。

为之奋斗了半辈子的"五子登科"事业，如今，车子准备换了，还是要四个轮子，人力的，低碳环保。票子似乎也没什么用了，不用经我手了。儿子虽然慢慢长大，越来越不听话了，越来越像冤家了。单位一纸令下，位子也没了，自动下台，收拾收拾回家了。唯独房子，使用率最高，天天住着，连门都不出了。

你总是心太软，

独自一个人流泪到天亮，

你无怨无悔地想着 ALS，

我知道你根本没那么坚强。

过日子总是简单，生病太难

夜深了你还不想睡吗？

你还在想着 ALS 吗？

你这样到底累不累？

明知道不会有解冻的机会。

你应该不会只想做个 ALS 病人！

算了吧！就这样忘了吧！

该放就放，再想也没有用。

你总该为自己想想未来。

去年三月，中山大学附医中级人民法院一审以 ALS 罪判处我死刑，我不服，我冤枉啊！我比窦娥还冤啊！次日，我即上诉至北大三院高级人民法院，任我百般诉苦喊冤，文质彬彬的审判长樊大人还是无情地拒绝了我，驳回上诉，维持原判。如今，阴曹地府最高法院还没上来复核，我还在号子里耗着。法官大人，我冤枉啊！

病因是基因突变吗？基因既然变了一次，何惧它变第二次！尽情折腾吧！让基因再突变一次吧！变回从前或者变得更加高大上吧！

现在大家都在一辆驶向人生终点站的破烂大巴上，摇摇晃晃，人心惶惶，中途不时有人上车，也不时有人下车，上来的都不想上，下去的更不想下，上车不问来路，下车不问归途，其实也只有一个去向，大家都无心也无暇顾及沿途的美丽风景。整车人都在诅咒司机的超速驾驶，但是又都没有任何办法，只有在心里默默祈祷，祈祷司机能够良心发现，减速停车，甚至是调转车头，原路返回。渐冻人心里苦啊！

渐冻人的人生就像爬山，大家都是为人夫，为人妻，为人父母，也为人子女，以前，我们带着家人朋友，气喘吁吁，艰难爬行，虽然辛苦但也快乐，因为山顶的无限风光就是我们的人生价值。现在，大夫一纸诊断书，仿佛晴天霹雳，来不及思考，也来不及准备，就让我们马上掉头，飞奔而下，而且越跑越快，以至于我们来不及瞄一眼山顶的旖旎风光，也来不及向半山腰的亲戚朋友挥一挥手，向他们说一句此生不陪你走。

家人做饭了，香味从厨房飘来，我艰难地搬个小板凳，坐在厨房门口，手托着下巴，嘴巴吧嗒吧嗒的，终于又回到了孩童时代等妈妈做饭吃的时候。

终于吃饭了，不需要客气，也不需要斯文，放低我那高贵的头颅，耷拉着脖子，整个脸趴在碗里，筷子使不上，勺子也不好使，有时就用嘴巴去咬饭菜，想方设法把饭菜送进嘴里。像小狗一样，吃得到处都是。吃着吃着，眼泪不停地滴，饭菜和着泪水，仿佛吃进去了人生几十年的酸甜苦辣。

狗年来了，我发现我们越来越像狗了。除了病情发展、人模狗样外，四肢已经变形了，萎缩成狗爪子了，吃饭也很像了，低着头，趴在碗里，吃得到处都是，说话以前自己听着都别扭，但是现在听着越来越像旺旺旺了，病友们发红包，手忙脚乱抢得那个快呀，这哪是红包呀？分明就是难得一见的肉骨头和肉包子！抢着抢着觉得手都快要解冻了。久不出门，今儿终于颤悠悠下楼了，被家人牵着在街上遛了一圈的感觉别提有多爽！原来狗年才是我们的本命年，大家一起旺起来吧！

昨日，在医院输依达拉奉，漂亮的实习护士小妹妹连扎两针，都没找到血管，疼得我龇牙咧嘴。没办法，只得把护士长找来，姜还是老的辣，护士长果然厉害，一针见血就找到了血管。没料到，她马上把针拨出了，对实习护士小妹妹说："看到没有，再来一次。"我的妈呀！不收钱都不在这治了,坚决要求转院。

隔日,转了一家医院输侬达拉奉,由于血管比较细,实习护士小妹妹针扎了几次扎不上,找来了护士长,护士长大姐看了看我,又看了看我胳膊,沉默两秒,对后面忙碌的一众护士小妹妹们说:"都过来,现在进行扎针考试,这个能扎上的加 10 分!"我的护士长大姐姐,我还是继续转院吧!

辑五
冰躯化微光
点亮彼此的希望

冰冻的身躯　囚禁不住炙热的灵魂

绵薄的气力　也托得起一往无前的心

人活一生　必不能枉走一遭

腿不能行　口不能言　生命亦该有其价值

集病友于"冰语阁"相聚

答疑解惑　分享治疗经验

陪伴鼓励　共度难熬时光

我愿化作黑暗中的微光　点亮彼此心中的希望

春风十里不如你

作者：墨香

"草树知春不久归，百般红紫斗芳菲"，又是草长莺飞、百花盛开的四月天！此刻我是多想自由徜徉在这美好的春光里，尽情地舞蹈嬉戏！无奈却只能一个人躺在床上呆呆地望着窗外，身上此起彼伏的肉跳时刻提醒自己是个 ALS 患者！

患病一年恍若一世，身体功能一天天丢失，食指打字功能已经废掉，只能依靠中指打字，面部表情越来越僵硬，身边朋友渐行渐远，老妈和老公越来越瘦、越来越疲惫。所庆幸的是大儿子越发懂事、越发有担当，小儿子越发皮实、越发聪明，还有亲人的默默陪伴，忽然就想起有人说患 ALS 的都是精英式人才，我不禁暗笑，像我如此才疏学浅，怎么也得了这个高大上的病呢？

提起 ALS，很多人前所未闻，但说起霍金，也许有人会说："哦，我知道了"，殊不知霍金是全球几十万 ALS 患者中唯一一个幸运儿，其实 ALS 的生存期只有三到五年，大部分病友甚至都熬不过三年！生存期短并不是这个病的可怕之处，可怕的是它是一个病因不明的神经退化性疾病，一天天，一周周你的身体功能都在丢失，都在被蚕食，包括语言、吞咽、呼吸等功能，最残忍的是大脑始终清晰，眼睁睁看着自己一天天被冰封，直到完全被冻住，"渐冻人"是对这个病患者最形象的描述。

有人说"衣来伸手饭来张口"是一种幸福，但 ALS 发展到后期，衣来也伸不了手，饭来也张不了口，对身体的折磨尚能忍受，对人精神的折磨可谓残忍至极、无法忍受！所以几乎所有的渐冻人同时都患有焦虑症和抑郁症,情绪失控,强哭强笑。世上再也没有比渐冻人更坚强的人了,一边被剥夺,一边在挣扎,一点点被冰封,一点点在适应,哪怕最后只有眼球能动,依然在顽强的抗争,为了一个完整的家忍受着惨绝人寰的折磨！但是很多病友凭着坚强的意志和家人的护理挺过了五年、挺过了八年、十年、甚至更多,今天给大家选取几个人物,让大家了解 ALS 的世界！

铿锵玫瑰,迎风怒放

暖禾,一位风姿绰约的舞蹈教师,也是"冰语阁"的创建者。毕业于名牌院校,授业于名牌单位,帅气的老公,可爱的孩子,这一切多么完美,可是意外就这样突然降临,让人措手不及,每次看她病前的舞蹈都会感觉她美得超凡脱俗,也总会泪流满面,感叹天妒红颜。如今她四肢无力,语言不清,不得不离开她心爱的红舞鞋,经常摔得鼻青脸肿,她曾经自嘲是个"财女",生病前热衷舞蹈普及教育,病后创办了渐冻人自己的公众号,曾以一文创下五万元打赏的记录,所有收入归于渐冻人基金,为了公益事业,绞尽脑汁,倾力而出,成为渐冻人中一支最美的玫瑰,逆风怒放,翩若惊鸿！

警察本色,初心不改

"冰语阁"另外一个创办人陌尘,病前的他是一位热爱摄影、热爱生活的警官,阳光帅气,英姿飒爽！他的摄影作品张张都很唯美,张张都透露出他独特的审美观。发病三年的他,目前已经无法自理,做了胃造瘘,再也无法体会品尝美食的快乐,仅凭几个能动的手指给大家修改文字,编辑文章！给大家发布最新最前沿的医疗信息,解答大家医学上的疑问！对待病友热情如火,对待那些游医骗子语言犀利,针针见血,直中要害！被笑称为"打假专家"！也是我们最信赖的群主！

知心大姐 为你分忧

对于秋月姐,我并不十分熟悉,也没有过多接触和交流,关于她的故事都是听病友们说的！她是一个老病友，是国内知名 ALS 专家李晓光群里的管理员。发病七年，如今她四肢功能全部丧失，靠眼球打字已经两年，正常人根本体会不到这种残忍的折磨，丰盈的灵魂被锁在冰封的躯壳里，如同一个活着的植物人。纵然病魔无情摧残，但秋月姐每天依然用眼控仪在网上无私解答病友们的各种疑问，传授大家各种护理知识和注意事项！用无私付出赢得了大家的尊重！

ALS 是一场残酷的斗争，每一个战友身后都有一部心酸史，无论你曾经身居高官，还是富甲一方，你都不能奈 ALS 何，特别是对于中青年发病，家庭贫困的病友，更是毁灭性灾难，ALS 药品和器材让很多病友望尘莫及，含恨而终。但在这场没有硝烟必败无疑的战场上，战友们依然每天在群里，或用仅存一根手指、或用手指关节、或用眼控仪谈笑风生，相互扶持，相互鼓励，同心同德，共同抗冻，他们是世间最坚强的战士！家属们每天在群里互相鼓舞互相打气，他们是世间最伟大的奉献者！

愿所有善良不被辜负，愿所有努力终有回报！加油，冻友们！加油，家属们！

高山流水遇知音

作者：墨香

你在南方海滨，我在北方小城，千里之遥，天各一方，你一生辉煌，我教书育人，如果不是 ALS，我们将是两条永不相交的平行线！

我和你与茫茫人海中成了患难战友，忘年之交！在我无数次伤心难过时，你总是对我耐心劝导，循循善诱！我们因病相识，因文结缘，虽不曾谋面，却犹如故人！记得去年你还能打字，还能唱歌，我还能说话，还能做饭！仅仅半年过去，沧海桑田，病情发展如江河一泻千里，如今你有手难书，我有口难言！直到有一天，我们决定共同合作把你此生丰富的阅历写起来，你来口述，我来文字加工整理！

当我们有了这个决定后，接下来的忙碌让我们忘掉了许多惆怅和哀伤，你的每一次口述都需要在大姐或者保姆的帮助下完成，每当听到你因呼吸下降累得气喘吁吁的口述时，我总会万分难过！总有些话我听不懂，听不清，所以我总是一遍又一遍地去听，生怕漏掉一件事情！然后我再找对身体的姿势，用小拇指敲击手机艰难地打字！但纵然如此，我们却共同合作了一篇又一篇美文，还变成了铅字，上了热门网络！或惜墨如金，或泼墨如水，洋洋洒洒一如行云流水，你的丰富阅历和乐于助人让我无比佩服！而我也总能恰如其分地表达你的思想和情感！每一次合作都是一种享受和收获，也总能给我莫大的触动！一如伯牙子期高山流水遇知音般默契和愉悦！

千金易得，而知音难求，古今叹惋者无数，在自身陷于苦难与困境之际，能得知己之抚慰，实是莫大感动！有幸得知己，则心中如春暖花开！

地狱即天堂！纵然我不知自己还有多少时间，但能在人生的最后遇到知己如此，也是人生一大快事！每个人，都在争取一个圆满的人生。然而，世界上没有绝对完满的东西，所以有缺憾才是恒久，不完满才叫人生。有多少次举杯欢畅，就会有多少次痛彻心扉！愿我们都能看淡生死，随遇而安，细听流水，静待花开！

我和病友陌尘

作者：暖禾

听说陌尘决定做胃造瘘手术的当天我害怕了，魂不守舍了一天。一方面想劝他不要做，因为想想要和一根管子天天为伴我就替他难过；一方面是我俩注定会有一样的结局，只是时间问题。我承认我没有他勇敢，坚强，于是我拿起手机给他发了一条微信"老大，我退缩了，我好想逃避，好想自杀"。没错，陌尘越来越像我的领导、知心大哥、闺蜜，凡事和他汇报才能踏实下来。

陌尘，男，46岁，职业，警察，临床医学专业。与如此完全没有生活工作交集的一个人结下不解之缘，就因为一个病。缘，是指我俩几乎同时得病、同时确诊；是指在众多从手脚发病的ALS病人中，我俩却都是从声音开始；是指我们都是国家公务员，都在人生最好的年龄，事业最出成绩的阶段，被这个莫名其妙降临的疾病彻底改变了人生轨迹。从一个踌躇满志的中青年变成如今脆弱得不堪一击的样子，更缘的是我们都有小小洁癖，都很好强，都追求完美极致，骨子里都多愁善感的那类人。

我们的相遇相识很戏剧化，至今历历在目。那天一早，我独自来到宣武医院，当时神经科专家诊室门口人山人海，在完全没有挂号、预约和做功课的前提下，我凭着一副可怜样儿，被好心护士安排在专门看此病的专家门口等加号。这时，坐在门口的一个中年男子问我看什么病，我说："说话出点问题，一直确诊不了病因，换宣武再瞧瞧。"他说："我和你一样，说话感觉不对，我挂到号了，同学推荐的这个大夫很权威！"接着，我们先后都被医生做了肌无力的鉴别测试，在门口等待一小时后的结果。也许是我们症状相同,互相有了聊天的话题和契机,于是我们又进一步询问了对方的情况和确诊途径,没说三句,陪伴他身边的妻子瞥了他一眼,瞬间凭借女人的直觉,我知道交流只能到此为止了,好在临走前我还是厚着脸皮和他爱人互相加了微信号,顺口说如果有好的治疗方案互相通气哈!这就是我和陌尘初次见面的场景,不早不晚就在那个点,老天安排彼此认识了。

陌尘曾经开玩笑对我说:"得了这个倒霉的病也算罕见了,还让一个美女陪同患病。"我的切身体会是,当一个人顺利时可以独自行走,但当一个人困境时真心需要结伴前行。在自己以泪洗面的那段日子,偶尔也会想起给陌尘发个消息寻求理解和安慰,厉害的是每次他简短的话语都能点化我纠结的内心,语言的淡定、坦然、激励以及良好的心态就像一个标兵楷模经常让我感到自愧不如。我在他的眼里充其也就是个胆小、懦弱的小妹妹,需要偶尔鼓励疏导一下罢了。我们曾经在微信交流中有很多豪情壮语,比如专家说我们是孤立型的,发展期在十年二十年左右,所以我们是不幸中的大幸;又比如我们发誓誓死不坐轮椅,坚持锻炼,不让自己变成苟延残喘的样子。在我最低谷时,他的一句话至今记忆犹新,他说:"为什么你总盯着失去的半杯水,而不看水杯里还剩下的水呢?"如果有一天真的最可怕的事实降临了,那就学会适应那样的自己和生活。然而,随着时间的推移,上帝把这杆秤偏向了我,很快,陌尘的语言和右手病情迅速发展,去年下半年咀嚼、吞咽也出现问题,为了保证营养,只能每天把食物打碎成流质状便于吞咽。但即便那样,他还是经常鼓励我说你能吃就替我多吃点,千万不要被我的负面情绪和消息影响。于是在他的支持和鼓励下我慢慢觉醒了,我拉着他开始了"冰语阁"的创建,我拉着他天天必须锻炼,我拉着他做他自己喜欢的摄影展,我拉着他奔向了无数个难以想象的不可能。只因他说过:"最好的礼物就是彼此陪伴,在最困难的时候相互拉一把,鼓励一下!"

我不知道政委属于纪律部队里什么级别的官儿,但是接触下来,陌尘确实有领导的才能。首先是敢作为。陌尘进入渐冻人病友群比较晚,群里有全国各地的病友,大家一般聊聊疾病诊断治疗,逗逗乐子。群里每天都有人在发言,反映出不同的性格角色和心理特征,陌尘也积极地参与其中,渐渐地他发现很多病友或家属对此病的认识不足,盲目地尝试各种不科学的治疗,还有一些神医骗子们趁火打劫。他劝过、争论过、被揶揄过、被误解过,但他并未妥协。正因此,陌尘果断地拖着群里那些热心帮助病友,对疾病有正确认识、有思想、有经验、理性的病友建立了"冰语阁"病友群,目的就是科学认识疾病、理性面对疾病、积极对抗疾病、相互帮助、共渡难关。其次是处处彰显正义。也许是职业的塑造,即使沦落成病人的角色,我始终觉得他身后有着一名军人的光环指引着他的为人处世。平时只要听说哪个渐冻人群里有号称能治愈这个病的超级大师,他总是用巧妙的问题让神医露出马脚,提醒病友们小心在求医心切下被所谓的神医坑蒙拐骗。最后是细心体贴。群里谁经济困难,生活最艰辛,病情严重,他都在平时的聊天时默默记下了,只要是有关 ALS 的最新研究动态他总是第一时间和大家分享,希望给病友们传递信心和希望。逢年过节他还是群里最乐意发红包的一个人,他总说凑个热闹,来点气氛,让大家高兴高兴。简单说,他很少把自己的不易或困难说出来,他永远带着一种与生俱来的安全感和信任感,是大家值得信任的群主。

依靠着大学是学医的背景,陌尘不仅有着军人的气质形象,同时还有着白衣天使救死扶伤的情怀,他本身还是精神科副主任医师。在"冰语阁"公众号创建没多久,陌尘就着手组建了"一米阳光冰消雪融"渐冻人病友群,组建的理由据他说只有一个,他想利用他的专业以及学医同学的人脉网帮助更多的病友。正如他所说,建群就是传播对渐冻症的正确认识以及最新研究动态,病友其他的病他也积极解答,自己拿不准的就请来搞专科的同学帮助解答指导,从呼吸科到消化科再到骨科几乎有问必答,及时解除病友的疑虑。同时,对 ALS 研究动态,陌尘也积极关注,对学术论文的理解也更深刻一些。另一面看最痛苦的也是他,因为他时刻清晰地知道自己下一秒将会面临何种残酷的困境,却始终以最坚强的一面出现在群里的病友面前,转发一些积极的科研信息,哪怕一点点微光,也要大家燃起心中的希望,坚强地走下去。

说陌尘满腹才华,要从他的摄影作品和帮我修改文章说起。记得2017 年元旦,陌尘用美篇自己创作了《我的 2016》。当时我和他只是宣武医院的一面之交,还并不是很熟悉,但那个不经意的作品让我瞬间汗颜了,每一张图片和作者配的文字都是我久违可以直戳心灵的美感,且这种美感还带给读者一种可以冲击到精神的力量,轻轻的,淡淡的,却凝固在永恒的时间隧道中,让你超脱凡俗好像置身仙境之中。在他的文中有一段至今记忆犹新的文字,他说:"总以为时光很长,殊不知生命无常,2016给我一个劫,但我不相信会成为难,因为苦难总会伴着坚强,太多的短暂来不及一一道别,突兀得有些措手不及,可我还是站立在这岁末年终,用微笑书写过去,用坚持面对未来,不苟且,不埋怨……"好一句"不苟且,不埋怨"!让当时沉沦的我好像打了一针强心剂,瞬间感受到了榜样的力量。就这样每次情绪低落坚持不住的时候,我总会下意识翻看陌尘微信朋友圈的内容,试图从他的镜头和诗词中找到另一片没有疾病和痛苦存在的世外桃源,让自己置身于大自然的怀抱中去体会沧海一粟的渺小。准确说是陌尘的诗词和照片让我慢慢认识并靠近了他,因为当一个人活成一束光时,无论他是谁,是贫是富,健康或疾病你都会不自觉地想靠近这束光源来照亮自己。慢慢地我和陌尘越来越熟悉,在创建"冰语阁"的那一刻,脑海中蹦出的第一人就是他了,他有才,我有胆,两人一拍即合,从公众号取名到功能介绍,再到我每一篇文章的问世,陌尘都是背后的无名军师,一直默默支持和扶持。小到一个标点符号,大到一篇三千多字的文章,他时常比我还积极和上心。有一次他开玩笑地对我说,过去在单位本部门有信息上网我得过目修改,病了在"冰语阁"我倒成了你的语文老师。对于一个正经读书只读到小学四年级的我来说,每一篇文章都在陌尘的精心指点下焕然一新。我获得了读者的赞赏,他却在幕后默默鼓掌。可惜,如今的他左右手都打字困难,我唯一可以表示谢意的只有用自己这双半残的手抓紧时间记录下我们曾经一起走过的点点滴滴。

从词义来解释,阳光和孤傲似乎有点矛盾,陌尘在我眼里本身也是一个矛盾体,他阳光的背后隐藏着一份孤傲的性格、一份不随波逐流的人生秉持、一份与众不同的审美角度和生活态度。每个喜欢摄影的爱好者一定内心是阳光的,因为他们渴望用自己手上的镜头把天下最美的人、物、景记录下来,陌尘就是一个爱祖国大好河山、念一年四季风景的业余摄影爱好者。他的每张照片都充满着生机和希望,即使是拍到伤感的秋季落叶也能读到坚强和释怀。陌尘说他平时最喜欢的运动就是踢球,跑步,他的愿望是退休后拿着相机走遍世界,用镜头记录下世界的美好。然而一场意外降临的疾病竟让这个梦想早早夭折,我很难想象当他的双手拿不起相机,无法敲击心中的情怀,不能游走于山川河流时需要多大的勇气才能做到真正放下。在这份让人都佩服的坚强背后,我却时常能读到他像水一般的多愁善感,他一次次寄情于希望,却一次次被残酷的病情击打,即使这样,依然反复说不要把负面情绪带到"冰语阁",只要活着就有希望,我们要用行动证实自己仅有的力量。他说他的一生都在顾及,能自己完成的事情绝不麻烦别人。是的,他已经习惯把阳光留给别人,把黑暗留给自己了,而且从不抱怨或埋怨,只有心甘情愿。尽管未来不得不面对苟延残喘的日子,然而在他那份坚定的眼神中依然可以解读到对未来的态度,就像他的作品充满着正能量,随时静候飘落但绝不妥协低头。

每一个成功男人背后都有一个默默支持的女人,陌尘也不例外。陌尘的爱人,大学同学,娇小可爱,小小身躯隐藏着巨大的能量。什么是"执子之手,与子偕老",认识他俩我好像才理解这句话的真正含义。生病两年我和陌尘夫妇一共见面三次,每次撒尽恩爱狗粮,让我这个吃瓜的群众煞是羡慕。第一次于宣武医院,妻子紧挨着陌尘身边焦虑的等待结果,从眼神看,妻子比他还要焦虑不安。接着再联系得知因为陌尘宣武住院治疗无效后妻子几乎一度抑郁,但是妻子没有就此甘心,依然不断地到处打听治疗方案,先是带着丈夫来到杭州拜医求药,接着是北京各家中医针灸和康复中心,随后只要媒体有报道哪位神医在研究此病就积极在网上填报材料帮助丈夫争取一切机会。就这样从过去几乎不用操心的幸福小女人变成今天样样都要自己干的大女人。第二次见面是在他家附近的一家小饭馆,当时陌尘已经说话很模糊了,结账时夫妻间打情骂俏的一个动作让我大为吃惊,大难临头还能把丈夫当个宝一样宠的女人估计在当今社会实属不易,更可敬的是,夫妻间的举案齐眉足以抵挡绝症带来的恐惧,让别人眼里的灾难瞬间变得轻描淡写。一年后由于劳累过度,妻子身体响起了警报,在妻子手术后的第二天陌尘只给我发了两行字,"昨日的每分每秒对我而言都是痛苦不堪的,看她如此受罪,我却帮不上任何忙,是我连累了你嫂子。"第三次见面是去他家看望刚出院的嫂子,见陌尘比之前消瘦了一半,当时他已吞咽困难,每天靠喝糊糊维持身体营养,妻子虽然术后人很憔悴,虚弱,但对丈夫的事情依然竭尽全力一如既往地用心,哪怕有一丝延缓病情发展的希望也绝不放过。今天的陌尘就像一个婴儿,一切都要靠妻子来照顾,对于一个曾经心怀大志、血气方刚的七尺男儿而言内心该有多煎熬啊!我曾经多次问陌尘,你明明知道我们没有希望,为什么还要坚持?而他的回答从来只有一个,因为我不是一个人!我不怕你嫂子照顾我多辛苦,但是我怕她看不到我会伤心难过,为了家人,我只能选择坚持。

前些日子陌尘问我在忙什么?我说为了我的男神天天追剧,他说你男神是靳东吗?我说你怎么知道的,他说因为我了解你!没错,因为了解让我们从素不相识变成今天互相陪伴的病友,从各自的绝望变成携手走过无数难熬的日子,从健康一起开始学会接受并适应残缺的身体,从人生的巅峰时刻慢慢降落到低谷……我们的软弱只允许在彼此面前出现,因为只想把最坚强最阳光的一面留给关心和爱护我们的人。的确,渐冻症是可怕而绝望的,但正因为在不远的地方你知道还有一个人甚至一群人正和你同病相怜,为此你依然可以在黑暗中看到一丝微光,因为对方的坚持看到了方向和希望!因为对方的坚持觉得疾病和死亡不再那么可怕!这就是我和陌尘平凡的故事!

最后我想说感谢因 ALS 与你相识,让我们一起抱团取暖抗冻,一起等待解冻翻盘的那一天。

绚烂的生命旅程

作者：暖禾

当你觉得已经山穷水尽，
何妨不投入自然的怀抱。
在那里，
有东升西落，有月上林梢，
有飞鸟还巢，有大雁南翔，
霜晨里一缕射到肩膀的阳光，
夏日里一丝拂过面颊的凉风。
我们在这风花雪月中，醒过来……

尽管我们的身体活动，
面临着种种困难，
甚至是引来旁人的异样眼光，
但在前行的道路上
心怀愿力与感恩，
你会获得神奇的力量
战胜所有的烦扰
唤醒一直沉睡的生命

照片上定格的每一个瞬间，
都需要我们付出常人数倍的艰辛。

辑五 冰躯化微光 点亮彼此的希望

但那笑容背后，
昭示着我们
同样可以用微笑的姿态，
迎接每一天的挑战，
我们依然可以
拥有充满意义的人生。

加油吧！
迈开你的双腿，
冲破你的顾虑，
用坚强和愿力
主导自己的生命旅程。
用感恩和包容
感受赞叹点滴的绚烂。
我们每一刻的努力，
都汇入了生命的长河。
我们每一瞬的觉知，
都增加了生命的厚度。

勇敢面对　用爱解冻
——一个 ALS 患者家庭的抗冻之路

作者：阿拉伯人

大家好，我叫阿拉伯人（心灵），今年 37 岁，我的爱人叫奇奇，我是来自黑龙江的 ALS 患者家庭。我至今发病已经五年了，从初期的正常人，到中期生活不便，如今的我已经不能自理。下面我与大家分享一下我的抗冻之路，与大家共勉，希望新病友少走一些弯路，理智抗冻。

天降噩耗，身患绝症

2013 年 5 月 8 日，我终生难忘，我的人生轨迹从那天开始改变。

那天我的同事忽然问我："你胳膊的肉怎么自己跳啊？"并开玩笑地说："不会是帕金森吧。"我就去当地医院看病，做了颈椎核磁结果正常，然后大夫说你去做个肌电图吧。预约了半个月做上了肌电图。当时做肌电图的医生就唉声叹气，我一猜完了患上了不好的病，但没想到这么严重，肌电图报告的结论是广泛运动源损伤。拿着报告看神经内科专家，给我的诊断写的是运动神经元病，并告诉我和霍金一个病，当时我爱人陪我去的，我忘了我是怎么回来的了，回家一百度才知道我得的是世界五大绝症之一的 ALS。当时的心情可想而知有多么的沮丧，我的爱人一直安慰我、鼓励我。可以说有了她的不离不弃才有了我乐观抗冻的局面。

勇敢面对，不离不弃

"生活对每个人都是公平的，抱怨也是一天，开心快乐也是一天。生命无关乎长短，而在乎质量。"这段话是我爱人经常和我说的话，得了ALS后，我沮丧过，抑郁过，哭过，闹过，觉得为什么自己这么不幸，才32岁啊。我的爱人那时候跟我说我给你生个孩子吧，一家三口和和美美地生活，也许会感动上天，出现奇迹。听完以后，是啊，生活很美好，癌症也有活很多年的，只有坚定战胜病魔的信念，才可以活得更久。

患病后，度过了一个多月的抑郁期，我重新站了起来，树立了活下去的信心。这期间，我和普通人一样地生活，空暇时间看看国内的病友论坛、QQ群学习疾病知识，使自己能理智面对病魔，不乱吃药，不乱求医。

不久，我爱人怀孕了，更给了我生活的信心。

2014年6月18日我儿子顺利诞生，我成爸爸了，冲淡了病魔带来的痛苦。由于虎口萎缩了，2014年9月去北京协和医院李晓光教授求医，最后结果也是ALS。当时确诊的时候，李晓光问我吃不吃力如太，我爱人坚持要吃，开了三盒的单子，当时我儿子还没到百天，家庭收入不到五千一个月，而一盒药四千三，出了诊室后，我借上厕所的时候，把药物单子扔掉了，随后说服了爱人，没开药回来了。

回来后，我爱人四处打听医疗信息，药物信息。期间，我吃过中药、蒙药、藏药、按摩、针灸过，但效果都不明显。2016年春节期间，我的病情越来越严重，亲朋好友都慢慢知道了我的病——渐冻症，都为我可惜，最后通过远房的法国亲属开具外文处方，吃上了国外的力如太。当时，爱人奇奇为了解药物信息，在李晓光病友群了解，听说异丁司特、熊药等试验药物对疾病好，就通过关系从日本给我买到了，我吃了一年多，花了不少钱，她毫无怨言。为了补贴家用，在工作、照顾孩子之余，她做起了代购，亲朋好友以及他们的海外资源都无偿提供给我们，帮助我们这个让人惋惜的家庭。

可以说，通过吃各国药物，更加让我开阔了视野，与国际接轨，不再鼠目寸光，知道家人没放弃我，克服千重万阻，购买外国药，更加坚定了我好好活着的勇气，因为我知道我的家人需要我，我的朋友需要我。

帮助病友，发挥余热

生活的磨难造就了我坚强的意志，病痛的折磨使我认清了疾病的残酷。2016年春节后我进入各个病友群，与广大病友交流，分享自己的经验、看病购药心得体会等，为病友科普各类疾病知识，使大家少走弯路。

同时随着病情的发展，我做了胃造瘘，用上了呼吸机，使用了眼控仪、咳痰机等设备，并把自己的试用心得、购买注意事项等各类信息，用"心灵黑龙江"发布到家园论坛，至今已发表各类主题帖70个，回复各类帖子786个，并成为了论坛超级版主。

在我患病后得到了许多好心人的帮助和指点，所以我的爱人奇奇也怀着感恩的心，在各大微信群，积极帮助病友解答各类问题。我们一家的事迹被微信群主推荐到国外ALS组织的推特上。

如今，我的病情继续发展，两年都没用嘴巴吃饭了，胃造瘘打管，用托比眼控仪打字，用呼吸机辅助呼吸，用咳痰机排痰。可以说，在正常人看来，我备受折磨、遭罪，但我很乐观，因为有爱人的关爱，有父母的护理，有看孩子一天天长大的愿望，促使了我不能掉队。病友们都说我满满正能量，我积极的生活态度和微信群里耐心解答感染了他们。

疾病不可怕，可怕的是人失去与病魔抗争的勇气。我希望病友们能够乐观开朗，也希望科学家们早日研究出来治疗ALS的特效药，战胜病魔。

阿拉伯人，真名李茂军，男，37岁。患病六年多以来，我的感受是：面对绝症，只有依靠病人顽强的意志，家人的关心，呵护，才能在抗冻的道路上走得更远。我坚信，有家人的不离不弃，有"冰语阁"病友的互助，有爱心人士的关心，我们一定能等到科技突破的那一天，实现解冻。

辑五 冰躯化微光 点亮彼此的希望

遇见更好的自己

——寄语 2018

作者：暖禾

引 言

这是一篇我希望在 2018 元旦前赶出来的文章。不料，正式截稿前发现丢掉了三分之一的文字。历经几天艰难的敲击就这样消失了，内心是难以言表的沮丧，许久再也没有拾起那一份心情。经过一段时间的暗暗酝酿，又下定决心，重拾心情。其实人生时时刻刻都充满着不可预见和无法把控的下一秒，意外随时都会发生，就像丢失文字的文章。懊悔、沮丧、抱怨都于事无补，等待你的只有两个选择——放弃或者坚持。2018 我选择后者，期望你也和我一样，因为这个共同的意外，遇见更好的自己。

2018 即将来临，作为"冰语阁"公众号的创建人，这几日内心有一种不知打哪儿来的想说点儿什么的强烈的冲动：也许是怕今天不说，日后再无机会；也许是 2017 活得太艰辛，有一种要熬出头的激动；也许是有太多的感慨和感动需要在告别 2017 之际，与你们分享；也许是以我的每一根渐冻的神经挑战不可思议的生活角色的心得……我思考着我冲动的来源，今天我终于有了答案：那就是感谢信念！感谢好人！

如果你问我 2017 干了什么，有什么收获。作为职业舞蹈教师，我只能说一事无成；但作为 ALS 病人，我可以欣慰地告诉你，我做了"冰语阁"公众号，一个让很多人都愿意来取暖的地方。

因为爱 所以坚持

这里的成员来自五湖四海，从未谋面，但他们的情比海要深，比山还高。你所有的痛苦，孤独和不易，只有他们最懂。在这里你能感受平等、关切的目光，享受轻松无碍的交流，重获真挚的尊重和赞美。我想说，"冰语阁"因为有了你们而不再冰冷，因为有了你们而遍洒阳光。我也因为有了"冰语阁"，重新找到了精神寄托和人生目标。

"冰语阁"每天发生的故事让我丝毫不敢埋怨生活，让我不敢放松与病魔战斗。"冰语阁"更让我不再觉得自己一无所有，废人一枚。应该说，2017年我获得了不同于之前人生轨迹的一份意外收获。而这一切也只是源于一位朋友的话："暖禾，不要再纠结在小我的痛苦之中，你应该通过帮助更多的人，从他们身上获取爱的能量，这样你才能快乐每一天。"

感谢——信念

我曾经很仰慕俞敏洪、马云、刘强东这类白手起家的创业人，他们对事业百折不挠、追求创新；对精神不断更新完善、超越自我。他们一直是引领我积极面对工作学习的榜样。今天，当自己一不小心成为病人时，才知道他们那种追求事业成功的精神信念和渐冻者无法同日而语。因为他们的信念始终伴随着希望，而渐冻者的信念是在绝望中的坚持，在渐进的僵硬中依然还能微笑。

我先生曾经给我讲过一个故事，说有一种士兵会不带降落伞直接登上开往前线的战机，要么拼死，要么凯旋。ALS的患者在我眼里就像那不带降落伞的士兵，他没有回头路可走，他只有在与病魔战斗的过程中，绽放生命的光彩。渐冻者每天醒来都能清晰地感受到身体被恶魔悄无声息地拿走本该属于自己的一样样功能，先是双手，接着双腿，然后声音，再然后吞咽，最后是呼吸，最终只给你留一双能眨的眼睛，一对能听的耳朵以及随时感受整个吞噬过程的大脑。眼看你曾经强壮健美的肌肉一点点萎缩，弯曲，枯萎，凋谢，眼看你曾经拥有的一切美好都在和你说再见，在这个消亡的漫长道路上不管你多努力，多坚强，你永远只能与失败和残忍相伴。

然而生命的可贵和光彩就是明知前方没有希望，凭着一股信念和责任做到的永不放弃。在我们这类人群里如此感人的故事不胜枚举:天堂鸟作为渐冻人公众号的管理员,用眼控仪为所有新病友和家属无偿答疑整整工作了五年,不久前他真的被派往了天堂;杭州的陈炳旗老中医用超人的意志力研发一套锻炼方法,与病魔整整抗战了二十多年,如今花甲之年依然奔赴全国各地传授治病经验;"冰语阁"的陌尘用左手每天爬格子为病友们查资料,答疑,剪视频,找音乐,改文章……

虽然各个群里隔三岔五就有某位战友突然离世的噩耗传来,但爱的温暖和传递一直让大家对这个世界依然充满了留恋和信任。这就是信念的力量,我不但要活下去,我还希望用我微薄的力量去帮助更多的患者。

信念真的可以创造奇迹。

你看,信念让我完成了只身一人北上看望孩子的心愿;信念让我们的秋月姐撑过了 7 年,打破了医生最多存活 5 年的科学评估;信念让在墨香、水一方、勇锅、刘春和、懂我不言等战友们依然可以在今天坦然地笑对人生,歌唱明天。信念更让我们有缘成为风雨同舟的一家人,所以 2018 我要向这群怀揣着坚定信念的战友们致敬!

感谢——好人

家人在你无助的时候,义无反顾地陪伴你帮助你,那是所有有爱家庭的共同属性。北大女博士娄滔依靠着父母的爱在死亡边界线一次次挣扎;病房里患病 16 年的张阿姨靠儿子照料所有的生活起居;山东济南的猫妈把退休后所有的时间和精力用来陪伴爱人。这样感人的事迹在 ALS患者的队伍里几乎家家都有,因为即使患者没有治愈的希望,家人也希望用爱陪伴他们度过人生最后的时光。

我今天特别想感谢的是一个个素不相识的社会好心人。

2016 年 301 总医院肌电图确诊那一天,主任医生在我人生崩塌的那一刻,放弃中午休息时间耐心劝导我,为我专程打来一碗热腾腾的牛肉拉面,反复叮嘱慢点吃,不要呛着;去往北京的火车上,同车厢的帅小伙在整个旅途中义务为我打水送饭;家里小时工白阿姨特意为我组织教会的姐妹们日夜祷告;今年的圣诞节,酒吧好心的女服务员亲自搀扶着护送我到家,老板也毫不犹豫免去我当天的最低消费,安排最方便的位置让我观看表演;对门邻居知道我的情况,只要在家就义务给我穿衣送饭,有困难一个电话随叫随到;一人外出时遇到过无数位好心滴滴司机特意下车为我开关车门;马路上意外摔倒,更是有不怕碰瓷的好心人上前搀扶。这一件件暖心窝的事最终都化为抚慰渐冻身体的一剂良药,成为我继续前进的动力。

因此,2017感谢这些平凡的人和事给我灌注了足够的善良和爱心来抵御病痛的折磨,让充满正能量的自己,奔向美好的2018。

得病两年,听到最多的劝词就是,你要坚强,坚持,人都有一死,需坦然面对,努力活好每一天。说起来轻松,真要做到,谈何容易……

"坚强坚持",我赞成。以前以为,坚持就是永不动摇,现在才明白,坚持是犹豫着,退缩着,纠结着,心猿意马着……但还是要继续往前走。对我而言就是含着委屈的眼泪,怀着绝望的心情,一次次地重新起航。

"人都有一死,需坦然面对",我赞成,死亡并不可怕,可怕的是不会珍惜、不敢担当、不敢面对、不负责任,甚至自暴自弃。对我而言其实比面对死亡更害怕的是失去一切曾经美好的人和事,并成为他人的负担;是心有余而力不足,心有怨而口难言的煎熬。比起活着,死亡似乎更容易满足我短平快地结束痛苦的诉求。所以今天,我第一次敢说,我不怕一切牛鬼蛇神、劫难、噩运甚至死亡,因为已经最坏,还能怎样。

"努力活好每一天",我赞成。即使明天死,那今天也要好好活。孔子讲"朝闻道,夕死可矣"就是这个道理。

这段日子因为病情的恶化,我的体内每天好像都有两个小鬼在打架,一个是日渐僵硬无力的四肢,一个是怀揣无数梦想的野心。我时刻提醒自己抓紧时间,一件件事有序进行,你一定能在生命的最后一秒交出自己满意的答卷。可喜的是在这样的生活状态中,我经常因为沉浸在做事的投入中而忽略了病魔的痛苦和可怕。即使有一天真的废手废脚,我依然要活出自己的价值。当然做到并持久坚持这点真的很难,因为不在于你能做到多少,更取决于你能承受多少。

所以新的一年我们没有时间等待,抱怨,焦虑,虚度光阴,这份肩上的责任时刻命令我要抓紧时间,不只是想想,而是脚踏实地地行动起来。

我坚信人的精神力量是医学乃至科学无法预估和解释的，与其坐着等待遥遥无期的解药和无法控制的病情，不如此刻行动起来，完成所有的心愿。最黑的那段路，还得自己走完。既然2018没有退路，没有选择，那就勇往直前吧。无论什么结果，只求在奄奄一息的那一刻，可以微笑地闭上双眼，然后告诉所有的人，我幸福地度过了这一生。

最后我想感谢"冰语阁"的另外两位合作伙伴，暮夏和陌尘，是你们坚定不移的支持和陪伴让我在绝境中遇见了更好的自己。期待新的一年大家继续努力，让"冰语阁"温暖更多的冰冻者，帮助所有的人遇见更好自己。

结尾寄语：
无名说最美好的生活方式
不是躺在床上睡到自然醒
也不是坐在家里无所事事
更不是走在街上随意购物
而是
和一群志同道合的人
一起奔跑在理想的路上
回头有一路的故事
低头有坚定的脚步
抬头有清晰的远方

我心自有光明月

——一切都是最好的安排

作者：暖禾

不知不觉又到了元旦，回想起去年我《遇见更好的自己——寄语2018》为公众号募集了五万元的爱心打赏，从此我便有了第一桶金，踏上了制造梦想创造奇迹的旅程。这一年来，我们有了《因为爱，所以坚持——中国渐冻人的自我书写》这本书的出版，有了《人民日报》对"冰语阁"渐冻人群的报道，有了明年即将开拍的《渐冻人家庭护理片》。这一年来，我们得到卢新华、杜卫东两位文学界大咖的无私帮助，光明日报出版社的支持，得到崔永元、何炅等三十一位明星专家对新书的大力推荐……这一年，"冰语阁"走进了更多人的视野，鼓舞并影响了全国各地很多和我一样的渐冻患者。

尽管疾病依然在无情地吞噬着我的健康，身体各项功能已远不如去年元旦。这一年却让我更深刻地认识到生命的意义，这一年我付出的种种努力，也让我的心感到一些安慰——即便明天就死，也不枉我此生了。人生最大的幸福感莫过于你曾经被别人需要，你曾经帮到过别人。佛门有一句话叫作："万般将不去，唯有业随身。"我知道，2018会有一些善业跟随我。

2019我的肉身会逐渐被禁锢，但是我的心会更自由，这也许就是2018送给我的最好的礼物。我愿与所有"冰语阁"的朋友们分享心的自由，将我2018点滴的感悟，奉献给2019的你。

感悟一：再弱微的生命都有发光的机会。

平时我特别喜欢听复旦大学女神教师陈果的讲座,这句"再弱微的生命都有发光的机会"是她在课上提到的。幸运的是我一直对自己这个奄奄一息的生命体充满了自信——面对生活中的困难,我总是相信只要能挺过去就会前途无量——这一次,也一样。我常想,我只是被上帝临时派遣到另一个舞台而已,我怀着破釜沉舟背水一战的心情和病魔小人越斗越勇、越斗越乐。我甚至想,这不是一次灾难,而是上天要降大任于我啊。我以我的病躯,在最黑暗的地方,努力发出哪怕是极微弱的一点光。那光虽然微弱,但那是我发出的,更重要的是,我知道它能给我周围的人带来一点光亮,带来一点温暖。而生命的全部意义,正在于那一点光亮。

感悟二：心怀善念,天必佑之。

小时候跟着妈妈后面经常烧香拜佛,尤其是遇到家中大事还会专门去庙里祈求佛祖保佑。以为只要心诚,佛祖都会满足我的心愿。2015 年我和我母亲相继病倒,似乎佛祖的力量也难以阻挡我们家庭这场毁灭性的灾难,于是求佛的动力也就渐渐削弱了。蹊跷的是,我与信仰的缘分却并未终止。我在北京家里请了一个小时工,她竟然是耶稣的忠实信徒,她对我那种发自内心的关心爱护深深地震撼了我。在她的影响下,我走进了教会成了一名基督教徒。但我不够心诚,既没有坚持天天祷告,也没有天天读圣经,上帝似乎也因此对我没有特别的眷顾。回到家乡照顾我的阿姨居然是一位学佛十几年的居士,在她的督促和影响下我对佛学有了浓厚兴趣。于是东西方信仰的双管齐下,让我对信仰有了新的理解和认识。我希望 ALS 患者都要有信仰,这种信仰并非找一个求告的对象,而是通过信仰去发现宇宙和人的真相,尝试培养一颗超脱包容的心。当你拥有了超脱包容的心,你便从当下苦痛中脱离出来。你的内心会感到自由,这种内心自由的快乐是其他物质享受无法相提并论的。我曾经在朋友圈感慨道,活到今天从来没有一件事像做"冰语阁"那么顺风顺水,顺利到自己都不敢相信能有今天的成绩，顺利到自己未曾料到能在这个舞台上挥舞得如此多姿多彩。当你的内心充满真善美的愿望时，它会以一种强大的力量，凝聚种种因缘，连老天都会为你一路开绿灯。宇宙万物看不到的潜规则就是如此神奇。只要你坚定自己的善念，病魔早晚会被击垮。即使我们的肉身有一天被无情地带走了，我坚信灵魂和内心依然是快乐的。

感悟三：学会与苦难和解共处，努力成为一个有幸福能力的人。

人人都有一本难念的经，每个人都有自己的苦和难，或是疾病，或是贫穷，或是纠缠不清的情感，或是童年挥之不去的阴霾。学会与苦难和解，与苦难共处是我们每一个人都该有的生存之道。ALS是常人难以想象的苦难，但面对这种苦难自怨自艾下去显然是不明智的。慢慢尝试面对它、接受它甚至调侃它。苦难不再带来单纯的痛苦体验，它成为对手成为谈话的对象，成为一个老朋友。三年来，我在这样的苦难中日渐凋零，也在这样的苦难中一步步强大。

在身体被禁锢的日子里我学会了不断和痛苦和解。当自己彻底不能说话时，我常想言多必失，于是丧失语言功能的我只能开发大脑思考，动手写作，用眼睛耳朵阅读学习来填补内心的诉求。因为不能说，事事必须提前考虑周到，因为谁也没有时间等你慢慢打字讲解，你想办成事情只能比正常人多付出。因为不能动，我自创了一套适合自己的锻炼方法，每天像蜗牛背石头那样傻傻坚持着，不论它是否对病情有利，心里开心踏实就行。因为不能动，所有想做的事只有靠别人完成，强迫症的我经常干着急，自我斗争，于是我学会与现实和残缺共处，不断调整心态另辟蹊径，退一步海阔天空。离开自己曾经的最爱和习惯，创造新的寄托。因为不能动，我学会了珍惜，视时间如珍宝，因为不知道明天还能不能打字再与这个世界对话。因为不能动，我学会了忍受煎熬。睡觉不能动就边听书边入眠，分散注意力。痒了痛了烦了就看看心灵鸡汤和佛经让前人的智慧为自己疗伤，哪怕暂缓也行。好在老天怜悯还给我留了一口气和一口饭，于是在我情绪沮丧的时候就经常会想到胃造瘘和气切的兄弟姐妹们，顿时觉得无比幸运，告诫自己知足吧。于是日积月累后，所有的苦难便成为了生活里理所当然的一部分安放在心里。

接受苦难,是对自己的接受,也是对残缺的自己的接受。我希望有一天苦难离我而去,我也感恩苦难让我开始明白生命的意义。

感悟四:无数个无负今日,才有可能创造奇迹。

尼采说每一个不曾起舞的日子都是对生命的辜负。既然我们不得不来这个世界走这一趟,那就请把你的人生过成值得庆祝的日子,不要虚度这来之不易的一生。所谓过去就是已完成的现在,所谓未来就是当下的延续。一切未来都是由当下而决定,当你用心、真诚、努力地过好今天,其实就是在善待你的未来。死亡和明天不知道哪个先来,我们唯一能把握的只有此时此刻。只要我们是尽心尽力,全心全意,所谓的结果早已无关紧要。如果你问我梦想和行动力哪个更重要,我会毫不犹豫地选择后者,因为我们没有时间和速度,我们只能像乌龟一样,每天努力达到一个小目标,用铢积寸累的方式或许未来能完成一个自己都难以置信的梦想。

人间自有真情在,当自己遇到危难的时候,才知道被这么多的陌生人关爱着。当你爱着别人的时候,你的身后也有人在偷偷地爱着你。我要在有限时间里最大限度珍惜、铭记那些给予我温暖和力量的人。感恩 2018 的陪伴,一起迎接 2019 的朝阳。

世界以痛吻我,我却以歌报之,作为 ALS 患者,新的一年你别无选择。

诗歌两篇

作者：全心全意

冰语歌

萎缩无力烦事多，肉跳心惊谁奈何；
担惊受怕助发展，平和心态好吃喝；
烦事琐事由它去，不把病字心上搁；
担忧不要成心病，心理疏导多按摩；
能走一步是一步，实在不行轮椅车；
不懂一定多请教，常到群里唠唠嗑；
不钻牛角死胡同，太阳不怕云彩遮；
不想明日身后事，哼个小曲听听歌；
乐观心态慢发展，相信疑难被攻克；
曙光初现待时日，拨云见日奏凯歌。

一米阳光

玉龙雪山四季寒，
渐冻人生起波澜；
一米阳光昙花现，
耀我身残志不残。

冰语情 人间爱

作者：雄

总有一些人，来到你生命中，让你懂得这世界不仅有爱，更让你学会了感恩！

我是一名来自广东茂名的 ALS（渐冻症）患者，今年 40 岁，发病 3 年，目前已经完全不能自理，生活起居都要依靠家人照顾，而我唯一的依靠就是我年迈的母亲。母亲 75 岁了，右眼失明，腰间盘突出，走路很费劲。我的父亲 84 岁，几年前做过股骨置换手术，去年摔倒后已经无法行走，还患有老年痴呆、糖尿病。照顾我父子的重担就压在母亲的身上！她每天早上五六点起床，父亲血糖高不能吃粥，母亲要先煮饭炒菜给父亲，再煮白粥给我。安排好父亲然后帮我起床，给我漱口洗脸，喂我吃完早餐。

陀螺一样重复着日复一日的忙碌。

我的四肢已经无力，胳膊、大腿像木棍那么细，肌肉萎缩得厉害，根本无法从床上移动到轮椅上。母亲为了让我能坐一会儿，用她已经被生活的重担压弯了的肩背，架着我扶着桌子一点点蹭到轮椅上，一待就是半天。由于身上肌肉萎缩得厉害，身体僵硬疼痛。母亲看着我这副样子也是心好疼，有点力气的时候还要给我按摩，尽力想帮我缓解。看着她那苍老粗糙的手我眼泪就止不住，真恨自己得这个破病，恨透这副病骨残肢。

照顾一个 ALS 病人已经足以让一个贫困的家庭濒临崩溃的边缘，而我的母亲还要同时照顾两个病人。本应该被人照顾的年纪，却要如此艰辛的劳累,燃烧自己的生命照顾我们父子,每天干不完的家务还有地里的庄稼活。

我吞咽困难每次只能吃很少,一次饭就要喂好久。我虽然口舌健全却已经发不出声音,交流基本靠猜,她好难明白我的意思,经常急得老泪纵横。最怕夜晚的到来,夜深人静时也是伤心时,身伤心更伤。

肢体的僵硬萎缩已经不能翻身,只能眼巴巴地瞪着天花板等天亮。这时还是母亲拖着疲惫的身躯走到我的身边为我按摩翻身。我太清楚她有多累有多想休息一下,可我这做儿子的什么也做不到,只能完全依靠母亲,真是心比黄连苦。

我也有想过放弃自己的生命,是我给这个家带来了沉重的累赘,无法照顾孩子赡养老人,还要拖累家人。找不到活着的方向和动力。非常消极,心如死灰! 可 想到年迈的母亲毫无怨言,用她瘦小干枯的双手撑起这个风雨飘摇的家,又怎能再承受白发人送黑发人之痛?

一次有缘的机会,让我走进了"冰语阁一米阳光群"这个大家庭。是群友们的鼓励和无私的帮助,让我重拾生活下去的勇气和信心,"冰语阁"伸出的援助之手,让我如沐春风,温暖着我渐冻的心,为我黑暗的夜点燃一盏心灯。这里的朋友鼓励我坚强地活下去,大家抱团取暖一起抗冻,众多的病友及陌尘和葛姐的无私援助,如一缕阳光明媚着我心中原本灰色的天空,让我懂得人间处处有真情。

有朋友可以分享心事的感觉真好,一份悲伤倾诉出去就只剩一小份,一份幸福分享出去就会复制很多份。冰语不冰,冰人有情,借用陌尘的一句话:"没有一种坚持会被辜负! 我要坚强地活着,哪怕像一棵卑微的小草,没有盆景花朵那般娇贵,但我们依然有属于自己心灵的那片开阔天地,顽强而傲然地生长。"

只要活着! 就有希望能等到解冻的那一天,我要报答最爱的母亲,也要回报社会,回报帮助过我的人! 感谢有你们,感谢我的母亲,感谢我生命中出现的每一个人!

穿过幽暗的岁月,守住崩溃的底线,时刻保持对生命的敬畏。不放弃不绝望,像一朵野花一样,用坚强和不屈,为自己绽放出一个春天!

雄,真名潘军雄,男,40岁,广东茂名人,2015年5月发病,2016年12月广州中山附属一院确诊为运动神经元病,现在胃瘘进食,24小时呼吸机,白天两个大姐两个小妹轮流来照顾,晚上年近八旬的母亲照顾!

感言:心中有爱永不停步,愿有一天能回报家人!

亲爱的你 牵我的手
——来自渐冻人症病友群的心声

作者：骆云星

我是渐冻人

因病而孤

因残而独

我怕太阳

因他升起

我会融化

我怕月亮

因她升起

我会隐灭

我想躲藏

不愿再见熟悉的人

人生之幕随之

草草落下

从此

繁华不在

风采不展

落寞的我加入了病友群

辑五 冰躯化微光 点亮彼此的希望

223

在这里

欢而不噪

忧而不伤

娓娓倾诉的时候有陪伴

不能自拔的时候有劝勉

在这里你常听到

只要今日活得好好的

哪管明天怎么样

心里稍许宽慰

可到了晚上

心里又满满的哀伤

忆往昔,风华正茂情洒阑珊处

可来日,岁月艰难朝朝又暮暮

有缘在这里遇佳人

你来自北国,他来自南疆

近在咫尺,又远在天涯

物以类聚的规则

驱使我想靠近

彼此汲取怜悯的温暖

可我没有了脚力

无法移动寸步

我想呼喊

可喉咙只能发出听不懂的声

我想挥手

可无力扬起手臂

亲爱的你

牵我的手

谁也别落下谁

同去的路上太黑
牵着手不怕

亲爱的我
挽你的臂
谁也不放弃谁
同去的路上太险
挽着臂不畏

或许
待到冰山崩裂、山花烂漫
那天
你我不在乎性别
紧紧依在一起呼号生命的蹊跷
一起感受
那生命峰回路转的悲喜

我们正值青年或中年
是脊梁,更是家中宝贝儿
可病魔步步紧逼
摧残了肢体
从上到下,从下到上
从左到右,从右到左
甚至无法宽衣挠痒
从气切到造瘘,再到窒息
索性不想苟活了
可不甘舍弃这生命呀
因未能养老送终
不符人伦
未能相夫(妇)教子

有违世规

有我在！白发不送黑发
有我在！丈夫不鳏
有我在！妻之不寡
有我在！儿女不孤
都说生命是多么的绚丽壮阔呀！
而我所渴求的
仅此而已

亲爱的你
释我苦愁
亲爱的我
慰你忧伤
你哭的时候
我用心接着你的泪
而我的心却在流血
只要
一只手能搀
一条腿能立
相互扶持就不会跌倒
亲爱的我们
大家一起走，一起走！

渐冻·呐喊

作者：徐亚洲

呐喊！呐喊！

我很想竭尽全力地高声呐喊！为我们这群渐渐"冰冻"的群体向全世界高声呐喊！

可是今天我再也喊不出来了……

我是多么多么想和以前一样口齿清晰地说话，可以自由地呼吸每一口新鲜的空气，可以很顺利吃下每一顿饭，多么想睡的每一觉再也不需要依赖安眠药也能睡得十分香甜，多么想和以前一样每天都可以废寝忘食地奋斗在第一线为我的父老乡亲们救死扶伤，可是，陪伴我的只有焦急、恐惧、渴望、孤独和无助的等待，等待着未来奇迹的出现！

每当看到年迈花甲的父母还在为我日夜辛苦操劳着，看到年轻的妻子总是无怨无悔无微不至并且不辞劳苦地照顾着我和整个家庭，看到我亲爱的病友一张张痛苦而憔悴的面孔相继离我而去，我们的亲人脸上挂着泪水还在为我们默默地祈祷着。这一幕幕难忘的回忆，伴着万分的煎熬每天度日如年，时刻备受着病痛和精神的折磨，每天都在网上苦苦搜寻着新的希望，时刻都和我的病友们保持着交流渴望着奇迹的早点出现，然而，等待我的依然是一次次的失落。我心里很明白我们的病是特殊罕见病、世界性的难题，也许未来会有奇迹的出现。我更是明白留给我和病友的时间不多了，多想在有生之时还可以为我亲爱的病友做点什么，哪怕可以为他（她）们减轻一点点的痛苦！哪怕让他（她）们能够在这个世上多停留一秒！哪怕献出我的躯体……

多么希望我们的政府和社会各界爱心人士（慈善组织）能够尽早关注到我们这个"冰冷"的角落，能够尽早伸出温暖的双手帮帮我们这个"冰冻"的群体，只要人人都献出一份爱，相信我们这个"冰冷"的角落也能感受到阳光的温暖！只要人人都献出一份爱，哪怕使我们能够在有生之时少受一点点病痛的折磨！只要人人都献出一份爱，哪怕我们可以带着一点点的微笑有尊严的离开……

亲爱的社会各界朋友您还在等待什么呢，您的一点点微不足道的关爱就是这个群体急切的渴望，早一秒得到您的关爱就可以给这个"冰冻"的群体带来多一线重生的希望！

行动起来吧，亲爱的朋友，从一双双焦急、憔悴、孤独无助的眼神中清晰地流露出这个"冰冻"的群体是多么渴望您和这个社会尽早地参与！

生命诚可贵，爱心价更高。

我为渐冻故，带来暖心笑。

满江红

作者：郭金林

漫世人生，谁料测、旦夕骤变。
懑蒙眼，苍茫祸现，患艰日暗。
脑健晴明身渐冻，兀知未觉肢逐缓。
寂凄凉，希骥等何年，愁悲忏！

负家累，肠欲断。亲者痛，自奋悍！
立精神，壮怀激情腔满。
冰语阁里温情暖，
一米阳光融寒散，
待等到，阳化沐春风，眉梢展。

辑六
亲爱的宝贝
好想对你说

·····

请原谅我

最珍贵的宝贝

说好陪着你长大陪着你变老

奈何终要食言

愿你忘记我　不忍心你遭受生死离别的痛楚

愿你记得我　我这艰难的经历能告诉你什么叫不放弃

但如若我只能许一个愿

我只愿你　平安康健

独立行走的宝贝

作者：墨香

　　宝贝，你十五个月了，在你小小的脑袋里也许根本不知道"妈妈"是个什么概念，你一个月就离开了妈妈的怀抱，从此再也不能像别的孩子那样拥有妈妈的爱抚，不能享受母乳的甘甜，不能听妈妈给你唱摇篮曲，不能听妈妈讲故事，甚至不能和妈妈有任何交流。你一次又一次张开臂膀扑向妈妈，却一次又一次失望地离开，每每如此妈妈都会肝肠寸断，泪流成河，恨自己的不争气，恨自己连最简单的东西都给不了你！没有经历的人根本无法感同身受这种痛苦和心酸！

　　终于，在一次次失望之后，你学会了独立行走，独立生存。十个月的你就可以稳稳地走路；十一个月学会摔倒自己爬起来；一岁学会自己吃饭；如今一岁三个月的你就可以跑得飞快；上楼下楼；爬高上梯；姥爷的三轮车你可以像猴子一样上去又下来，你总是这样不怕苦不怕难，上不去使劲上，下不来想办法下，一次次跌倒，一次次爬起来，越挫越勇，从不畏惧！有次你把小板凳套头上，结果怎么也取不下来，姥姥姥爷急得没办法，你还嘿嘿傻笑，最后不得已把板凳给剪了！接着你又把自己藏在柜子里，姥姥到处找不到你，打开柜子你却在里面拉粑粑。你拥有哥哥一样的智慧，又多了哥哥身上没有的韧性！你是那么调皮那么坚强，仿佛就是个永不泄气的小皮球！

　　在姥姥家住着，你成了整个村的"小玩具"，你走东家串西家！大家是那么喜欢你，谁有好吃的都会给你放着，就等着你去串门，吃的玩的大家对你从不吝啬！你又是那么懂事，知道74岁的姥姥浑身疼，从不闹着让姥姥抱,而和爸爸在一起你总说"爸爸,抱抱!"都不在家时,你宁愿自己玩,也不闹妈妈,每次看到你落寞而又坚毅的神情时,我仿佛都能听到自己心碎的声音!你就这样不哭不闹不让抱,妈妈不知道你心里是不是快乐,是不是孤独,是不是充满和妈妈一样的无奈!每天如果不关着门,转眼你就跑得不见踪影。姥姥根本追不上你飞奔的身影!本来不白的你活脱脱晒成一个小黑球!看着你如此争气、如此苗壮、如此独立,很多人都佩服,很欣慰。都说你长大后必成大器,并且安慰妈妈说"磨难出人才"。可是妈妈每当听到这些都会很心酸,虽说逆境造就人才,但没有一个人愿意选择苦难的童年,更不愿意幼年丧母,也没有任何一个妈妈可以看着孩子受苦而甘之若饴,哪怕坦然处之,无动于衷都做不到!孩子,妈妈对不起你,妈妈不能肩负应该肩负的责任!只有妈妈自己知道妈妈是多么的痛苦和无奈!

宝贝,我不知道你长大后会不会恨妈妈带你来到这个人世间,让你过早品味人生百味,承受同龄人都不曾承受的苦和痛!让你从不曾体会母爱的滋味!甚至每次看你受苦,每次体会到无奈人情,每次看爸爸、姥姥的辛苦时,每当想到你以后的人生时,妈妈甚至都动过要把你送人的念头,不是妈妈不爱你,而是太爱你!但是每次看到你哥哥的眼泪,妈妈就放弃了,老天剥夺你的母子情于你而言已经很残忍了,我又怎么能再如此残忍地剥夺你们的手足深情呢!所以,你以后的路注定要比别人坎坷,所以你要更坚强!妈妈除了祝福,什么也给不了你。老天为你关上一扇门,就一定会为你打开一扇窗。不管我们愿意与否,意外已经来临,妈妈希望你能因祸得福,以苦为乐,从中受益!人生之事从来都是否尽泰来,祸福相依,正如同塞翁失马焉知非福!妈妈始终坚信你一定会不负众望,成为一个快乐又优秀的孩子!

妈妈的礼物

作者：墨香

　　这是一份特殊的生日礼物，一位渐冻症妈妈在儿子十岁生日时写给孩子的一封信……愿时光能缓，愿亲人不散！

　　儿子，你十岁了！一直以来妈妈都认为你是最幸福的孩子，拥有妈妈百般的疼爱和呵护，十年来妈妈把最好的都给了你，你在妈妈温暖的羽翼里一天天成长。妈妈以为你会一直一直这样幸福下去，无数次憧憬过你学有所成，结婚生子的场景，可是一切都来得那么突然，那个经常和你对诗，陪你玩耍，为你做美食，拥你入怀的妈妈此刻却成了需要你保护的"婴儿"，想到你以后的人生妈妈会缺席，再也无法参与，妈妈就心痛万分，此生有太多来不及，来不及看着你和弟弟长大，来不及承担应该承担的责任！

　　自妈妈生病以来，你承受了太多太多本不该你承受的压力和责任，妈妈有痰无力咳你帮妈妈拍背，妈妈摔倒在地你使出浑身解数拉妈妈起来，你帮妈妈穿衣，你帮妈妈盖被……为了找出妈妈的病因，你悄悄画图分析，画满了整整一个本子，在妈妈看到的那一刻泪如泉涌！每次妈妈感觉拖累了你们和爸爸时，你总会说："妈妈，你一点也不拖累我们，你是最好的妈妈。"你跟妈妈说："从我上四年级，妈妈你还从来没有去过我的教室呢。"儿子啊，妈妈又何尝不想去送你上学，接你回家啊，这些事情在妈妈看来都是世界上最幸福的事情，可是十个月的弟弟都能把妈妈碰倒，妈妈是多么担心说话含糊不清的我摔倒在你同学的面前，对你造成不好的影响和阴影？你是那么敏感和细腻，那天你告诉妈妈："你走了，我也不活了。"妈妈听得肝肠寸断,是妈妈对不起你,让你过早地失去了童年的快乐！此生未完成,铸就终身恨！

儿子,妈妈已经把你平时的习惯,爱吃的饭菜,爱穿的衣服,买衣服的地方,一遍遍交代给了你的爸爸。作为妈妈,爱到深处却无力是多么残忍的事情。妈妈的时间也许很短也许还有一段时光,但无论长短灵魂都被锁在躯壳里,妈妈能做的都是那么苍白,如果可以选择,妈妈真心选择可以短一些,可以让你爸爸早日轻松一些！不会那么辛苦那么累,每天看到你爸爸直不起腰,筋疲力尽,蓬头垢面的样子我都会恨自己不争气,所以你要学会照顾自己,学会提早接受这突然发生的一切！

亲亲我的宝贝

作者：墨香

人固然是脆弱的，但母亲是坚强的。

——雨果

小可乐八十二天了，越来可爱，越来越漂亮了，已经会咿咿呀呀地和我对话了。他笑得那么甜那么快乐，他不知人间的疾苦和妈妈的无奈，可怜的孩儿，仅仅吃了一个月的母乳，就离开了妈妈的怀抱，看着你哭泣，妈妈只能眼睁睁看着却无能为力。有人说你是妈妈的克星，可是在妈心里，你就是我的小天使！妈妈是那么爱你！小可乐儿，是妈妈对不起你，妈妈不该带你来到这个世界上受罪，不能照顾你，不能看你长大成人，该是多么的心痛！

你又笑了，笑得那么天真那么无邪，你知不知道你以后的人生路上，注定会有许多的磨难和挫折呢。今天妈妈的舌头针刺感还是那么厉害，面部肌肉也开始僵硬，忽然发现笑着时不能说话，嘴和舌头是那么笨拙，看着你的笑脸，妈妈一次次无声地流泪，所有人都告诉妈妈要坚强、要努力、要乐观，这些道理妈妈又何尝不明白呢，可是没有人会明白妈妈心里的痛，肉跳此起彼伏地折磨着妈妈，一向口齿伶俐的妈妈说话却一天天的僵硬，这种感觉没有任何人可以真正地感同身受，同样的道理我们都可以劝说别人，却说服不了自己！但是病情的可怕和生命的消失妈妈都不痛，也不怕！妈妈最痛的是害怕将来再也不能为我的蛋蛋和小可乐做事了，将来的人生路，你甚至不能吃上妈妈做的饭菜，不能牵着妈妈的手一起玩耍,不能带你读万卷书,行万里路……不能尽到作为一个妈妈应尽的哪怕一丁点的责任,那么多的遗憾真的让妈妈肝肠寸断!

小可乐儿,我的宝贝,当你笑着看我的时候,我的心就会刹那间融化,你的笑声、你的哭泣,你的每一个瞬间,都占据着我的心,让我感动,让我难以割舍,每次想不开的时候,是你给了我坚持的理由和勇气,愿老天让我挺过最黑暗、最漫长的夜,陪伴我的小可乐一天天地长大!

致我未来的儿媳妇

作者:墨香

亲爱的孩子:

当你看到这封信时,我相信你已经正式成为了我们家的一分子,请原谅我不能参加你们的婚礼,但我一直都在天涯海角的某一处护佑你们,静待花开!只为今天这一幸福时刻的到来!此刻,我比你们更要开心和激动!

孩子,虽我们此生无缘相见,但我相信你一定是个心地善良、温柔贤惠的女孩子!因为我深信我儿子的眼光,我更加深信只有你这样的女孩子才是铭轩可以携手共度一生的那个人!不能看到你们走进婚姻的殿堂,是我此生最大的遗憾!此刻的我把手机支在床上,侧着身,用小拇指艰难地堆积着文字,虽肩膀剧痛我却感觉无比的幸福!我仿佛能看到你穿着婚纱娇羞无比、顾盼生辉的样子!想到这些,我就会满心欢喜,忘却所有的病痛折磨!

孩子,我们有缘深爱着同一个男子,在这个世界上,也只有我们俩如同爱自己生命般爱着铭轩,同时也被铭轩深爱着!铭轩是一个聪明懂事又孝顺的孩子,我发病时他刚刚九岁,正是一个孩子撒娇玩耍的年龄,他却像个男子汉般承担起照顾我的责任,你爸爸不在家时,他帮我按摩捶背上厕所,晚上坚持陪我睡,给我盖被子、帮我翻身!我想你之所以选择他,也正是看上了他的这种担当和善良的品质!孩子,你非常有眼光,对于一个女人,最重要的不是拥有多少金钱,多少首饰,多少漂亮的衣服,而是有一个男人视你如命,知冷知热,开心时陪你大笑,难过时拥你入怀！无论贫贱还是富贵都愿意守候在你的身边！妈妈得病那几年，你爸爸不离不弃，衣不解带地伺候我的吃喝拉撒睡！我希望你们夫妻能继续保持我和你爸爸的恩爱传统，相互扶持，患难与共，开创属于你们的幸福生活！

我不在后的这些年，我想铭轩一定吃够了苦头，受尽了人间冷暖！每每想到我不能参与他的成长，照顾他成人，我都心痛万分，哭得无法成文！孩子，此刻我终于可以放心了，因为他有了你，我相信你一定会用你女性的所有柔情去爱他，呵护他，照顾他，补偿他这些年来所有辛苦和委屈！妈妈拜托你，替我好好照顾他，温暖他！铭轩也一定会回报你同样的柔情和关爱，而且会更多！孩子，铭轩他性格内秀，敏感，患得患失，不够坚强，这是他的缺点，但我相信爱一个人就会爱上他的全部，所以当他遇到困难时，你一定要积极鼓励他，默默陪伴他，孩子，我相信你是最棒的！也相信你是最懂他，最疼他的那个人！

孩子，妈妈短暂的一生很是清贫，根本来不及给你们创造财富，原谅妈妈的无奈吧，我有一个玉手镯，是我存了好久好久的私房钱买的，一直没舍得戴过，现在我托你爸爸把它送给你，当作我对你们的新婚贺礼！希望你不要嫌弃！孩子，我对你充满感激：感谢你做我的儿媳，感谢你嫁给我的儿子，感激你爱我的儿子，感激你替我照顾儿子和这个家！如果我活着，一定视你如宝、待你如女儿，而此刻我只能远远地祝福你们！希望你们同心同德，相濡以沫，生活甜美，健康快乐！妈妈永远爱你们。

不曾谋面的妈妈留

写给可爱甜心

作者：张静

亲爱的宝贝
你是一个意外的惊喜

你是上帝赐予我们的礼物
你给我们的生活赋予了新的使命
我们说好了要给你全部的爱

第一次见你
你就是一个小黑点
后来渐渐地长大到可以看见人形
你闭着眼握着拳头蜷缩着身体
在我的身体里酣睡

你出生了，那么的小
小到让我惊奇，让我疼惜
我小心翼翼
生怕弄疼了你的胳膊弄折了你的腿
我无从下手不知如何抱你

你哇哇大哭

张着嘴巴,头在我身上转来转去
当乳白的液体流进你的嘴里
你的哭声戛然而止便开始吮吸
那么认真的满足

你慢慢长大了
咿咿呀呀,咯咯发笑
第一次扶着床头站立也兴奋不已
你第一次会走路了,第一次会……
你渐渐地有了很多的第一次

你的成长妈妈没有缺位
但是却缺席了
我不能教你学走路
不能给你扎小辫
我只能看着,心疼地看着

直到有一天
你帮我艰难地上了厕所
我清晰地意识到
我的宝贝真的长大了
我满心欢喜又惆怅

你人生的路还有很长
我能和你一起走的可能不会太久
不管你以后遇到什么
我都希望你健康快乐
内心温柔和坚强

亲爱的宝贝

你是我永远的可爱甜心
我要感谢你带给我的一切
哪怕是忧伤
因为你，我又有了新的成长

特殊妈妈不再特殊

作者：暖禾

　　原来，有了彼此的陪伴，等待竟可以如此惬意、如此满足。

　　微风刚刚好的晚上，我领着儿子去享受他的大餐——鸡米花、冰激凌加披萨，以奖励他在美术课上令人满意的表现。吃饱喝足了，想尿尿却找不到厕所，儿子于是在肯德基门口徘徊起来。谁曾想这一徘徊，竟让他想起了几个月前郑屹叔叔教的计时赛跑游戏（儿子的记忆力我还真是佩服）。

　　他央求我陪他玩，用手机计算他跑一圈的时间。为了激发他的干劲儿，我也学着郑叔叔在计时器上做了手脚。于是儿子一次又一次地跑、一次又一次打破新的时间记录，"快点，再快点，再快点。"他嘴里不停叨叨着。其实他根本不认识秒数，不过是盯着几个学过的数字瞎猜。可那股劲儿，我倒喜欢得很，傻乐呗！

　　谁知他突然扭头冲我狡黠一笑："妈妈，现在换成你跑，我给你计时。"我一愣，换成过去，别说跑，举着他跑都没问题，但是我现在成了一个连走路都会摔跤的人，又怎么跑呢？

　　无论我如何搪塞，他就是抱着我的大腿不依不饶。好吧，面对孩子的要求，母亲总是无法抵挡的，那我就试试吧。我边走边装着我在赶紧跑的样子，好在孩子天真无邪，还当真以为我在跑呢。一圈、两圈、三圈，我们越玩越开心，儿子从被指挥到指挥者，说明他的内心是渴望和家长平等的，他也希望能被尊重，甚至体验一下做大人的感觉。

　　如果身体允许，我真希望我可以多"跑"几圈——我多么喜欢听他清纯的笑声啊，那笑声感染了肯德基进进出出的客人们，他们的眼光中没有怜悯和异样，没人注意到我不同于常人的说话方式，相反，他们频频回望的眼中充满了羡慕。

很幸运，我们没花一分钱就玩了最开心的游戏并锻炼了身体和计数能力，也感受到为同伴加油呐喊的欢乐。直到九点半，我不忍心地结束了这场游戏。提溜着多余的披萨，我问儿子："出租还是公交回家？"他小大人儿似的若有所思："省点儿，公交吧或者步行回去。"于是你看到了这样一幅画面，一对母子没有规矩地坐在公交站的座椅上，相互依偎着，安心地等待公交车的到来。

深夜凉风萧萧，我的体内却涌动着暖暖的幸福与能量，笑声依然不断响起……原来，有了彼此的陪伴，等待竟可以如此惬意、如此满足。

只想看看你

——谨以此篇献给和我一样正在渐冻的妈妈们

作者：暖禾

11月的北京是最尴尬的季节，为了看儿子，一夜之间要从十几度的南方来到零下七八度的北方，对于患有渐冻症的我来说所面临的挑战可想而知。"不管那么多了，去了再说"，这是我内心强烈的愿望。上午完成了连续14天依达拉奉熬人的输液，下午便匆匆收拾行李独自一人踏上北上的列车。

摇晃的列车

摇晃是火车的动态属性，但对于平地上都站不稳的我来讲，挑战无处不在，不管是上厕所还是洗漱、接开水，只要离开床铺，我的十个脚趾和手指就本能地到处寻找可以维持平衡的外界因素。睡前洗漱时，一个车厢的小伙子似乎看出我行动的艰难，主动问我要不要帮忙，顿时觉得人间自有真情在，天无绝人之路。就这样洗漱完毕后，他搀扶着我跟跟跄跄地回到了床位。

可是接下来一件事真的无人可以帮忙——如厕。我只能强逼自己踏入狭小的空间，只要列车一晃，我就必须马上撒手扶墙，解决了内急不到半分钟，更严峻的问题来了，怎么站起来，试了几次用手撑地或拉扶杆都在半腰中失败了，越站不起就越急，越急就腿越麻，越麻就更加无力。几番恶性循环之后，一个剧烈的晃动几乎是雪上加霜，差点单腿跪在地上，那一刻充分感受到叫天天不应叫地地不灵的尴尬。此刻已是深夜,熟睡的人们是听不到我的呼喊求救,再说我也说不出话啊,敲门也够不着,怎么办?拼了!心里铆足所有的能量,情急之下一句"暖禾,你给我站起来!"从心底升腾一股倔强的力量,一鼓作气,居然真的超越了那个最难以逾越的角度站了起来,站起来了,站起来了!那种喜悦好像人生第一次学会站立似的,瞬间一块石头落地了。

窃喜不久,老天居然临时又加了一道附加题难为我,厕所的门锁打不开了。嗡的一下脑子再次发热,无论几个手指一起上都拧不动那个按钮,天啊,求您不要再难为我了,筋疲力尽的我渴望迅速逃离这个狭窄憋屈的空间,手指一次拨动不行就两次,两次不行就双手,双手不行恨不得用牙帮忙。也许老天终于还是被我的狼狈感动了,魔术般门开了。这段不堪的经历无论如何不能重演,惊魂之后,唯一的办法就是不喝水,让自己快速入睡。

教室门口的妈妈

自从我的病情加重后,家里人已经把照顾孩子的任务托付给了阿姨,然而我还是坚持自己一周要送孩子上幼儿园一次,不知道为什么如此一根筋,我的心告诉我错过这次也许永远不再有机会了,我渴望抓住一个普通母亲都能做的机会,同时证明给自己看我也可以,当然一意孤行的背后潜藏着很多想象不到的困难。

首先从家下楼我的速度太慢怎么办,于是我想到了让儿子先跑,到幼儿园大门口等我,好在儿子以为是和妈妈比赛跑,每次拔腿嗖地一下就不见人影了。到了幼儿园门口看到自己和其他妈妈一样能亲自送孩子上幼儿园,心理成就感瞬间把早上起床后遇到的困难全部抹杀掉。接着,如何爬楼梯到三楼大班教室成了新的难题。身边的妈妈们都带着各自的孩子飞奔向班级教室,和老师热情问好,迎来崭新的一天,而我的双腿既像踩在独木桥上始终难以控制平衡,又像被千斤重的沙袋绑着无法轻松地迈开,内心渴望飞驰,而每一步总是残酷地滞后在千里之外。"儿子你先跑上楼吧,妈妈随后就到",为了不给孩子在同学面前丢人,我立马把他支开,我只能扶着楼梯的扶梯一步步向上挪,在挪上去大概四五十个梯阶时,有无数对母子从我的身边穿越,无论是飞速的脚步还是窃窃私语的耳语声都让我羡慕到下辈子还不够。

我曾经为了早上多睡一小时上班,晚上多干三小时下班,几乎把接送孩子上幼儿园的任务都交给了老人,因为觉得时间还很漫长,到上学再关注孩子都来得及。现在我不能走了却来接送孩子,这是否是老天对我的惩罚呢?这是否是我们每一个曾经以为还有很多机会的年轻人最容易犯下的错误呢?凭着强烈的愿望,我终于挪到了儿子的教室门口,由于无法用语言向老师问好只能点头示意,好在老师心知肚明对我说,你儿子自己已经换好衣服坐在那里吃早饭了。此刻正在吃饭的儿子回头看到了门口的我,那欣然一笑化解了我所有的劳累和胆怯,他的笑容仿佛是在宣示着,妈妈没有失信,尽管慢,但是如她所说她一定会来的,"同学们,你们看,今天是我妈妈送我上幼儿园的,我和你们是一样的! 妈妈,你看我棒不棒,我自己独自按照你的吩咐全部完成了"。

久久徘徊在教室门口的我不停地想透过门窗多看几眼,就像这辈子只有这最后一次的机会。恋恋不舍地离开幼儿园,独自回家的路上,好几次站不稳,丝毫没有影响到每一根汗毛散发出的成就感,就像刚刚完成了一番伟大的事业,喜悦感扑面而来。在那个瞬间,我认为自己不是病人,而是整个幼儿园最伟大的母亲!

回家的路上

北方的气候,除了晚上喉咙干燥鼻子冒火之外,出门的每一刻都能清晰地感受到肌肉在逐渐僵硬直到完全被冻住无法动弹,前行的每一步似乎不是用双脚在走,而是用一种信念在迈进。8点了,孩子快下课了,外面的风格外大,大到好几次被吹得都快站不住了,浑身越发僵硬不听使唤,"你必须按时赶到",潜意识里一直有一个人在和自己说话,致使神经和步伐不敢有丝毫懈怠。

不远处就要到目的地了,一群孩子和家长纷涌走出大门,难道我迟到了? 情急之下加快了步伐,谁知被一个刚下课的毛孩子撞了一下肩膀,瞬间感到脚下腾空,还没再多走两步,右脚脚腕一软摔倒在地上,尴尬的是自己死活爬不起来。周围一同出大门的家长迅速把我围住,一个说怎么了? 前面好好走着,怎么就倒地了? 要不要打电话叫家人? 一个说看样子没事,扶她起来吧,估计一边低头看手机一边走路不小心摔倒了。

在一个好心男家长的搀扶下,我终于站起来了,可就在扶我起身的5秒钟内,委屈的眼泪止不住地向下流淌,"为什么? 为什么我只想接一下孩子,也要让我变得如此不堪,我在孩子眼里还能做什么?"向好心路人摆手致谢后,我含着泪继续奔向了目的地,我清楚地知道今天已经离胜利不远了,理智地擦干眼泪继续吧。那经常在电视剧、书里看到读到的人生绝境,此刻正真实地在自己身上上演。我除了承受和面对,别无选择,活一天赚一天没错,但更重要的是活一天就有一天的责任,我没有理由就此放弃。

儿子经常会对我说,"妈妈你都管理不了自己,你用什么来照顾我啊"。每每听到这句话,字字扎心! 我竟无言回复,更无法面对,我想接送他自己却走路困难,我想给他穿衣脱衣竟连一个扣子都解不开,我想陪他玩耍却浑身动弹不了,我想抱他亲他却举不起双手,我想把心掏给他却无法用语言告诉他! 于是,只能在背后默默地关注,用另一种我可以做到的方式,扶持他走好未来人生道路的每一步。

我曾经无数次后悔当初的周末为什么没有留给孩子而是工作,当初下班空余时间为什么没有留给孩子而是忙着重复性的家务活,当初上学放学为什么没有接送孩子而只顾自己的事情。总以为时间机会还有很多,我已经错过了,我还能为他做点什么? 思来想去就是坚强地活着,让孩子心里踏实,不管这个妈妈什么样子,起码在这个世界上他是有妈妈的,虽然妈妈不能说话不能动,但她有一种看不见的力量在孩子身上发挥着特殊的能量,坚强、谦卑、积极、执着、乐观、爱心等等,这些都是渐冻妈妈独有的财富,应该在生命最后时间努力将其渗透到孩子身上,而不是再去后悔当初,再去和健全的妈妈做伤心的比较。

相信上帝关上我们的门一定会给我们的后代打开一扇窗,坚信一切都是最好的安排,再坚持一下就会柳暗花明,坚信快乐是可以掌握的。与其花时间悲伤、愤怒、后悔,不如此刻振作起来为你的家人、朋友、社会做点力所能及的事情,至少在我们离开的时候可以在天堂给孩子交一份值得他们骄傲的答卷。我曾经以为陪伴是给孩子最好的礼物,但是现在我改变了,如果命运让我不能做到每天细心的呵护,那就用我的大爱给孩子做个精神上的领航人吧!

可喜的是,孩子也变了!出去买东西会想到给不方便出门的妈妈带一份;妈妈走得慢他会耐心等待并且提前把前方的大门打开;妈妈长期不在身边也不哭不闹,有了适应各种环境的独立生活能力;妈妈拿不了的东西会主动要求来自己拿,妈妈哭了会第一时间递上纸巾,无论这个妈妈多劣质,他从来没有抱怨和嫌弃,只有开心和快乐。尽管得病两年儿子经常童言无忌地伤到我,但我依然像一位痴情的恋人似的,心甘情愿甚至不惜生命代价为他做牛做马。好吧,只要能看着他快乐长大就心满意足,哪怕是偷偷地爱着他,不管他有没有感受到我都一厢情愿地爱着他,也许有一天他会发现渐冻妈妈给了他一份人生可以永久保存的大礼——无言的爱!

残缺的母爱

作者：郑小小

　　我不是一个坚强的人，但遭遇过太多磨难的时候，不得不学会坚强，"坚强"二字早已成为我不屈的脊梁！

　　刚开始得知自己患的是无法医治的绝症后，接受不了这残酷的事实，每天以泪洗面，在绝望中痛苦煎熬着！

　　在这痛苦煎熬的日子里，是儿子陪在身边细心照顾和开导。他不怕苦不怕累，本该是承欢膝下爱玩耍的年纪，过早地承担了照顾我的重担，学会了洗衣做饭等各种家务。每天学校家里两边奔忙，还得承受着学习上和各方面的压力。尽管如此，他从没抱怨过一句。我感到既欣慰又愧疚，欣慰的是儿子这么小就懂事了，人生才开始就尝到了生活的酸甜苦辣，懂得了责任和担当；愧疚的是给儿子的母爱太少，本想好好弥补他年幼时我们不在他身边的陪伴，本想给他一个温暖舒适的生活环境，像其他孩子一样过着无忧无虑的生活。

　　可是，一场始料未及的大病把我和家庭拖向了苦难的深渊。

　　我们家是农村，那时农村都比较贫困，为了能让家里过上好日子，我和老公不得不去远方的城市打拼，在儿子两岁多时把他交给爷爷奶奶照看。因工作实在太忙，一年也回来的很少，儿子正是需要在父母的呵护和宠爱下度过快乐童年的时候，我们却无法陪伴在身边，就这样儿子成了一名留守儿童。

　　直到儿子九岁，爷爷奶奶身体也不好，我们才将儿子接到身边，在外面就读小学。十三岁那年儿子小升初，因为就读学校不方便，无奈只好又让他回到了老家去读书。就这样，儿子自己在家独立完成了初中学业，所幸的是功课也没落下，考上了一所不错的高中。

2015年儿子进高中后，我们也放弃了在外面的工作，决定好好陪他完成高中学业，让他安心读书。

本以为一家人团聚后过上了平平淡淡的生活，从此相夫教子其乐融融。可真是应验了老话"天有不测风云，人有旦夕祸福"，就在儿子刚上高中时，我却患上了不治之症。从此，打破了平静的生活，也剥夺了儿子向往外面娱乐的时间。学校距离家里不远，他中午还要利用休息时间回来照顾我。

儿子学习上也很用功，一个月只有两天假期，很少主动出去玩，有时间就在家陪我。我已经亏欠孩子够多了，也想让他利用假日放松一下紧张的学习压力，叫他假期出去和同学们一起开心玩。儿子很细心懂事，每次出门时都要问我还有没有要做的事了，才放心出门。有时和朋友聊天，总是会聊到我的痛楚，聊到痛楚我就会流泪！内向的儿子，不知道该怎么安慰我，他只对我说了句："妈妈，聊得不开心尽量不聊，或者少聊。"我经常想到自己的人生即将走到尽头，就会情绪失控，默默地流泪。当然在孩子面前尽量克制住自己，不表露出来。可是不论我怎么装，还是被细心的儿子发现。可他又不知道说什么好，犹豫了一会，然后用聊电视剧的方式来分散我的注意力，问我有没有看一部电视剧，说了很多电视剧里的精彩内容。我听了很感兴趣，于是我用含糊不清只有儿子能听懂的语言和他聊了起来。从那以后儿子会经常给我推荐电视剧，每次推荐的我都很喜欢看。儿子这招还真管用，我的心情改变了不少，虽然不是很快乐，至少不会那么悲观绝望了。

有一天去买菜，在街上的一个小斜坡处脚没稳住摔倒了。我想很快爬起来，可费尽洪荒之力也无法站起。

之后再也不能独自出门去买菜了，只能把买菜的任务交给儿子，我只能在家做饭菜。随着时间一天天过去，身体机能每况愈下，我的手拿不起菜刀端不起锅了！我不知道该怎么面对孩子，更不知道如何向他开口。家里只有我和孩子，只能靠他了。于是把做饭菜的任务也交给了儿子。他的任务越来越多，我的病情越来越重。每天看着孩子在厨房忙碌，我却一点忙也帮不上,不知有多恨自己无能为力。本该是我照顾孩子的日常生活反要孩子来照顾我。坐在那等着他做好饭菜端上来吃,吃下去的不仅仅是饭菜,还有泪水,还有太多的无奈!自理越来越艰难,逐渐失去了各种运动功能,洗头双手怎么也洗不到后脑,之后洗头也得靠儿子帮忙。实在不忍心看着孩子这么劳累,又怕耽误他的学习,我的身体更不允许。老公不得不辞掉工作,回来照顾我和这个家。感觉自己就是个罪人,让孩子受苦受累,拖累家人,拖垮家庭!看着孩子所做的一切,既欣慰,又愧疚,更多的是心疼!遇上 ALS 是我的不幸!有家人的照顾和不离不弃是我的幸运。

所以,孩子,谢谢你!是你,让我懂得:
所谓母子一场,
不是我在奉献,
而是你在陪伴;
不是我在受难,
而是你在成长。
对于我们家庭来说,
病患是一场爱的教育。
穷人家的孩子,
要活成麦子那样,
根扎在泥土里,
穗伸向蓝天上;
熬过了冷和热,
不再怕雨和霜;
即便身后无人可依,
光芒洒成一片海洋。

有一种爱叫作学会自我成就

——谨以此篇献给我的心肝全新

作者：暖禾

ALS除了剥夺了我跳舞和讲课的权利以外，还无情地夺走了我身体的自由。没有手，没有脚，没有话语权，一切都要指望别人帮助的心念像癌细胞一样扩散到全身，那颗曾经高度自尊的心逐渐学会了向命运低头和妥协。这其中有一样是我花了两年多才说服自己放下的，那就是对儿子的爱。

三年的病程我眼睁睁地看着自己离孩子越来越远，也眼睁睁看着自己从一个下了班能陪孩子玩耍、洗澡、撒娇、亲热的妈妈变成如今连想伸手摸摸孩子都力不从心的我，其中的锥心之痛只有自己知道，只能自己承受与化解。可惜一切都不能再回头，我只能选择突破困境争取可以把握的东西，已经失去的也许本该就是成长的代价。

写下此文没有责怪儿子的意思，只是希望通过此文让与我有着同样境遇的患者朋友，可以避免一些心理上的纠结，理性思维，放下执念。另一方面也希望若干年后，我不在世了，儿子能谅解妈妈心有余而力不足的无奈。

我和儿子关系的微妙变化分为了三个阶段：痛苦——争取——放下。

在病程的初期因为不能正常讲话，听到最刺心的话就是"你连话都讲不清，未来还怎么教育孩子？"面对这样的质问，我只能默默承受。因为我没有底气反驳，更没有能力证明自己。病程初期我充分利用身体语言来抓紧陪伴孩子时光，只要是儿子的事，我都亲力亲为，除了给他读故事书，其他的都能照常进行。可喜的是儿子和我心意相通,居然能听懂我含糊不清的语言。但随之而来的也有我无法回避的难堪。走到哪里都会有认识的人问儿子:你妈妈说话怎么这样,好奇怪呀!虽然孩子小,但是他已经懂得捍卫自己的自尊,儿子居然果断地回答"我妈妈是因为上课太多嗓子坏了"。这是我第一次感到给儿子丢脸了,一种痛楚油然而生。随后病情发展到下半年我就不能跑了,并且因为和儿子追逐玩耍把自己摔得头破血流,那一刻孩子吓傻了。从此我所有极限动作被迫退出儿子的世界,我和他的远离也就此正式拉开了帷幕。

不能抱,不能跑,不能洗澡,不能帮他穿衣喂食,所有的不能都以迅雷不及掩耳的速度残忍地摆在了我的面前。曾经几次执拗地试图为孩子做点什么,到头来都以悲催的失败告终。有一次在一群孩子玩耍时,儿子累了向我撒娇求抱抱,因为手臂力量的不足,放下的一瞬间竟失手将他的脑袋重重摔在运动器材上,那一刻我彻底承认自己不得不面对现实。随后的每一个周末或节假日只有爸爸和儿子的嬉戏,我则像一支球队中受伤的队员,只有观看和独守的资格。从一个领军人物到被裁判红牌永久地罚下场,其中饱尝了失落、嫉妒、孤独、恐惧、无助五味俱全的人生滋味。那时我唯一的情绪释放方式就是戴上耳麦听着音乐不停在路边快走,渴望依靠大自然的神力将所有悲伤带走,去开始全新的生活。眼里已没有周围的行人和车辆,只有一种复杂的情绪和控制不住的眼泪在游走。心里暗暗告诫自己,必须越过这道坎,否则还没等疾病发作,自己先把自己压垮了。

2017 年的 11 月,在老家休整 4 个月后,我鼓足勇气只身一人来到北京。那时的我已经出现走路不稳、自理困难的局面。我深知这种自由的时间不多了,于是不管多难,不管有多少人投来异样的眼光,我竭力为自己争取。于是有了我此生最后一次送儿子上幼儿园,送儿子画画,陪儿子吃最爱的呷哺火锅,给儿子亲自选购衣服等等。可能在孩子眼里这些是再普通不过的一次而已,但对我而言,那就是一场与儿子的人生的告别仪式。往后的日子儿子很快适应了在新阿姨家的生活,有时看到阿姨一家人代替我疼爱他的场景,我那近乎绝望的心也感受到些许的安慰。也许在儿子幼小的心灵里完全不知道如何面对妈妈突如其来的巨变,也许他也想逃避,总之我们的距离又远了,远到他不愿单独和我共处。于是我绞尽脑汁用最俗气的办法来靠近:买所有他喜欢的东西只为求得一次拥抱,一次亲吻;设计所有能和他在一起的机会,只为看着他在我身边嬉笑玩耍;挖空心思地讨好,只为能在儿子的心里种下零星妈妈的存在。

放任对我呼来唤去,放任对我爱答不理,放任只有看到礼物才会想到我,所有的无奈和痛楚我无法用言语表达,我只能选择全盘接受,只为在谢幕时留下我在儿子心里最美好的回忆。

今年的六一儿童节,我又来了。这可以算是我留给自己的最后一个心愿:陪孩子过一个有我在的儿童节,陪孩子过最后一个没有学习压力的暑假,然后看着孩子穿上校服,背上书包,走进小学的大门。的确,很多人不能理解我的执念,很多人劝我不要瞎操心,管好自己,但这一切都无法抑制我强烈的爱的冲动。我深知如果这一刻犹豫了,退缩了,那有可能会成为永远无法弥补的遗憾。

这次来京孩子的个头儿长高了不少,可是我们母子的心理距离却又远了很多。看动画片时,我陪在身边,摸着他的小手,被嫌弃地躲开了;我想抱着亲一下,被毫不留情地推开了;我想陪着去游乐园放松一下,被断然地拒绝了。这一切似乎验证了一句话:"世界上最远的距离不是隔着千山万水,而是就在你的身边,好似空气一样的没有看见。"这种隐痛绝不亚于 ALS 的侵袭。

好在有一天,上帝对我的这份奢望产生了怜悯。阿姨想了一个办法把儿子骗回来陪我睡了一晚。那晚的每一分钟,每一个表情,每一个动作,我这辈子都会深深地刻在脑海里。儿子熟睡在我的身旁,看着他酣睡的小脸,听着他均匀有序的呼吸声,瞬间感觉人生幸福不过如此。多希望这美妙的夜晚,可以停留。

我深情地望他,不由自主地想亲他一口。我像毛毛虫那样蠕动着,蹭到了儿子旁边,费力地用头靠近他的额头,就想闻闻那熟悉的味道,用嘴唇感受一下肌肤的温暖与光滑。

也许是感觉到了什么,儿子睡梦中一个翻身把被子踢开了。我本能地想给他盖上,护住肚子,担心整夜的空调会让他着凉。然而我的双臂根本拉不动压在他身下的被子。我一次次使出浑身力气试图拉出被子,却一次次面对被病魔捆束的惨境。那一刻,所有憋屈的眼泪和挣扎出的汗水汇在一起,望着房间里唯一的一束微光,我的心碎了。

整个晚上不停地查看他是否踢了被子。手不行,就用牙用脚,用尽身体所有能调动的部位给你把被子盖好我才能安心。因为睡姿不好,一不小心经常会把小胳膊或小腿压在我的身上,我不敢大气喘一声,因为我怕把他吵醒后,发现睡在身边的不是阿姨而是妈妈,会害怕,会被拒绝。于是,即使身体再困难,再难受我都忍着,像一具听话的僵尸,一动也不动地静静地望着儿子。

虽然是一夜挣扎,但我还是很享受这一段来之不易的儿子只属于我的时光。

天很快亮了,我想努力抓住这一刻所有的细节。窗外隐约的鸟的鸣叫,屋内空调克制的低吟,如轻雾一般慢慢浮起的光线,身边小天使均匀的呼吸、健康的体温、淡淡的体香……

他突然从梦中惊醒,一翻身,发现睡在旁边的是我。他一句话也没有说,以最快的速度跳下床穿上鞋飞奔到楼下阿姨家。那一刻我没有一滴眼泪,平静地躺在床上,望着天花板,笑了。我告诉我自己:你尽力了,该放下了。

在与儿子渐行渐远的日子里,病友陌尘的一句话让我豁然开朗,他说"我儿子都初中毕业了,在家照样视我为空气,你得给他成长的时间和空间"。换位思考,从一个6岁孩子的心理出发,他对我这样的妈妈没有兴趣也是情理之中的事。面对一位不能说,不能动,不能玩耍,不能保护或帮助自己的妈妈,逐渐没有情感寄托也是合情合理的。与其说是孩子需要父母的呵护,不如说父母更需要孩子给予的被需要的存在感。一味纠结在你的付出是否有相应的回馈,这是一种狭隘而自私的爱。当我们不得不面对现实的困境退居幕后时,最好的爱就是学会放手,放下,让孩子得到他需要而不是你以为最好的东西。真正伟大的母爱并非天天守候在身边,而是教会孩子慢慢脱离自己的庇护,有一天能独立地展翅翱翔。作为渐冻症的妈妈活着与病魔的抗争,与命运的搏斗,这本身就是一种精神能量的教育与感染。我想即使孩子未来再也没有妈妈的爱和陪伴,她无形的爱也会永生扎根在孩子的心里。

孩子啊,假如有一天死神必须带走妈妈,我愿你的记忆里从未有过我的身影，我愿你的生活里依然是一片没有悲伤的净土，一切可以从头开始，一切都是美好相伴。假如有一天，你怨恨妈妈没有陪伴你，那么我想告诉你，生活中总有些东西是我们无论多努力都抓不住的。知取舍，懂进退方能有所成。放弃一些东西，不是为了停靠，而是为了更远的航行，如果说执着的坚守是一种勇气的话，那么适时的放弃就是魄力。请上天保佑妈妈乘风破浪后能再次回到你的身边吧！说好了，我们一起努力！

辑六 亲爱的宝贝 好想对你说

辑七

说好不放弃
我陪你一起努力

一遍一遍替你拭去无助的泪水

一次一次陪你尝尽民间的偏方

后悔没在你腿脚灵活的时候　一起去你向往的远方

愧疚没在你吞咽自如的时候　亲自做一碗你爱的羹汤

我不甘心　你就这样遂了这场噩梦

你别担心　我一直都护在你身旁

好想你还能亲口告诉我　我还能为你做些什么

只等解冻的那一刻　我们翻盘人生

愿时光能缓　亲人不散

作者：奋发图强

　　初相识，许下誓言：这辈子只想和你在一起，此生与你共度，彼此相携相扶。虽没有花前月下的浪漫，但愿执子之手，与子偕老。刚开始是誓言后来是责任，习惯了生命中有你，于平平淡淡的生活中一起抚养年幼的一双女儿快乐成长，不求大富大贵，只求一家人健康平安相守相依。

　　天有不测风云，人有旦夕祸福。2014 年，命运和我开了个天大的玩笑，噩运在毫无防备下降临我家。我老公因手逐渐无力，肌肉跳动，走路不稳，决定去医院诊治。开始以为也不是大不了的毛病，来到了湘雅医院，经过了一系列筛查，初步诊断为患上了运动神经元病，俗称"渐冻症"。后经多次肌电图，活检腰部穿刺等确诊，最终没能逃脱命运的安排。医生对我说这是个世界难题，五大疑难杂症之首，目前没有特效药物治疗。保证营养均衡，保持好的心态，能起到延缓疾病发展的作用。

　　这个噩耗来得如此突然，如晴天霹雳般当头一棒，一纸无情的判决摧毁了脆弱的神经。我顾不上尊严，声泪俱下苦苦哀求着医生，一定要拿出你们最好的医疗技术来挽救我老公，因为孩子还小，需要他为家撑起一片蓝天。

　　我当时像从头到脚被浇上了一盆冷水，全身麻木，心沉重得像灌满了铅，无助无奈惶恐不安，感觉天都要塌了，语无伦次地安慰着老公。一个正为美好生活努力拼搏的年轻人，一个勤恳努力、事业上进的男人，就这样残忍地被剥夺了所有的梦想，一个幸福美满的家庭从此跌入苦难的深渊，他的事业理想与目标终化为泡沫，不得不接受身体逐渐被冻住的事实。有多少不甘多少无奈，对于他来说何尝不是一个沉重的打击啊！

　　我尽力掩饰着自己的情绪，安慰着对老公说，我会不惜一切代价竭尽全

力来治好你的,要相信自己,树立战胜疾病的信心,要相信医学如此发达的今天,一定能治好的。虽然知道希望渺茫,但只要有一丝希望就不会放弃。

回到家以后,只要听说哪里有神医神药,也凭借心中的信念与有一个完整家庭的愿望,多次踏上了漫漫求医路。辗转各大小医院,尝遍各种偏方,耗尽了所有积蓄,却未能阻挡住病魔的侵袭。看着老公每况愈下,日益消瘦的肢体,我真的好心痛。老公也配合尝试各种治疗方法,可带来的结果不但病情没好转,反而更加严重。随着时间的推移,全身肌肉慢慢萎缩,逐渐失去各项运动能力,双手都成了摆设,移动一步犹如登天,随时会有摔倒的危险,他内心十分想跨出这一步,可是身体怎么也不听使唤。

一次又一次的摔倒造成了很多的伤,我随时都要保持警惕,防止意外的发生。随着病情的发展,他渐渐地丧失了任何活动的能力,生活不能自理,吞咽出现困难。由于我不能出去工作,还要照顾两个年幼的女儿,家中的重担和巨大的生活压力全靠我柔弱的双肩来承担。因此他产生了非常消极的情绪,不想成为家里的累赘,不想让家人每天为他提心吊胆,不想一直这样拖累我。

但是老公,有你在,就是一个完整的家;有你在,女儿就不会成为失去父爱的孩子。我会尽一切努力照顾好你,我永远是你坚强的后盾,无论疾病与贫穷,我们都不离不弃。最艰难的日子里,你我共同走过,一切苦难,都会成为云淡风轻的过往,让我们一起笑对流年的沧海桑田。愿历经风雨洗礼的我们,在每一个艰难走过的足印里都踩满珍惜,将花开花落,诉与流年。将潮来潮往,铭与岁月,永远永远相依相随。

奋发图强,真名周运平,女,38岁,湖南人。其爱人于2014年确诊为运动神经元病(渐冻症),两年前已无法自理,两个女儿年幼。

感言:不管怎样艰难困苦,不抱怨不气馁,风雨过后方见彩虹!

下辈子还是一家人

作者：李淑军

好久，好久没有写日志了，生活不知道被什么充斥着，满得没有时间好好思考。

这次回家，第一眼看到妈妈，看到她越来越难以控制的肢体，越来越僵硬的表情，发音也越来越模糊，我抓着妈妈的手，让她叫我的小名，一遍一遍，心，真的是狠狠地被揉碎，一片一片，支离破碎，好难好难收拾在一起……

又一起度过的夜晚，小城的宁静让人安详，却很奇怪会在晚上醒来几次帮妈妈翻身，两个卧室之间的距离不近，而且现在妈妈的声音已经很模糊很低，但我还是能听得到，听得到她喊我和爸爸……

白天有空的时候会教妈妈说话，一遍一遍地要求发音，虽然她说的是那么牵强。也总是在听不懂她说话的时候忍不住发脾气，又气又急，爸爸说我教我妈妈说话的时候和小时候妈妈教育我的时候一样，我说，我们现在换位思考了，让我妈嫌弃我小时候不省事，麻烦一大堆！话是笑着说的，可我赶紧走掉，怕眼睛里那不争气的眼泪掉下来，暴露了我的脆弱。

在家的时候很怕过晚上，尤其是看着他们俩入睡，我会一个人坐在沙发上不知所措，短暂的安静会让我不安，我会想很多不愿意想的事情。

那天，妈妈肠炎加咽炎，很难受，说不出话来，我安慰了很久也不是很管用，退出来，坐在沙发上，我忽然听到爸爸说："听着，我们还要在这个床上一起躺十年啊。"爸爸啊，你在我眼中一直是个粗犷到不行的人，温情的语言在你那里是凤毛麟角，我常常听到你对我的责备，刻薄的言语让我有时无法忍受,虽然我知道你是真的心疼我。我曾经说过,你能对我说句好听一些的话吗?哪怕就一句。那天,爸爸,你的一句话让我的心感受到了强烈的震撼,让我脆弱和柔软。眼泪啊,你还有什么矜持的理由,流吧,流吧,虽然我跟你说过好多好多遍不要轻易地表现你自己……

爸爸和妈妈年轻的时候关系不是很好,小小的我经常忍受着他们吵架的折磨,曾经真的想过用自己的生命来换取他们对婚姻的珍惜,说实话,那时的我有过希望他们离婚的想法,看着他们明明不幸福,却因为我一直坚持,我很难受和自责,甚至觉得我是个负累。

这么多年的风风雨雨我们一起走过,这场突如其来的变故对于我们不知道是好是坏,我只知道,我和爸爸都一起成长了。爸爸一年三百六十五天不会离开妈妈,每晚每晚给妈妈翻身,一遍一遍地弄枕头;会站在妈妈床边对着妈妈唱"老婆、老婆我爱你",逗得我们大笑;会在肠炎的时候蹲在床边拿着勺子一口一口地喂躺在床上的妈妈吃榴莲,还念念有词地说"我们就吃三口啊"。

而现在的我也会学着在爸爸毫无理由批评我的时候不去和他顶嘴,笑着和他说"你好好想想,不要随便批评我",学着怎样耐心地听妈妈说那差不多都快听不懂的话,一遍一遍地思考究竟她说的是什么,学着每天多关心他们,多爱他们,学着让自己坚强、勇敢,让内心变得更加强大!

如果生命只是一抹尘埃,爸、妈,我感谢你们给我成为尘埃的权利!我爱你们,下辈子,我们一定,一定还是一家人!

李淑军,女,38岁,毕业于北京农业大学,孝老爱亲李福明之女,2005年母亲开始发病,后确诊为肌萎缩性脊髓侧索硬化症,多年来父亲李福明不离不弃地悉心照顾母亲。

拿什么"拯救"你,我的爱人

作者:廊桥

右手发病的你,不到3年时间就发展到双腿,已经非常小心地防着摔跤,却还是防不胜防地让你摔得进了抢救室。接下来的日子让我现在想起来都是心有余悸,因颅内挫伤出血导致肿胀,整整一个星期你痛得每晚无法入眠。平日里,你更是食不下咽,多动一下便是上吐下泻。因为无法进食,每次干呕得整个人抽搐到蜷缩起来,看着你那么难受痛苦,我心痛得无法言表,真是自责得让我一直无法原谅自己,因为我的疏忽让你承受了双重的苦难,好想能帮你承担一点痛苦,可是我却无能为力!

这一次的摔跤无疑是雪上加霜,出院后的你是再也不能独立行走了,每天的活动就是客厅到房间,就连这一点路你每走一步都气喘吁吁,总说感觉比走十万八千里长征还要累。身体每况愈下让你完全被困住了,每天你只能隔窗看看外面的艳阳天,每年只能隔窗感受一年四季的变化。你再也没有在春暖花开的时候带着我们来个自驾游,再也没有在夏天的时候酣畅淋漓地来个游泳比赛,再也没有在秋天的时候和我一起看落英缤纷,再也没有在冬天的时候带着我跟女儿一起堆雪人、打雪仗……这一切都离你越来越远了,向来爱运动的你被无情的ALS完全禁锢了。

开朗乐观的你变得彻底沉默寡言,从一开始得病喜欢朋友来看你,到现在拒绝任何人来家里。我知道因为那次同学来看你,你想跟他们说话聊天,可是激动的你什么话都说不出来,憋得满脸通红好不容易说了出来,可口齿不清的你让同学他们听得是一脸茫然,一刹那你控制不住地在同学面前哭得眼泪鼻涕一塌糊涂。你是一个多么要强要面子的人,我知道这一刻彻底让你崩溃了,所有的自尊刹那间被这病魔无情地吞噬践踏了。泪水模糊了我的双眼,无限心疼蔓延了我的全身,面对它对你的肆意摧残我却对它束手无策!

因为不甘心,我们曾天南地北地到处求医,总希望奇迹会出现在某个角落。可是到最后我们花光了所有积蓄,却换来了失望与绝望。身心疲惫的我们终于无可奈何地停下了求医的脚步。

回首这5年多煎熬的日子,你每天都在承受着病魔对你无情的摧残,可你始终没有在我面前说过一句苦不堪言的话,反而说的最多的是,老婆你辛苦了,是我拖累了你……在那个时刻,我的心酸酸的,渗出的泪水咸咸的,触碰的爱却是暖暖的。面对已经被病魔折磨得几乎无法言语的你,我不知道拿什么"拯救"你!唯一能为你做的,就是用自己的生命去守护你,与你共患难,走过人生!

与其说人生是一种煎熬,不如说人生是一场修行,修行途中,你或许满怀期待,或许万念俱灰,或许重新起航,或许静观其变,只要坚定,你会拈花微笑,只要坚定,成败不是结果而是经历!

辑七 说好不放弃 我陪你一起努力

我的靠山 你不能倒下

作者：彩虹

真是天有不测风云，人有旦夕祸福。2018年春节前一天，丈夫被确诊为肌萎缩侧索硬化症，即渐冻症，这种病世界疑难，病因不明，目前没有能逆转的治疗方法，等于直接判处死刑。虽然生存期两三年，每天都在不可控制地发展，先残疾，后呼吸衰竭死亡，而且死亡率百分之百，让人毛骨悚然。无情的打击，如晴天霹雳，给我们带来了一场劫难。一时间，整个家庭陷入了极度悲伤，恐慌之中。怎么也想不明白，好好一个人为什么会得这种病！

2016年冬，丈夫双腿遇冷僵硬，走路不稳，在我们这个寒冷地区，风湿关节病特别普遍，所以没有重视。看中医，用中药没有效果。发现肉跳后，想起了十年前在公安工作的同学，渐冻症三年期间，经常去看望，对渐冻症有一定了解，开始怀疑很可能是这个病。接着又发现虎口部位，左手掌心萎缩，感觉很相似。到北京宣武医院住院检查，四个多小时肌电图，痛不欲生，接着腰穿抽血等各项，一周后确诊为渐冻症，世界疑难，病因不明，医生束手无策，不再收治。已到年关，不得不离开北京，除夕夜到家。每年看春晚，放鞭炮，守岁，合家团聚，其乐融融，如今都默默无语，笼罩在悲伤的气氛中，压抑得喘不过气来，就这样过了一个五味杂陈的年……

想哭，又怕他看见，内心承受着巨大的压力，吃不下饭，彻底失眠了，看着丈夫消瘦的身体……我们相约白头到老，你真的要抛下我吗，我可怎么办？这些年忙忙碌碌，没给你做过像样的饭，还都是你给我洗衣服……这一切就要结束了吗？多么希望是一场梦，醒过来烟消云散啊……一路走来经历的风风雨雨,坎坎坷坷,像过电影一样一幕幕在脑海里闪现……

丈夫1982年参加供销社工作,从勤杂工做起,二十六岁当上了法人,可谓年轻有为,前途一片光明。随着市场经济的兴起,传统的计划经济受到冲击,1998年单位解体,基层人员全部下岗,下岗后不久,受聘到私企做财务至今20年。春节确诊渐冻症后提出辞职,老板坚决不答应,不让他到单位上班,安排专人到家里报账。考虑病情不断发展,如果失去语言功能,无法交接,怕耽误大事,一再说明才辞掉工作,再一次下岗。

我丈夫是一个爱岗敬业、认真负责的人,能说能写能算,自己的本职工作井然有序,不差分毫,还帮助单位做了很多事,老板年纪小,把他当兄长,帮助出谋划策,所有的工作都依靠他,他也不负众望,对于辞职老板实在不舍,说再也找不到这样的好人了。

丈夫平时爱说爱笑,乐观幽默,有人缘,满满的正能量,还写一手好字。走到哪里,都是笑声一片,好朋友好同学很多,大家有什么事都找他帮忙料理,口碑极好。兄弟姐妹七人,一个大家族,所有家人都特别尊重他,也都听他的。因为渐冻症,家里和同学的新年活动全部取消。这样一个好人,因为这个病,双腿不能行走,被困在家中,失去了自由,而且被病痛折磨,举手之劳的事,做起来比登天还难。原来家里所有的活都是自己亲自动手,什么都井井有条,因为太要强,还坚持做事,摔了两次都摔得很重,病情也有加重。开始很烦躁,经常发脾气,反复说我没做什么缺德事,为什么得这缺德病,折磨我呢,死我不怕,为什么抽丝剥茧的煎熬呢?一旦发展到呼吸道,想自行了断,要有尊严的离开,可想而知,压力多么巨大。

因为丈夫知道当年那位同样病去世的同学四处求医问药,没有治好,反而迅速发展的教训,一直嘱咐家人,哪里都不去,在家把剩下的日子,开开心心地过好!儿女们都希望爸爸在世上多活几年,给一个尽孝的机会!一定努力挣钱,给爸爸治病,七岁的外孙女把压岁钱送来,要给姥爷治病,还双手合十,口中念念有词,坚持!坚持!告诉姥爷长大当医生,给姥爷治病。儿子没有经过同意,偷偷买了呼吸机,咳痰机,轮椅,气垫,病人专用床等备用。

这些年,我在烧烤店做穿串工,每天都是下半夜回家,因为担心我的安全,丈夫都坚持接我,冬天特别遭罪,室内三十度,室外零下三十几度,温差六十多度,有事睡不实,熬到下半夜还要起来,走进冰天雪地,真的对身体非常不好!丈夫经常说,少挣点,换个清闲些的工作,身体实在受不了了,得病就完了,挣多少钱,都得给医院送去!我也几次辞工,但经不起老板娘软磨硬泡,再说供孩子上学,还要成家,忍不住又去干了,所以这次病了,我很自责,觉得对不起丈夫,如果不这么干,兴许不会得这个病,觉得把丈夫害了。

一想到你这些年边打工,还要在家自己给上学的孩子做饭,辅导,洗衣服,做家务……为了这个家,你的付出太多了!心里很愧疚,我除了干活,什么都不管,存手机号都要你来做,现在你正逐渐失去自理能力,我不能倒下,除了照顾护理,把你不能做的事完成,还要成为你的手脚,做你的拐棍,给你支撑!需要我挺起来的时候了,学了不少护理知识,全力以赴的呵护,让你舒舒服服、开开心心地过好每一天,延长寿命,坚持到特效药出来,治好了,把这些年失去的补偿回来。

丈夫是一个不愿意服输的人,心理素质超强,短时间沉默后,迅速振作起来,从不说这疼那痒痒的,其实身上的痛点很多,晚上睡觉很少。他说,现在能微笑的时候赶紧微笑,把最阳光的一面留下!来看望的亲戚朋友,都很惊奇,没说上几句话,就被他逗得开怀大笑,对于他的状态,没有不竖大拇指的!家里的气氛一点也不沉闷,仿佛又回到了从前,丈夫还如释重负地说,这个冬天太美了,可以看美职篮新赛季完整的比赛,天天看新闻,看体育赛事,抓紧时间唱唱歌,练练字,编几段顺口溜……匆忙的脚步终于可以停下来,安安静静地享受生活了!丈夫的心态比我们都好,我反而很难过,恨这个病,恨老天不公平,他还总安慰我,孟子说,天降大任于斯人,必苦其心志,劳其筋骨,饿其皮肤,空乏其身……这辈子没当过官,要提拔我了,哈哈!老天爷让我们把这些年聚少离多的日子补回来,应该高兴才是啊!我做不了的事,你可以帮我实现啊!

丈夫经常自言自语,你抽丝剥茧蚕食我,我却要破茧成蝶,ALS!谢谢你给我坚强的机会!

非常喜欢丈夫这句话,把绝症当作试金石!

我也要对你说,你是我的靠山,我不会让你倒下!

确诊的日子里

——一位妻子的心路历程

作者:廊桥

2015年5月26日是一辈子难忘的日子。3点多的样子电话那头传来了哥哥哽咽的声音,哥跟我说你要挺住,肌电图出来了确诊是这病。虽然说从2014年老公吃饭夹菜不稳开始,我们就预感是这病了,但因为逃避一直不愿意去确诊,总存在着侥幸心理。现在彻底被打破了,眼泪夺眶而出,我不顾一切地跑出了办公室,躲在一个角落里喊着,不可能……不是的,我接受不了……哥,我要史祥快点回来,我想他快点回来……我想快点看到他……我握着拳头拍打着墙壁,我恨……我恨天,为什么要这样对我们,我们到底做错了什么……我不知道是怎么开车回家的,躺在床上感觉心痛得无法呼吸,眼泪像打开了的水龙头一直流。姐姐也赶过来说,等下史祥来了你不要这样子,要不然他要难过的。傍晚6点多老公到了,看着他一脸憔悴疲惫的样子,我强忍的泪水一下子又不听话地涌了出来,老公也失声痛哭……晚上两个人什么话都没有说,各自流了一晚上的泪水。

第二天老公照常去上班了,可是我却怎么也起不来床,躺在床上看着天花板真希望它能压下来,让我不要这样痛苦地活着,我又想跳起来,跳上去想给天戳个大窟窿,我恨它,我要问问它我们做错什么了,要这样残酷地对我们。我不敢去想象只有45岁的老公、阳光帅气的老公以后会被病魔折磨成不像人样……心痛得感觉呼吸都要停住了,我无法想象以后的日子我该怎么过下去,这样的痛我承受不了,我想拉着老公的手纵身一跃,把这痛苦结束,晚上跟老公说我想陪着他离开……老公说我们走了女儿怎么办,父母怎么办,我不能这么自私,既然上天安排了我这样的命运我只能接受,我不会自己结束自己的生命。听着老公这样说,我又是安慰又是内疚,安慰的是老公比我想象中的样子更坚强,内疚的是我没有为16岁的女儿着想,还有年迈的公婆,他们只有我老公一个孩子,难道要把痛苦留给他们一辈子,让他们每天活在这人间地狱吗?

我不敢去想以后,就这样迷迷糊糊地在床上躺了差不多一个星期,姐来了跟我说不要这样下去,这样叫史祥怎么办,他比我更痛苦,我哭着发疯似的叫着,我接受不了,我心很痛,很痛,你们根本不知道……我不想活了,这样活着我痛苦呀……我活得喘不过气来呀……姐姐说:"我知道你的痛,可你有想过吗,如果你一直这样,自己自私地走了,你的家就真的垮了,你自己想想看!"说到家我的心顷刻间崩塌了,我的家……幸福的家……我爱的家,我以前多么的幸福,我们有一个聪明伶俐的女儿,我们的生活过得可以说是幸福甜蜜的,可这一切却被这该死的 ALS 夺走了。它让我的世界一下子跌入了十八层地狱,它给了我一条黑暗无光的路,姐姐说得对,我要扛起这一切,因为我没有选择,我怎么忍心让老公一个人面对这样的痛苦,我怎么忍心让没有成年的女儿承受这样的生活变故呢,我要自己点起光亮,为了老公为了女儿,为了我爱的家!

我想起一首老歌:拍拍身上的灰尘,振作疲惫的精神,远方也许尽是坎坷路,……茫茫未知的旅程,我要认真面对我的人生……像歌词所说的那样,就算远方一路坎坷,我也要认真对待自己的人生!

诗词三篇

作者：阿幽

云浮古忆

城基大道连狭斜，
万维宝马七香车。
游蜂戏蝶国恩寺，
碧树银台自一天。

北堂夜夜人如月，
南江朝朝骑似云。
梁内九鸟中天起，
潮帝石雕云外直。

屏前相望不相知，
陌上相逢曾相识？
借问吹箫向紫烟，
情到深处度孤年。
得一知己何辞死，
愿作鸳鸯不羡仙。

情缘

从你的眼里望去
观赏亘古已有的繁星
坐在夜幕下凝望
因为遥远而不知其名
也弄不清属于哪些星座的
天体的寒光荧荧
聆听从看不见的池塘传来的呼唤

呼吸素馨与忍冬的芳菲
感受睡鸟的沉寂
晚安前的宁静
湿气的蒸腾
浮云白日
山川庄严温柔
这一切,也许,就是诗情

我终于相信
每一条走上来的路
都有它不得不那样跋涉的方向
每一个要遇到的人
都有自己必须那样选择的理由

如果雨之后还是雨
如果忧伤之后仍是忧伤
请让我从容面对这场别离之后的
别离
微笑地继续寻找
一个不可能再出现的你

你在人群中对我微微一笑

因为这个微笑

等待是一生中最初的苍老

是令人日渐消瘦的心事

是晚安前莫名的伤悲

是听歌时无尽的思念

是不能饮不可饮,也要拼却的那一醉

穿越四季

我依然在这里

等待一场花事的轮回

假如我是奇迹

假如我是奇迹,

我只愿我的光辉,

洒向人间渐冻者的时候,

平常的,不在意的,没有一句话说;

流水般过去了,

不值得赞扬,

更不屑得评驳;

然而在往后的生活中,

痛苦,或快乐临到时,

他便模糊地想起,

好像这光景曾在谁的梦境里描写过;

这时我便要流下快乐之泪了!

假如我是奇迹,

我只愿我的力量,

传导给热爱生活的坚持着的人,

没有轻藐讥笑;

然而在金哥、凯哥、皓哥、喜哥

和千万已逝去的人，

他们听过之后，

慢慢地低头，

深深地思索，

我听得见"我在"在他们心中鼓荡；

这时我便要流下快乐之泪了！

假如我是奇迹，

我只愿我的温暖，

让世界无有声息，

没有人批评，

更没有人注意；

只有我自己在寂寥的白日，或深夜，

对着明明的月

丝丝的雨，

飒飒的风，

低声念诵时，

能以再现几幅不模糊的图画；

这时我便要流下快乐之泪了！

假如我是奇迹，

我只愿我的爱，

在人间不露光芒，

不求回报，

没个人听闻，

没个人念诵，

只我自己忧愁，快乐，

或是独对无限的自然，

能以自由欢唱，

当我积压的思想发落到纸上，
这时我便要流下快乐之泪了！

阿幽，女，患者家属。其爱人沈瑞存，男，46 岁，湖北随州人。沈瑞存，曾为外科医生（职称主治医师），现退休静养，网上诊疗咨询，专职炒股，确诊时间是 2014 年 1 月，发病于左手指，发展现状为上半身及双臂肌肉萎缩无力，使用眼控仪辅助交流。

我们的故事

作者：阿幽

　　生活中，总有一些人用自己平凡的生命做着不平凡的事，他们不求回报，用自己的平凡和善良来帮助着弱势群体。

　　感谢所有关注并给予帮助的人们。

　　　　　我们在回忆

　　　　　说着那冬天

　　　　　冬天总是个寂寞的季节

　　　　　水声冰下咽

　　　　　沙路雪中平

　　　　　肌体也缺少温柔

　　　　　在冬天的山巅

　　　　　露出春的生机

　　　　　我们的故事

　　　　　说着那春天

　　　　　一米阳光普

　　　　　冰雪终消融

　　　　　在春天的好时光

　　　　　留在我们的心里

　　　　　我们慢慢说着过去

　　　　　微风吹走冬的寒意

我们眼里的春天

有一种神奇

这就是春天的美丽和奇迹

一遍一遍甜蜜回忆

春天带来真诚友谊

春天带来无限希冀

我们眼里的春天

有一种欢喜

这就是春天的美丽和奇迹

辑七 说好不放弃 我陪你一起努力

写在 520

作者：阿幽

你从春天走来
以为花花世界就是一切
我吹起木笛
以为怦然心动就是生命的意义
我们怀揣共同的梦想
以为明天会更好

春天走过一段繁华
在惶恐与期待的交织里歌唱
于是夏天来了
带来了夏虫的忧伤
还有那只在深夜品味的冰激凌

我有我的疯幽梦
你有你的呼吸情
你喜欢专注自己
你喜欢热心赋予
你喜欢那馥郁的百合香
你从寒冬的冰桶爱心走来
想要在夏天吐露感恩的花开

你是一朵花吗

又总是含羞如玉

你喜欢百合的洁白和清丽

想要闻一闻那味道

你常常忘记了自己

就像一条不会游泳的鱼

害怕干涸在梦里

却想着盛开如夏

幸运

天使

我有我的太阳夏日风

你有你的心头百合香

太阳下百合花生长

身边刮过夏日暖暖的风

我想和你虚度时光，

比如低头看手机

比如把茶杯插上吸管，离开

浪费它们好看的阴影

我还想连落日一起浪费，

比如看星空

一直消磨到星光满天

我还要浪费风起的时候

坐在站台发呆，

直到你眼中乌云

全部被吹到窗外

我已经虚度了世界，

它经过我

疲倦，又像从未被爱过

但是明天我还要这样，
虚度

满目的花草，生活应该像它们一样美好
一样无意义，像被虚度的电影
那些绝望的爱和生死
为我们带来短暂的沉默
我想和你互相浪费
一起虚度短的沉默，长的无意义
一起消磨精致而苍老的宇宙
比如靠在轮椅上，低头看水的镜子
直到所有被虚度的事物

你真的走了，明天？那我，那我，……
你也不用管，迟早有那一天；
你愿意记着我，就记着我，
要不然趁早忘了这世界上有我，
省得想起时空着恼，
只当是一个梦，一个幻想；
只当是前天一闪的彩虹，
海市蜃楼般在风前抖擞，
一包，两包，落地，叫人抢，变成皮……
叫人抢，变皮倒也干净，
人走茶凉还夹着风凉话儿，
这半死不活的才叫是受罪，
看着寒碜，累赘，叫人白眼
天呀！你何苦来，你何苦来……
我可忘不了你，那一天你来，
就比如黑暗的前途见了光彩，
你是我爱，我的恩人，

你教给我什么是生命,什么是爱,

你惊醒我的昏迷,偿还我的天真。

没有你我哪知道 ST,双水平?

没有你,我怎能体会黑夜给了我黑色的眼睛?

没有你,床前无明月,地上空一物;

没有你,人工呼吸也缺少它独特的魅力!

夜黑呼吸看不见,却听得见你的调皮,

橄榄林里吹来的,带着石榴花香,

我就微笑地再跟着清风走,

唉! 你说还是活着等,等那一天!

有那一天吗? 你在,就是我的信心;

可是天亮你就得走,你真的忍心

丢了我走? 我又不能留你,这是命;

但这花,没阳光晒,没甘露浸,

不死也不免瓣尖儿焦萎,多可怜!

你不能忘我,爱,除了在你的心里,

我再没有命;是,我听你的话,我等,

等 604,以色列,反义寡,我也得耐心等;

爱,你永远是我头顶的一颗明星:

天上那颗不变的大星,那是你,

但愿你为我多放光明,隔着夜机,

隔着天明,通着恋爱的灵犀一点……

最真的梦

作者:阿幽

相信我,朋友

没有什么

绝对没有什么

比乘船游逛更有意思的事情了。

秋天的气息,

在头上的天空中吹拂,

在脚下的泥土里游动,

在四周的空气中飘荡。

那奇妙的追求、

渴望的精神,

甚至钻进了那阴暗低矮的小屋。

毕竟,放假最舒心的地方,

并不是自己得到休憩,

而是看到别人都在忙着干活。

今天在这里,

明天在那里!

到处旅行,变换环境,到处有乐趣!

整个世界就在你眼前展开,

地平线在不断变换!

你还怔怔地站了一会,想着心事。就像一个人突然从美梦中醒来,苦苦回忆这个梦,可又什么都想不起来,只模糊地感到那个梦很美,美极了!随后,那点美的感觉也消失了。做梦的人只能接受醒过来后那冰冷严酷的现实,接受它的惩罚。

黄油吐司的气味,简直像金哥在对秋月调笑,凯哥对乐乐呢喃,讲得清清楚楚,半点也不含糊。他讲到暖融融的厨房,明亮的霜晨的早晨;讲到冬日黄昏海南归来,穿拖鞋的脚搁在温暖的床上,向着一大簇玫瑰花;讲到心满意足的猫儿打着呼噜,昏昏欲睡的金丝雀在啁啾。

按照ALS界的规律,在冬眠季节,不能指望任何费劲的或者逞强的举动,哪怕只是比较活跃的举动。

家!这就是它们向他传递的信息!那些亲切的叮求,那些从空中飘来的轻柔的触摸,那些看不见的小手又拉又拽,全都朝着一个方向!

小树林仿佛无边无际,没有尽头,也没有差别,最糟糕的是,没有一条路能走出这个树林。

过去的时光就像一场噩梦,未来全是快乐的假日。一周又一周,我不停地往南飞,飞得自在,飞得休闲,想要逗留多久就逗留多久,只要随时注意倾听南方的呼唤。

这是我的世界,我再也不需要别的什么了,它所没有的东西都不值得拥有,它所不知道的东西都不值得知道。

家有渐冻人

作者：奇奇

男主：阿拉伯人（以下简称阿）

女主：奇奇

随时出场人物有家庭主要成员阿妈，阿爸，奇妈，蹊宝等。

家有渐冻人 1

2013 年 5 月，东北的夏天在左顾右盼中，终于蹑手蹑脚地登场了，不过也只有少数火力旺的人开始穿 t 恤。阿平时就爱出汗，所以短袖帮里可见他的身影。那天长春同学出差，路过此地，阿陪同学吃饭，和奇奇对面相坐，奇奇突然发现阿左上肢肉跳，顺口就说了出来，可阿自己并没感觉，用眼睛看后才知道肉跳。当时在场吃饭的还有工作在医院的王同学，大家都说是神经有可能过于兴奋而已，都没当个事，酒肉走起来，快乐的同学朋友聚起来。那时，无人知道这是悲剧的开始……

家有渐冻人 2

阿很敬业，周末接到电话从不拒绝加班。那时无娃，奇奇周末就是睡觉、网购、追剧，阿是无休止的杀怪……去医院的那天，阿还在单位写材料，奇奇回娘家和奇妈聊天，说到老家的三伯得了帕金森，奇奇无知得很，不知道帕金森是什么样子，经过奇妈科普，奇奇终于对号入座了，严重怀疑阿会不会得了帕金森。这次奇奇是真的感觉事态不妙了,在奇奇逼迫下,阿终于在医院露面了。四医院做了核磁,怀疑颈椎压迫神经,去了龙南医院,神内说要做肌电图,他们那里做不了,建议去大医院。就这样去了大医院,结果一个肌电图排了半个月,还只开了下肢肌电图。做检查当天,孙医生建议做全身的,我们接受了医生的建议,半个月后又做了一次。在此感谢孙医生专业技术过硬,服务态度好,让我们接受了全面的检查。结果出来了,普通医生不接诊,我们意识到问题比想象的严重,不得不挂了专家诊。面对所有报告,崔主任诊为运动神经元病!奇奇无知地问,怎么治,人家委婉地告诉奇奇,你知道霍金?奇奇还真不知道,以为霍金是治这个病的医生呢。没想到,奇奇一家就这样和霍金攀上了关系……

家有渐冻人 3

让奇奇的故事垫底,来让人感悟自己的幸福人生。

阿被疑似为渐冻人后,奇奇疯狂地骚扰度娘。面对冰冷苍白的文字,奇奇心里还是存着侥幸的,万一是误诊,万一只是运动神经元病中最轻的类型呢……此病分型很多,预期也不同,比如平山病,废掉一只胳膊也就保命了。但也只有平山病是幸运的,其他类型最终都是影响生命的:进行性脊肌萎缩、延髓麻痹、原发性侧索硬化症等,这些最终都会发展成为肌萎缩侧索硬化症,也就是这病里的极品了,简称 ALS!心存侥幸,是因为不关痛痒,生活正常,所以还没意识到病情的残酷。2013 年 8 月,沈阳办事不果,这时距离上次做肌电图有三个月了,可以进行再次检查,于是去了中国医大一院做二次检查,再次感谢沈阳房主张姐为我们找人挂号,感谢在沈阳的日子里有她和曲姐给我们的关照,奇奇以后去沈阳,定当拜访两位姐姐,在此谢过。医大挂的专家诊,医生看了后,果断建议住院做相关检查,于是当天入住,检查排起来……

家有渐冻人 4

办理住院后,刚到病房,小护士就来打针。奇奇问小护士,没确诊就能用药？用药的效果可以确定吗？小护士说，就是营养液……奇奇问她，我们来是确诊的，不是来治病的！小护士识相地离开，不到十分钟，阿作为渐冻人入住医院的事情在医院传开，惊动了整个神内！从主任医师到副主任医师，还有好多医生，护士，组成了强大规模的诊疗团队。奇奇心想，这是来参观大熊猫了吗？他们把阿里里外外观察了一番，失望地离开了，主任医师张给阿开了好多检查项目，我们才知道，阿是该院建院以来的第二例疑似渐冻人，所以才有如此的浩大声势。检查项目必有的就是肌电图、血常规、心电、核磁……总之能查的、该查的、不该查的，统统做了一遍。当时外地就医也没考虑保险之类的，就想排除那个绝症。住院七天，结论还是疑似渐冻人，张主任建议我们三个月后北京协和做肌电图，我们拒绝了，更多的是绝望，就这样匆匆办理出院手续，准备回家。途经哈尔滨，想再次做个了断，可肌电图必须间隔三个月才能做，无奈之下打道回府，哈尔滨的旖旎风光无心欣赏，就这样一路恍惚归来，重新投入到工作中，用现实的忙碌回避这个人生意外。

家有渐冻人 5

同年九月，奇奇创造了人生的第一个奇迹，另辟蹊径的小天使来到了这个特殊家庭，以至于后面好多朋友问我，确诊渐冻人后，为什么还要宝宝？虽然家有喜事，可那胳膊的跳动还是悬在头顶上的一把剑……

家有渐冻人 6

阿肉跳一年后，蹊宝诞生，阿是个很好的爸比，在医院看护宝宝七天七夜，出院后病情有所加重。那段时间，奇奇身体也很糟糕，手脚麻，怀疑脑梗，去医院检查时，排除了，但阿无意中让医生看了看他的状况，这时虎口已经严重萎缩了，阿抱宝宝已经略显吃力了。在蹊宝还没来得及照百天照的时候，奇奇和阿踏上了去北京的路……

家有渐冻人 7

终于决定去北京了，就为了确诊，怕可治疗的疾病被耽搁了。因为仓促出发，所以买不到下铺，只好上铺了。阿此时上上铺胳膊就略显吃力了，脱衣服需要奇奇搭下手，经历一晚上的咣当终于来到了北京。讨厌这个地方，每次来都是就医，每次都是心情不好。拒绝姐姐来接站，想想北京到处堵车，还是自己地铁过去就好。到了姐家，吃完饭就准备下午的就诊了。阿很有办法，提前在好大夫上预约了挂号，这样不用找黄牛，也不用去医院太早。因为从姐家到协和也就步行三五分钟，下午姐姐姐夫陪着我们一起过去。人很多，诊室开门后，又在护士站换了一次号，于是坐在诊室外等着。这期间奇奇也没闲着，抓紧时间和其他病人交流信息，可越是交流，越有不祥之感……我们排在比较靠后的位置，等到我们就诊了，医生很牛 x，没问什么，就开了化验单，我勒个去，不到三分钟 200 块。然后是排肌电图，去了后告知要排到半年后……幸好是慢性病，否则死好几回了！无奈之下，举着钱求医生给我们提前安排下，这样三天后花了双倍的钱做了肌电图。结果出来后，赶上了十一假期，专家不出诊，奇奇惦记不满百天的蹼宝，无论如何也要回家，无论姐姐姐夫如何挽留，奇奇都无心欣赏，去各景点游玩，打道回府。

家有渐冻人 8

十一过后，奇奇和阿再次踏上北京求医之路，还是好大夫挂号。去了之后还是怀疑运动神经元病，但为了排除遗传疾病肯尼迪，特开了一个基因检查，于是又去了检测机构，结果要半个月后出来。北京之旅到此结束，接着回家等结果。

家有渐冻人 9

那天从协和出来，阿还是不能接受这个事实。之前的疑似让我们心存侥幸,现在的确诊当真是打得我们满脑子眩晕。阿这是第一次因为疾病痛哭,奇奇也只能安慰他。面对协和开具的天价延缓药物,阿理智地拒绝了。一盒药4300,阿一个月工资不够一盒药费的,奇奇商量了好久,他都不同意买。对病情的绝望,药物的昂贵,让我们感到活得好悲哀……就这样惦记着孩子,失望地回程,路上奇奇不让阿背东西,阿还逞强地拿着包,他还想给奇奇一个依靠……

家有渐冻人 10

回家后半个月左右,北京的姐姐把基因检测结果发来了,排除肯尼迪,基因检测结果阴性! 此时阿病情发展,已从左上肢发展到整个左胳膊,吃饭也变慢了,喝水偶尔呛咳。那段日子,奇奇天天泡在各大论坛、百度、q群,就想找到偏方奇方。阿此时还在坚持上班,渐渐地自己用筷子吃饭不成了,看着自己的手控制不了筷子,就气得直哭……一家人沉浸在悲痛中。

家有渐冻人 11

奇奇四处打听,有人说五区有个中医看病好,我们就去了。到了那里让补钙、电疗、中药一起,结果丝毫不见效果。用了中药后,晚上阿全身是红点子,浑身难受,吓得奇奇半死,不得不停了。广播里介绍金诃藏药,有人说用了有效,奇奇就买了好多藏药,好贵啊,一盒药980,用水泡服。阿不配合吃药,天天要哄着吃。后来又听说有人吃中药从轮椅上站起来了,于是就去找人家打听,在哪里吃的中药。奇奇是想拼命抓住任何一根稻草。一个月中药又四千块,可看不到效果,看不到效果……阿的病情还在发展,自己不能扣扣子,不能拉拉链。

家有渐冻人 12

寻医问药进行时……后楼邻居也是同事兼朋友,说附近高层有个人坐轮椅不能走路,吃了中药后站起来了,能走路了。于是我们打听后就前往寻医问药,中医无非就是摸脉,然后开了中药,告诉我们一周一号脉,于是先来了一周的药,一千多大洋,而且特意强调要吃就得吃半年,时间短了不成。于是每周奇奇和阿都会利用一天时间去见中医,上午去开方号脉,然后等着人家熬药,下午才能带着药回家。有时赶上奇奇不能前往,阿就很可怜,像背包的企鹅一样,需要药房的人帮忙把药装在双肩背包里,再帮他背上。奇奇想想就心酸,药还是热的,阿就那样被烫着……满眼的泪水,此时好在行走还没有问题。

家有渐冻人 13

在吃同事介绍的中药的时候,奇奇把爷爷家发黄的古药书找出来,又从头到尾翻了好多遍,想在祖国中医学中找到蛛丝马迹。中医称此病为萎症,也有个别方子,说对肌肉萎缩有效。没有任何犹豫,果断吃起来,胎盘粉,找关系搞。嫂子打听来有个会针灸的,会穴位埋药,能治神经疾病,又匆匆忙忙赶去,让人家给看看。好在张一针很有医德,没有骗我们钱。张一针这里无果,又听说大石桥有个周总理曾经用过的中医,百十来岁了,又像无头苍蝇一样跑去了哪里,求爷爷告奶奶让人家给个希望。有良心的人没有撒谎,我们就这样一次一次为自己寻找希望,然后一次又一次绝望。

家有渐冻人 14（20161024）

昨天与老病友聊天,意识到呼吸机要尽量多佩戴,以改善或者减轻呼吸肌的萎缩。为了佩戴安全些,今天又特意佩戴了鼻罩,还要配置什么,只能看病情发展情况了。累吗？累！

家有渐冻人 15（20161122）

奇奇不知道渐冻人会分为几个时期,奇奇家目前经历的还不是最难熬的日子。以奇奇的了解,大体是发病初期、寻医问药期、医疗器械准备期、护理期、气切期……多少人恐惧气切，但又有多少人连气切的机会都没有？如果可以回头，奇奇是不是要重新做决定，确诊就去做造瘘手术，在病人呼吸还好时，就做气切手术……说实话，我很迷茫，关于生死，无法悟！生死只是形式上的存在，更多的还是灵魂的放松吧。

家有渐冻人 16（20170104）

好久没更新了，不是因为平安，而是太过于忙碌了，每天要处理的事情太多，感觉自己再有三头六臂怕是也不够用。最近整晚整晚失眠，昨天看了阿写的一段文字，我还是哭了。无论我多么坚强，但面对他内心深处的声音，我还是哭了。得病到现在，他一直很安静，没有闹，没有抱怨，而是自己调试心情……回想他因为手不好用，办公室的同事不在，外套穿了一天脱不下来，想到他后期用腰带不方便穿松紧带的裤子还坚持上班……他是那么的要强与坚持！想起自己偷偷地给他同事打电话，让多照顾他，还不能太明显……想起他吃饭端不起餐盒，全扣在身上……太多的心酸！但现在想想，那时还不是残酷的……原来悲痛还在继续。

家有渐冻人 17（20170118）

家的味道是回家了还有另一半的气息！这是一个渐冻人家属的表述……不怕你拖累，不怕你这个负担，就为了你有一口气息，我们从不曾放弃。

家有渐冻人 18（20170324）

家有渐冻人！加油！渐冻人！自从家人得了这个病，各路神仙都来帮忙了，信佛的要来给病人念经，耶稣的要送福音，也有陌生人给发个红包。奇奇想说的是，宗教信仰自由，但与科技医学不搭界，所以，奇奇的拒绝没有鄙视信仰的意思，就是尊重，才心怀感恩地在此谢过。但疾病就是疾病，所以，大家要保持理性！这里最要感谢的就是病人的同学们，他们始终如一地给我们帮助,无论金钱还是精神,万分感谢,所以,同学们有事的时候记得通知我们,同在是最重要的,即使我们不能出钱出力,可我们还有一份惦念随时间累积。病情发展,科研成果也不理想,所以,一路向西行驶,我们也恐慌、畏惧、诅咒,但无论如何,求生的意念不曾放弃。加油,和我一起奋斗在抗冻路上的中国二十万家庭,我们的坚持也许等不来解冻,但我们也是为后来人积累了部分抗冻经验,所以,依然值得! 加油,渐冻的生命! 马赛替尼,不是我们的希望,但终有一天,会有解冻灵出现……生命就是要坚持。

家有渐冻人 19（20170424）

加油! 家有渐冻人! 随着病情发展,好多的痰液和口水出现,这是很危险的,痰液不及时处理,会发生痰堵是致命的,口水多,会发生呛咳,继而引发吸入性肺炎! 对生命都是有影响的,每天必用化痰药和抑制口水药物,在饭后一小时还要用咳痰机做一下肺部痰液的清理,近来吃的不多,还是越来越清瘦,好在精神状态还好。

家有渐冻人 20（20170521）

5 月 11 日,请朋友来家采血,做了下血气分析,检查结果正常。病人饭后开始咳嗽,呼吸变差,于是增加了止咳药。12 日情况相对稳定, 13 日之前做手术的辽宁专家来家帮忙换管,从 16fr 换 18fr,换管成功,出血很少,当晚病人没用消炎药物状况也很好。13 日早上起来后,病人开始咳嗽,直至次日凌晨两点,这期间血氧下降,心率飙升 132! 只有倒气的份,呼吸机因为咳嗽无法佩戴,制氧机全天工作,咳痰机也发挥了积极的作用……两点后安稳些,开始睡觉。15 日平稳。16 日略微咳嗽。17 日也还好,这期间医生们建议少食多餐,怀疑食物返流,于是从 13 日开始就一直服用造瘘病人专用营养液奥海恩。18 日,病人再次发生咳嗽,一共用了六种止咳化痰药物,制氧机和咳痰机 24 小时待命……病人汗多,心率飙升,血氧还好,倍他乐克不得不吃,这期间好多病友纷纷支招,关注外国人的情况,在此表示感谢! 同时感谢现实中的朋友,尤其医院的朋友!

家有渐冻人 21（20170522）

有一天,总会有结果,无论科学的奇迹,抑或天国的召唤,在经历此番磨难后,我想,我都能淡定自若! 不喜不泣! 奇迹是坚持的结果,天堂亦是坚持到无能为力的结局……我的同病相怜的朋友,你们懂否?

家有渐冻人 22（20170628）

这是一个不眠的夜晚,阿晚饭后开始咳嗽,痰多,我们间隔十分左右注射一次药物,最好的消炎药、止咳药、化痰药、咳痰机、吸痰机轮流作业,用纱布抠嘴巴里的黏液,用沐舒坦口服湿润嗓子,可是已经咽不下去啦,统统是吐出来。就这样,阿在轮椅上咳嗽一晚……

家有渐冻人 23（20170629）

早上出门,重新买药物,去熟悉的药店,因为奇奇医保卡里没有钱,已经欠药店好多钱啦,谢谢让我赊欠。奇奇又买了好多消炎药、止咳药、化痰药,账本上记下来,奇奇不知道欠了多少,就这样欠下去吧……急匆匆地跑回家,给阿用药,希望他能不再咳嗽,然后又带着疲惫出发上班,这期间奇奇很自责,没有带阿去医院,既是因为无奈也是因为对医院的失望。算啦,好在又挺过来啦……希望今晚阿平安。

家有渐冻人 24（20170701）

被退的雾化机又重新收到了,雾化看来是要做的。今早先出门给自己针灸,然后回老爸家,回来时果断忘记买生理盐水。雾化的药家里都有,没办法,再次下楼买生理盐水,说是买,其实是赊,顺便给阿买了乳酸菌素。从昨天开始有点拉肚子,不知道是夏天饮食卫生不过关,还是其他原因。

我不做追究,不做追究,掰扯不清……雾化做起来,愿今晚可以安睡。

家有渐冻人 25（20170724）

有些声音,即使再亲的人也会神经脆弱,病人表达的是语言,家人听到的就是哼哼。这个时间,有多少家庭不眠,有多少人被病折磨,奇奇小女子悲天悯人、无能为力……

从最初面对有人离开的伤心到看到人家离开的解脱
这是时间和病痛的折磨
与植物人完全相反的疾病
奇奇也崩溃过
可总是在最后时刻
不忍放手
痛吧
痛到不能呼吸
困得不行啦
安眠药呢
真想奇奇遭遇的是假的人生

家有渐冻人 26（20170808）

可恶的 ALS,渐冻症恶魔。这一百多年来,你不知害死多少人的生命,不知害惨多少个家庭,害得科学家和医生伤透了脑筋,直到现在 ALS,渐冻症恶魔你的存在已经有一百多年了,你还是那么的顽固。科学家和医生也很无奈,这么多年来只是研究一种可以延缓的药物安慰剂,而且十分昂贵,别说治愈,连控制都不能。这就是你 ALS,顽固,残酷,希望不久的将来,科学家和医生很快就会把你攻克,不让你继续顽固地残酷下去!

家有渐冻人 27（20170829）

这段时间发生胃管脱落,好在家里有备用管,冷静对待,从容地找出导丝和新的管子,家里没有石蜡,果断打开一颗椰子油润滑,先把导丝插入瘘口,防止愈合,然后把新管子涂抹椰子油,顺序导入新管,重新注入5毫升水,搞定。

家有渐冻人 28（20170901）

娃娃去幼儿园了,阿很想他,为了阿在家也能看到娃娃在干嘛,所以,监控很必要! 那是一个父亲对儿子的思念,那是最后的时光里最温馨的时刻! 奇奇是没钱,但是没有什么可以阻断这份父子亲情! 所以,就奢侈地购买了监控服务! 让最后的时光不留遗憾。

家有渐冻人 29（20170905）

世间有一种疾病,它的名字叫渐冻人! 名字起得非常精准,如同疾病的痛苦让人难堪的程度一样! 自己眼巴巴看着自己不能说不能吃,想吐口水吐不出去,一切都只是想想,看着自己光滑的皮肤萎缩,看着蚊子咬自己却无能为力,尚且别说自己还能为别人做什么,自己被一切生灵欺侮,痛苦在于脑子越来越清晰,一个人就这样一点一点被吞噬,直到耗尽最后一滴心血。

家有渐冻人 30（20170905 忆从前

奇奇昨天见到之前的同事,他们当时去局里办事,见到阿就发现他的手部萎缩了。还记得有一次韩姐给我打电话,她说怎么听着声音都变了呢? 再后来,小马和刘哥过来接他上下班,都是我帮他穿衣服,扣扣子,穿衣服时胳膊抬起来都吃力了,扣扣子等一些需要精细动作的事情做不来了,就这样还坚持工作,去吧,在家天天想着疾病太痛苦了。奇奇背着阿,嘱咐同事们多帮着照顾下生活上的事。这里要感谢的人太多了,谢谢你们照顾他最后的工作时光! 随着病情发展,不能再穿腰带的裤子,为了上厕所方便,天天穿运动裤,再后来自己上厕所脱不了裤子,一个大男人真的要被一泡尿憋死,这种心酸谁能体会? 去食堂吃饭,看着餐盘无力端起,后来不去食堂吃饭,奇奇就给他带方便的零食,还要提前把口袋打开。再后来带指纹锁的手机都打不开,吃饭用不了筷子,然后面对着饭碗大哭。有多久,奇奇家天天都是以泪洗面,直到他彻底不能上班了,反而放心了,因为不担心他走路摔倒起不来,不担心他穿衣脱不下,不担心他吃不到饭,至少家里有人。可事实越来越残酷,手拿不起勺子,后来就手拿勺子不动,嘴巴凑上前去吃,吃一次饭就要吃一个小时,期间还呛咳数次,可他依然坚持自己吃,不用奇奇帮忙。

家有渐冻人 31（20170917）

病越来越重了,皮包骨不说,连声音都越来越微弱了。离开了电脑,离开眼控仪,家属和病人的沟通当真是问题,他在说,是标准的哼哼,朝夕相处的家人还是听不懂,全靠猜测和眼睛交流……

家有渐冻人 32（20171025）

早上公交车上遇到的,奇奇希望他不是骗子,希望大家的良善可以让他快回家。奇奇又想起来北京的那一幕,那年去北京看病,中午吃饭遇到的那个中年人,不知道什么原因吃不起饭,趁人不注意吃别人剩下的食物。看他这样,奇奇好心酸,真的想为他端去一份新鲜的饭菜,又怕伤到他的自尊,奇奇就看着他吃,然后在那里流泪。这件事情过去好多年了,可奇奇总觉得自己没有帮他很遗憾,如今自己也可怜兮兮的了,也不知道大家有没有怀疑过我是骗子! 好吧,奇奇或许是个可爱的骗子,不骗钱,骗来了好多感情吧。

家有渐冻人33（20171102）

近期痰培养三次,细菌感染,不同的菌,状况不是很好。今天在同学、朋友的帮助下去医院做了CT,一直担心的肺部感染没有发生,可以略微放心了! 愿这个冬天平安度过,很快就要迎来35周岁生日了,愿这个新年,家人都在! 也愿病友们都能安全过冬,奇奇不想每天发布死亡信息,大家多保重! 加油!

家有渐冻人34（20171107）

又是一个不眠夜,一个小时一次的折腾,耳畔仿佛一直都有哼哼声,抑或已经神经质! 昨天大便又拉裤子了,因为长期佩戴呼吸机耳朵后面摩擦破损,这些对于头脑清醒的人来说,承受的痛苦远远高于身体本身,在远离医疗辅助设备后,发出的声音是可怕的,无法交流的,甚至是歇斯底里的! 作为家属,更是要接受身体与心灵乃至灵魂的考验。每一个声音,都让你的心揪在一起,滴血! 生不如死的感觉何止啊? 简直是剐肉!

多少次被窝里落泪?

多少次欲哭无泪?

多少次的无助彷徨?

疾病的痛苦

心灵的煎熬

痛不欲生

可每天睁开眼睛

还要故作坚强

每天用我可以! 我能行在鼓励自己

有一天还要承受这种执念的落空

如何? 心知肚明却又折磨

原来人生没有解脱

家有渐冻人 35（20171120）

半夜醒来，简单沟通下，倏然间忘记了阿也曾经有过那个时候！他那么努力地用一根手指控制鼠标！现在全套用眼睛操作了！他很努力积极地活着！像个流氓兔一样，流氓兔头上是蝴蝶结，阿是为了防止头抬不起来，我们给他用一个套子把脑袋拉起来，简版的流氓兔！虽然我说得轻松，可多少人都知道这份心酸！好吧，一起努力加油到山穷水尽。

家有渐冻人 36（20171126）

不知不觉，阿和痰战斗了十一个月，感谢咳痰机的助力，每天拍背、雾化、化痰药、中药、吸痰机、咳痰机不停地轮番上阵，奇奇家堪比小型诊所了。

想想当初买咳痰机时经济的艰难，
现在想想是值得的。
十一个月的陪伴助力，
贵有贵的道理。
为了家人，奇奇会拼尽全力，
谁的陪伴也没有阿珍贵。
或许我会考虑气切了，
但愿不要发生更好。

家有渐冻人 37（20171201）

造瘘管竟然也发生了堵管，不过很容易搞定，导丝轻轻插一捅搞定。今天是奇奇的生日，不知道阿准备了多久，特意托朋友帮忙买了一只 18K 指环，用眼控发来告诉我指环的含义，指环上是佛家梵文，六字箴言，寓意幸福平安，价格 719 寓意就是妻要长久的幸福平安。生日快乐。不能陪你过生日,走余生,很内疚。

家有渐冻人 38（20171214）

折腾半个小时,依然无法沟通,只好再次打开电脑眼控,呼吸机是哪里不舒服了呢? 没有肉、没有肉,除了骨头就是皮! 解药在哪里? 绝望,比吃绝情草还要难过。

家有渐冻人 39（20171225）

今天给阿剪指甲,手没有肉,有的手根本就无法伸开,指甲倒是一直长得很快且很硬。没完全死亡的神经还能偶尔使手抖动,十个指甲剪完好蚀心! 原来看到清瘦的人都感觉可怜,现在看到这样皮包骨的人自己去想该是什么感觉吧。

家有渐冻人 40（20180102）

昨天阿的笔记本到货了。好多人说,奇奇真奢侈,奇奇好有钱。能不能闭嘴,我也是做的分期,就是不想让病人的眼控仪天天死机,每次麻烦工程师处理眼控仪都要一天,奇奇要配合远程还无法上班。在经过了三个月的又是做系统又是安散热风扇,又是抹胶,又是清理灰尘的折腾后,奇奇尽力满足吧。一家六口人除去生活费用和孩子的上学费用,阿还要两个人护理以及医药费等。奇奇绝对有钱,有钱的奇奇住的都不如猪舒服、吃的不如猪好, 365 天过节都没什么改变……奇奇不知道这么傻下去值得不? 阿最近愈发有强迫症,不关他事的一些东西也要管,比如拖布倒了,他非要你扶起来……公公 24 小时的陪伴,好久没出去过了……为了他,奇奇也是没办法把儿子带在身边……人生的修炼还在继续……仰天大笑,奇奇,你这倒霉孩子,还能再悲催点嘛? 有些人竟然无耻到说些不着边际的话,哎,奇奇还没成寡妇,是非就来了,江湖险恶不过人心……

家有渐冻人 41（20180531）

阿患病五年了，行造瘘手术，使用呼吸机两年了。确诊时医生说此病生存期三到五年，希望我们能像霍金那样坚持得久一点！加油。

（未完待续……）

奇奇，真名盖兆晶，女，38岁，渐冻人家属。从事志愿服务六年，目标是自助的同时助人，让更多的人得到科学的护理，让更多的生命得以延长，让更多的等待变成奇迹！

妈妈，我们一起加油

作者：东方慕蓉

年年中秋，又近中秋。妈妈，我相信，我们还能一起过好多个中秋。

早上洗脸时，我想，你已经不能自己洗脸了。拿起筷子时，我想，你已经不能拿起筷子了。煮粥时，我记得你曾经告诉我，有几个人，抓几小把米，加几碗水，煮出来粥的稀稠正好，可是，你就要做胃造瘘手术了，还能喝得下几碗稀稠正好的粥……每次这样想时，我都会锥心的难受。

小时候，你告诉我，人怕干活，活也怕人干。直到快要知天命时的今天，这句朴素的话依然是我的座右铭。你一生勤劳，几乎没有闲下来的时候，可是现在，哪怕是一根针也拿不起来了。我想着办法劝你宽慰你，我说，妈，这是因为你太能干了，忙了一辈子，到老了，老天爷心疼你，叫你歇着。你令人心酸地笑着说，有这样心疼的吗？说着，你的泪落了下来，我赶紧上前，搂住你被病魔折磨得越来越单薄消瘦的双肩。

去年的一切都像做了一场噩梦一样。从在电话里听到你压抑不住的哭声那一刻起，我觉得我变成了母亲，你变成了孩子。我应该马上回到你身边，搂住你，给你温暖和安慰，就像我小的时候受伤受委屈时你搂住给我温暖和安慰一样。我有责任保护你，我要从病魔的利爪下救出你——等后来对这个病的了解越来越多时，我才知道自己当时的想法有多么幼稚，否则，这个病怎么会被称作第三大绝症呢？

我曾想过，你和父亲是我的佛，我敬你们，爱你们。你们若是有病痛，那便是我修行的机会。但是当看到你塌陷的肩膀和枯瘦的虎口，你无助的眼神和迟滞的脚步，我突然觉得即使仅仅这样想就已经很自私，我只关心自己的修行，没有意识到这是以你的病痛为代价。多么残忍的想法啊。

你确诊后住进医院那次，我接到父亲电话后马上去机场，在去机场的路上请假，订飞机票，交代工作。可是天公偏偏作对，我在机场滞留超过十二个小时。我知道你在等我，我不能让你等得太久，心里揣了个炸药包一样，一遍一遍冲过去询问航班何时起飞。巨幅的玻璃窗外，巨幅的雨幕，尾翼上各种标识的空客起起落落，航站楼里旅客熙来攘往。四面望去，有谁和我一样，是焦心地要去探望病重的亲人？

我们彼此等待过很多次。我等你，在放学的路上，在空无一人的家里，在茫然无措的雨天。你等我，在做好我最爱吃的饭的家中，在通往我回家的客车必经的转弯处，在每一个佳节前夜的灯光里……

十八岁时，我离开你和父亲去几千里之外的上海读大学。每次出门前，你都要包饺子，你说出门饺子进门面，我娃要浑浑全全地走，浑浑全全地回来。如今，我就要浑浑全全地回到你身边，你却被病魔折磨得支离破碎。

我怎么样才能帮到你？父亲在电话里告诉我你的病的名字，运动神经元病，我开始并没有以为是回事，但当我挂掉电话用手机百度后，瞬间惊呆了，这个病被称为除了癌症和艾滋病之外人类尚未攻克的第三大绝症……我疯狂地查询，发邮件，打电话，试图找到能救你的良药，可是……

母女一场，是人世间最大的缘分。你生我养我，宠我爱我，你信任我依赖我。我要救你，妈妈。

我读各种晦涩的医书，找各种古方里的汤剂，对着穴位图在自己身上寻找据说对这个病有帮助的穴位。我买巧克力，买蜂王浆，买桃仁，买小米，买一切据说对你好的食物。你没有胃口，但你在努力地吃，你不想辜负我，就像我小时候拼命读书，做家务，不想辜负你一样。

孩子小的时候，你的母亲、我的外婆、他的太外婆去世了。他问我什么叫死，人为什么会死。我说，有生有死才是人，没有谁能一直活着，关键是我们活着的时候要做一个好人，有用的人，爱别人的人，争取也做一个被别人爱的人……他紧紧地抱着我大哭，妈妈，你不要死。我说，人都要死的，但是死没有那么可怕，因为他或她的孩子，会替他或她活在这个世上。

但即使明明白白地知道这个道理，在你确诊这个可怕的病之后，我还是常常忍不住掉眼泪。有人的时候我会仰着头把眼泪憋回去,没人的时候,一个人痛哭,纸巾丢在地上,像一团一团悲伤的白色花朵。

妈妈,我最后悔的事情是当初自私地只想着自己的诗和远方,没有留在你们身边,可以在你和父亲有病痛时尽到女儿的责任。我想,不管我们以后还会有几个一起过的中秋,你在的每一天都是我的节日,让我在这些节日里,好好宠爱你。

人世间从来就没有天长地久,那么,让我们一起珍惜每一个日出日落,感恩每一个日出日落。在这些日子里,我还是个有妈的孩子。

病友群里有人说,全世界最顶尖的科学家都在研究治这个病的特效药,说不定一夜之间,药会被发明出来,就像青霉素一夜之间发明出来,让肺结核不再是不治之症一样,所以,活着就有希望,只要活着,就有可能。妈妈,你要坚持住。

我突然想到奥林匹克精神。同为有局限的人,最优秀的那些追求的是更快,更强,更高。生了这个可怕的病,妈妈你要做最优秀的病人,我要做最优秀的孩子,我们一起追求更快,更强,更高。我们可以最终被打败,或者凋零,但我们不能缴械,妈妈,我们不能,我们一起加油!

东方慕蓉,真名张蓉,患者之女。其母70岁,2017年春节后发病,8月在西安交通大学附属二院和上海华山医院确诊患有运动神经元病。患病后母亲成为全家之宝,目前虽病情有所发展,但全家全力以赴积极治疗,病人也积极配合。愿终有一日云开雾散,冰雪消融。

沉浸在生命之中

作者：李青

生命，若如赴一场悬崖边的盛宴，愿能在离开宴席时坦然：我已心满意足、对自己再无愧疚。

——献给与 ALS 生活在一起的亲们

眼睁睁地看着它到了手臂、到了腿脚、到了喉咙，
感受力量一点一点流出自己的四肢，
任病痛一寸一寸啃噬自己的身体，
却，无能为力。

走丢的躯体、慌乱的心，
对生活和自己都慢慢丧失了掌控。
不再确信、不再笃定，
那掩藏在沉沉迷雾之中的未知，
是泥潭还是深渊。

迫切地希望与人亲近——因为孤独已在逼近：
是恐惧自己与家人即将分离，要独自面对生命的终点；
是担忧所爱之人将孤独于世，要承受生命的风波坎坷；
是因失去言语的能力而已经真切地活在了孤独之中——感受与思想都被圈囿、和旁人失去了连接和理解，甚至是至亲之人。
面对生命、意义、孤独，我们抑制不住悲伤、痛苦、愤怒，这自然而然，亦理所当然。

疾病，像扩音器一般放大了生命时钟滴答的声响，

这让人心悸的声响似要将我们淹没在不安之中。

然而，终结与开始一样，本来就是生命的组成部分。谁也逃不过。

它在催促我们：带着更为透彻清醒的意识投入到生命的创造和体验中去。

当我们不再能紧紧拥抱的时候、不再能惬意地品尝美食的时候，

我们发现周围的人居然没有觉察并珍惜他们拥有这么宝贵的能力——于是，我们愤怒、哀叹。

然而曾几何时，自己也是他们中的一员，混沌地过着所谓的生活。

人，总是记挂着自己失去的，而忽视自己拥有的。

正是"丧失"，赤裸裸地提醒了我们——珍惜尚有。

虽然不再能畅快地滑雪，但我能在庭院中踱步、看云卷云舒；

虽然不再能高谈阔论，但我还可以与家人喃喃低语、或在眼波流转中会意到灵犀；

虽然不再能事事参与，但我比以往更看得清大局、放得下小节，少了无谓的烦扰；

虽然不再能照顾孩子，但我的坚韧鼓舞着他们对生命的尊重与执着；

虽然……但……

我们可曾这样清点过自己还能体验什么、还能做什么，

我们是否正在用心地享用这些自己尚有的珍宝。

从来都没有白白的苦难，

它是一剂加速了我们体会生活、看懂人生、升腾力量的催化剂：

经历了苦难的人，在直面消亡中观照了生的智慧，

经历了苦难的人，从煎熬中淬炼出了接纳一切的勇气。

疾病，让我们失去对外在身体的控制

疾病，却让我们有更多的关注和能量灌注回自己的内心

我们的情感比之前更为敏锐、细腻，

会为一片落叶而哀叹、会因一缕春风而欢喜，

我们完全沉浸于生命之中，把幸福与悲伤都体验到极致。

我们的思考比之前更为深沉、宏大

因为不得不与人性正面相遇——怯懦、自私、贪婪、爱、善良、勇敢；

因为不得不协调与时间的步调——生命的经历无法拖延；

因为不得不思索人生的意义——属于我的、支持我承受苦难的、独特的人生使命。

生命的指针——划过的是已结束，划向的是未开始。

我们活的，是针尖上的当下。

越是没有"好好活在'现在'"，越会落在"在'过去与未来'的陷阱之中"。

我们，改变不了过去、预测不了未来，却可以选择如何创造当下。

是被动地任恐惧和焦虑淹没自己，还是主动而真诚地投入到真切的此时此地？

用我们已被唤起的那份透彻、敏锐、坦然、勇敢……

生命，若如赴一场悬崖边的盛宴，

愿能在离开宴席之时坦然：我已心满意足、对自己再无愧疚。

李青，女，患者好友，本书执行主编，心理咨询师、培训师。

冰冻的舞者

作者：葛静丽

最初知道她，是在我北京的一位记者朋友的朋友圈里。两个人一起吃午餐，在朋友对面坐的却是个言语不清、行动不便的美女。谁能想到，她曾经是一位活跃在台上的舞者，在事业上取得过无数辉煌的成绩，而如今，她却是一个"渐冻症"患者，此病被称为世界五大绝症之一。对于一个舞者，一个女人来说，这意味着什么？

说不清出于什么想法，我让朋友介绍我和舞者认识，我想也许她需要一个像我这样的朋友。我的记者朋友很意外也很高兴，征求了对方的意见，彼此加了微信。巧合的是舞者竟然和我同姓。说不定几百年前我们还是一家子？反正有了这个因素就感觉亲近了不少。

也许是时间不对，第一次和舞者交流，彼此也只简单地问候了几句她就去忙了。接下来的几天里，她没有再联系，我也没有再主动说话。后来，朋友告诉我，舞者现在的情况很不好，不仅行动已经很困难，就连说话也已受限。朋友希望我能和舞者多聊聊，给她一些安慰和鼓励，我答应了。

为了更好地沟通，我专门上网查寻了有关"渐冻症"的资料。面对大量的专业术语，我这个外行只记住了两个事实：第一，"渐冻症"是一种不明病因，并且不断发展的疾病。患者从发病到死亡，只有2—6年的时间。第二，此病病因不明，所以，目前无有效治疗方法。看到这些介绍，我感觉呼吸都沉重了。虽然自己已残疾多年，但和这些患者相比，我还是幸运的。无法想象，一个本来身体健康的人，突然四肢无力、萎缩，很快发展到语言障碍，吞咽困难，直到最后呼吸衰竭……身体只有眼睛和大脑不会被损坏，好像就是要让病人眼睁睁地看着自己的健康消失，生命流逝一样！这是多么残忍的现实？死亡已经非常可怕了，而等待死亡的过程又该是怎样的绝望？我不敢去想。

怀着复杂的心情，我主动联系了舞者，她告诉我自己每天都很忙，既要给自己的舞蹈培训班上课，还要管理她创建的"冰语阁"渐冻症患者微信公众群。而她的行动速度又缓慢得堪比蜗牛，所以，总觉得时间不够用。从她的话语中，我根本感觉不到她的情绪低落，那种充实而积极的精神状态感染着我，让我一瞬间都忘了对方是一个连打字都困难的病人。那一刻，我不由想起了她曾对记者朋友说过的话：我想在身体完全被冰冻之前，为社会做些事情。现在，我自己还有劳动能力，所以，我不要钱，只想借用公益事业和舞蹈教学来传达一种信念。告诉人们，舞蹈多美妙！生活多美好！

就在那一天，舞者问我是否愿意进入他们的公众号群？她希望我能给她的病友们讲述自己战胜病魔的经历。我接受了她的邀请，但心里却深感惭愧！

日子在各种琐碎中度过，我和舞者还是很少交流，但从她的朋友圈里，我看到她正在用更多的时间陪伴儿子成长。一个朋友为这娘俩拍了一套艺术照。小男孩秀气得像小姑娘，而年轻的母亲更是典型的演员形象，美丽而自信的笑容，让人不忍直视。

今天，我又读到了舞者的一篇文章，其中，记录了她在行动不便的情况下，如何克服困难送孩子上学、照顾孩子生活的经历。在那些字里行间，既有一个母亲浓浓的爱意，也包含了她无法陪伴孩子长大的遗憾！她希望有一天，她的孩子能体会到一个疾病缠身的母亲给予他无言的爱！

生命有时候很脆弱，让人来不及珍惜就已经错过。而生命有时候又很顽强，就像很多遭遇不幸却依然能乐观生活的人们。谁也不知道舞者还能拥有多少时间？但我有理由相信，她所付出的一切努力，都会给人们留下美好的记忆，并会让她的孩子因为有这样的母亲而骄傲！

葛静丽，自幼因病致残，在家人的帮助下，自学写作。20世纪九十年代初即开始发表个人作品。曾在陕西广播电台、西安经济广播电台担任残疾人节目主持人多年，期间多次受到残联和广电系统的表彰奖励。2001年，她又加入了残疾人艺术团，在全国巡回演出千余场，后经商至今。

致敬暖禾

——谨以此文致敬暖禾和所有在苦难中散发温暖的人

作者：李懋

认识暖禾，是 2016 年的初夏。在门诊熙攘的人群中，她着一袭素色长裙，安静地站着，反倒引人注目。

那时的她，只有 34 岁，有着热爱的事业和幸福的家庭，人生得意间，却发现自己言语愈发的不清楚，慢慢地，饮水也开始呛咳。这一切都来得毫无征兆，却无情地改变了她的人生轨迹。

不知道 301 是她就诊的第几家医院，只知道但凡冲着导师来的，病情多半不容乐观。叫到她的名字时，看她轻轻的脚步，仿佛飘然而至，身边的师妹不禁叹道：哇，看着像 20 多岁，想不到都 34 了。我心里也不禁好奇，这会是怎样的一位患者呢。直到听到她含糊的声音，我的心迅速沉了下来，"球麻痹"三个字立马蹦入我的大脑，要知道在神内领域，言语不清、饮水呛咳这个主诉，绝对不会让医生轻松。通过一番仔细的问询和查体，从此她的命运便和"运动神经元病"紧紧联系在了一起。此后的日子，她辗转于北医、协和、301，试图拿掉这顶象征着命运宣判的帽子，不幸的是，最终被拿掉的，只是她所坚守的那份微薄的希望。笑过、哭着，期盼过、绝望着，如水的心情，被命运无情地搅拌，如同走在一条通向死亡、但却从未发现岔口的路上。

在后续的随访中，我渐渐发现，暖禾是一个藏不住话的人，她在疾病面前的挣扎或叹息，包裹在一条条或长或短的信息里，竟让我所有的医学知识都显得苍白、无力。很多时候，我不知道该怎样回复她，在疾病面前，

她像一只试图挣脱牢笼的猛兽,时而嘶吼、时而哀鸣,孩子一般,让所有的安慰都显得毫无分量。我试图去理解她的状态,却总是被她的直白搞得头昏脑胀。

她曾是一名老师,对舞蹈的痴迷造就了她的执着,她的思绪有着艺术般的天马行空,却又有着公式般的不会变通,她幸福在教授孩子舞蹈的日子里,用"言语"和"形体"谱写着生命最绚丽的时光。所以,当她逐渐失去她最引以为傲的两把利器,她的精神世界便骤然坍塌,连自己都猝不及防。以至于时隔半年,当我们再次相见,20 岁的容颜已逝,本已瘦削的她,竟是皮包骨头般的触目惊心。半年来,背负着命运的不幸,她仍然尽可能继续着自己的舞蹈事业,与命运的博弈重创了她的元气,却无法消磨她那不变的、坚强的、不屈的灵魂。半年时间,已然过了半个世纪,当清楚地说一句话、顺利地吃一口饭、平稳地走一步路都成为奢望时,她脸上的笑容、明亮的眼眸,却在向我展示着她的精神世界,已经在生命的洗礼下如凤凰涅槃般重生。

也许,我从未真正理解过她,从未感同身受她的绝望和痛苦,我甚至无法在医学上有效地帮助她,但我仍然希望,在离我们远去的路上,她能走得慢一点,再慢一点,和许多罹患 ALS 却仍在苦苦坚持的病人一道,迎接医学界随时可能出现的曙光。

附:暖禾回信

致谢有缘的李懋

作者:暖禾

三年的病程看过不计其数的各科专家医生,唯独和李懋成为有缘的朋友。仔细想想最早是为了咨询方便,病急乱抓医,一眼望去直觉便是他了。随后无心插柳柳成荫,几次交流后发现彼此三观很像,很多时候微信短短几句话及时给我人生迷茫时期注入了一针强心剂。他告诉我即使渐冻也可以用其他方式照顾父母。生病初期，他多次鼓励我勇敢接受事实不要选择逃避。他告诉我人的潜力是无穷的，面对绝症唯有自我拯救，只要活着就有一丝希望。他的一句话给我留下深刻地印象：幸福就是面对生活残酷现实，依然充满希望和梦想地活着（或幸福就是接受生活残酷的现实，并充满希望和梦想地活着）。从年龄上我是他的姐姐，但在心智方面他常常像我的兄长指引着我。当然除了思想的碰撞，我更欣赏他的军医中难得的"有趣"。在古板、严谨的军医队伍中，他算是一个奇葩，擅长把很多的严重的事情化作幽默的方式来解决和沟通，常常给我们这些被判死刑的病人开心一刻的机会。即使不说话，也会引人发笑，这常让我感到温暖和舒心。其实我和李懋从未正式成为医患关系，是因病而有幸结识的好友。他那颗能够感同身受地与病人站在一起的医者的仁心，使我们有了共同的奋斗目标。我只有在绝境中努力彰显生命的意义，也许才不枉与他的一场相识吧！

李懋，男，博士，解放军总医院神经内科主治医师。